メン・イン・ブラック
MIB™
インターナショナル

R・S・ベルチャー［著］
アート・マーカム、マット・ハロウェイ［脚本］
入間 眞［訳］

THE OFFICIAL MOVIE NOVELIZATION

MIB

MEN IN BLACK : INTERNATIONAL
THE OFFICIAL MOVIE NOVELIZATION
by
R. S. Belcher

This translation of
MEN IN BLACK : INTERNATIONAL
THE OFFICIAL MOVIE NOVELIZATION,
first published in 2019, is published by arrangement with
Titan Publishing Group Ltd.
through The English Agency(Japan)Ltd.

日本語版翻訳権独占
竹書房

CONTENTS

——目次——

主な登場人物

H……………………ＭＩＢロンドンのトップ・エージェント
M……………………ＭＩＢの試用期間エージェント。本名モリー・ライト
ハイ・T……………ＭＩＢロンドンの局長。Ｈの元パートナー
O……………………ＭＩＢニューヨークの局長
ポーニィ……………クイーンの歩兵。チェシクス星人
リザ・スタヴロス…………銀河を股にかける武器商人。通称〝死の商人〟
ルカ…………………リザのボディガード
アナトーリ…………ヨーロッパの裏社会の顔役。セルリア星人
ヴァンガス…………アグリーの称号を持つ王族。ジャバビア星人
ダイアドナムの双子……相転移能力を操るエイリアン
ハイヴ………………全宇宙の生命体絶滅をもくろむ種族

MIB
INTERNATIONAL

宇宙一の奇跡であるわが子たちへ。
いつも幸せな気分にしてくれるステファニー・ジョイ。
いつも強くて正直で、何より心根のやさしいジョナサン。
けっしてあきらめない、わがエージェント・エムことエミリー。
みんな、ありがとう。月まで往復できるぐらい愛しているよ。

第一章

パリ　二〇一五年六月六日

光の都の上空には、みごとな満月がかかっている。だが、頭上に見えるのはそれだけではない。パリは暑い夏を迎えており、晴れ渡った夜空に稲光が跳ね回っている。どこからともなく雷雲が出現し、都市のシンボルと言える建造物――エッフェル塔の真上にみるみる集まり、勢力を増していく。

一台の黒塗りの車がうなりを上げながらパリの街路を走ってきた。そのフォルムは通りで目にする典型的な乗用車よりもSF映画に出てくる宇宙戦闘機に近い。後方に突き出た巨大なロケットエンジンから火を噴きながら、ギュスターヴ・エッフェル通りに勢いよく曲がった車は、塔の敷地を守っている車止めの前まで来ると一八〇度ターンとともに急停止した。低周波音を発しながらロケットエンジンが変形し、車のボディの中に折りたたまれて消えた。

今やごくふつうの外見となった車から、ふたりの男が降り立った。若いほうの男はハンサムで、目に生気がみなぎり、ひげをきれいに剃《そ》っている。年長の男は大柄な身体に力が張りつめ、静かな自信をたたえている。彼はたたずまいだけで有能であることがわかり、やや危険な香りがするものの、その目に宿っているのは、人生を長く生きすぎてあまりにも多くを見てしまった者にありがちな悲哀と倦怠《けんたい》だった。ふたりとも黒いスーツと黒いタイを身につけている。

「まったく、パリは好かんな」年長の男はそう言って車のドアを閉めた。

「心配ご無用」若いほうの男が答え、エッフェル塔の先端周囲に集まって垂れこめる雲を見上げた。「こいつを早いところ片づけて帰るだけさ」

エッフェル塔の展望台にはひと組の若いカップルがいた。ふたりは夜空に膨張する雲のかたまりや稲光にまるで気づいていない。たがいに相手しか見えていないのだ。若い男は大きく息をつくと、恋人の前にひざまずいた。背後に広がるパリの夜景は、さながらきらめく宝石をちりばめたようだ。

彼の哀願するようなまなざし、差し出された指輪。それらを目にしたとたん、彼女は思わず息をのみ、手で口を押さえた。

「リサ、ぼくと結……」そこで彼は言葉をつまらせ、未来の花嫁の背後に見える人影に目をすがめた。「あんたたち、誰？」

展望台には、そのカップル以外にふたりの男が立っていた。どちらも黒いスーツとタイを身につけ、黒光りする金属のケースをさげている。

「われわれは塔の保全にたずさわる者です」若いほうの男が答えた。

「あなたがたはこの場所にいてはいけません」もうひとりがつけ加える。彼はリサとまだひざまずいたままのラースにうなずいてから、展望台に並んでいるエレベーターを目で示した。

ラースはリサをちらっと見た。彼女は気持ちの高ぶりと待ちきれなさで身を震わせている。これは自分たちにとって完璧な瞬間であり、たがいの人生において最高にすてきな瞬間なのだ。それなのに警備員によってぶち壊しにされようとしている。

不意に空で稲妻がひらめき、予想外に近くに落雷したのでカップルは跳び上がった。

「彼女はもう『イエス』と言った？」年長のほうがラースにきいた。

「ぼくはまだ尋ねてもいないよ！」

「彼はまだ尋ねてもいないわ！」

ラースとリサが声をそろえて叫んだ。

「それは実に残念なことです」黒いスーツの若い男が展望台の隅を指さす。「というのも、あそこで点滅してる大きなライトは……」カップルがそちらを見やると、黒い扉の上にある赤いランプが激しく点滅している。扉には多様な言語で〈部外者立入禁止〉と書かれていた。「……ポータルⅡが破られたことを意味しています」

ラースがリサの手をつかみ、やっとこさ立ち上がった。

若い警備員が腕時計に目をやって続ける。

「つまり、あと数分でハイヴ……既知の宇宙で最も不快な生物が、われわれをひとり残らず内側からむさぼり食い始めるというわけです。やつらが人間の穴という穴から体内に入りこもうとするさまの気味悪さといったら……」たがいの運命を憐《あわ》れむようににやりと笑う。

差し迫っている死をさらりと告げられ、ラースとリサは真っ青になった。

「H、そのぐらいにしておけ」年長の男がとがめる目つきで同僚をにらみ、ぞんざいに首を振ると、カップルに向き直って安心させる口調で続けた。「あるいは、図体の大きなパリのネズミがケーブルの一本をかじっただけかもしれない。われわれは後者であればいいと思っています」

「さっぱりわからないわ」リサが言った。彼女は若いほうの警備員——もうひとりが彼のことを〝H〟って呼んだ？——がサングラスをかけたのに気がついた。夜にサングラスだなんてばかばかしいはずなのに、彼女はぞっとした。当てになりそうな年長の警備員もサングラスをかけた。暗闇でそうすることがまったく自然であるかのように。今度は若いほうが銀色の小さなスティック状の道具を取り出した。

「もちろん、わからないでしょう」〝H〟と呼ばれた男が銀色のスティックをかかげてみせた。「すべて説明しますので、この部分を見てください」

ラースもリサも相手が何をしているのかを考えることなく指示にしたがった。高周波の音がしたかと思うと、道具の先端からまばゆい閃光《せんこう》が発せられ、カップルは茫然《ぼうぜん》自失状態におちいった。

「塔は改修のため閉鎖されています」若い警備員がふたりに告げ、一瞬迷ってからラースに言葉をかけた。「もう一度彼女にプロポーズするんだ。下に降りる途中で」

カップルはまばたきし、あたりを見回した。若い警備員に導かれ、ふらふらとエレベーターまで歩いてケージに乗りこむ。警備員が外から手を伸ばし、下りボタンを押すなり手を引っこめた。ラースとリサがぼうっとした顔で前を見つめているあいだに扉が閉まり、エレベーターが降下を始めた。

年長のパートナーが腕時計を一瞥《いちべつ》した。

「さて、仕事に取りかかるとするか、H？」

Hが返答する前に、満天の星空から強烈な赤い電撃が走り、塔の頂点に立つアンテナに落ちた。そのエネルギーによって、ポータルに通じる黒い扉が蝶《ちょう》つがいから吹き飛んだ。Hは爆発の衝撃で後ろに弾《はじ》き飛ばされ、エレベーターの格子扉にぶち当たって突き抜け、ぱっくりと口を開けたシャフトに落下した。

Hは墜落を減速もしくは止める何かを探して手を振り回した。隣り合ったシャフトを分けている鉄の桁《けた》に指が触れたが、あまりに落下が速くてつかみそこねた。彼は降下中のケージの上面にたたきつけられ、勢い余って端から転げ落ちそうになったが、危ういところでしがみついた。ケージの側面にぶら下がった彼は、ガラス越しにまたしても感動的な場面に立ち合っていることに気がついた。ケージ内でラースがふたたびリサの前にひざまずき、指輪を捧《ささ》げている。

「リサ、ぼくと……」

Hはガラス窓をノックした。

若い恋人たちは、黒い身なりをした見知らぬハンサムな男がケージの外にぶら下がっているのを見つめた。

「あんた、誰?」ラースが叫ぶ。

Hは小さな銀色のスティックを取り出し、もう一度光らせた。若いカップルはその光でまたしても呆然《ぼうぜん》となった。

「彼女にもう一回プロポーズしろ。地上に降りてから」

Hはそう叫ぶと、カップルが回復する前にケージの側面からぱっと離れ、シャフトとシャフトのあいだにある鉄骨をつかんで身体を振り子のように揺らすと、ちょうど上昇していくケージの底面に飛びついた。バーにつかまって見下ろすと、カップルを乗せた箱が地上に向かって小さくなっていく。

展望台では、Hのパートナーであるハイ・Tが腕時計を再度チェックした。稲妻が光る中、Hの姿を探して口を開けたシャフトを見下ろしていると、もう一台のエレベーターがチャイムの音とともに到着した。扉が開くとHが出てきて、しわひとつないスーツの埃《ほこり》を払ってから、世界の終わりというよりランチの待ち合わせにでも遅れたかのように悠々とパートナーに歩み寄った。

「ああ、来たか」ハイ・Tが相棒と同じく平然とした態度で言った。ふたりはシンクロするように歩調を合わせ、それぞれの金属ケースを拾い上げると、落雷で破壊された出入口の中に入っていった。

埃の積もった鉄のらせん階段を上る。たどり着いたのは、埃とクモの巣におおわれた広大な空間で、鉄道の発着所と発電所の混合物を思わせる部屋だった。まるでH・G・ウェルズが全体を設計したような建築様式で、けっしてやってくることのなかった未来へのノスタルジアを呼び起こさせる。床と頭上のキャットウォークをおおっているのは錆《さ》びた鋼鉄の格子板。構内にはあらゆる太さのダクトが張りめぐらされ、途中で曲がったり、床や天井の向こう側へ消えたりしている。実用一点張りのむき出しパイプもあれば、ヴィクトリア様式の凝ったレリーフが表面にほどこされたパイプもある。ふたりは窓に鉄格子のはまった木造の売店の横を通った。どうやらチケットカウンターらしい。側面にぼろぼろの時刻表と告知の紙が今にもはがれ落ちそうに貼ってある。

　壁際にずらりと並ぶ木製ベンチ。クモの巣だらけの何台ものカート。横転した物売り屋台は育ちすぎた手押し車の骸骨のようだ。奥の壁の手前には錬鉄製のはしご階段があり、頭上のキャットウォークへと続いている。壁面には旧式の計器類が取りつけられ、薄汚れたガラス面はひび割れたり砕けたりし、指針は隠れて見えない。

　Hとハイ・Tはプラットフォームに進んだ。そこからは、三本の通路を望むことができる。通路のアーチ型開口部の大きさは地下鉄のトンネルほどだろうか。それぞれのアーチが青く光り、その上部にローマ数字でIからIIIまでの番号が振られ、各通路を密閉している分厚い金属扉の中央では、回転式ロックがアーチと同じ青い光を放っている。

　三つの扉の上方にあるキャットウォークには、台座にのったコンソールが設置されている。コンソールは等間隔で並ぶ三つの円形制御パネルからなり、計器類とレバーがとても古めかしい。装置はすべて磨き上げられた真鍮《しんちゅう》製だ。

　Hは天窓を見上げた。ガラスと鉄で上品に装飾された円形窓のはるか先には、満月が冷たい光を放ち、ゆっくりと天窓の中心部に差しかかろうとしている。三つのポータルは、満月が天窓の中心部に来たときだけ開いて通行可能となる。Hとハイ・Tは金属ケースを床に下ろし、ひざまずいて開けた。中には銀色に光沢仕上げされたシリーズ7・ディ＝アトマイザーの部品が収納されている。この大型銃器はただひとつの目的のために設計された。それは、エイリアン種ハイヴを殺害すること。ふたりは手早く武器を組み立て始めた。

最初は無言で作業していたが、Hは少し落ち着かなげに手を止め、ハイ・Tに目をやった。彼が武器本体に銃身をねじこんでカチッと金属音をさせながら固定する様子を見つめる。Hは低いうめき声をもらし、腕時計を確かめた。十一時六分。

「で、今回はどんなふうにやる？」Hは銃床を取りつけながらきいた。

ハイ・Tが最後の部品をはめこむ。「今までどおりだ」

「おれたちはハイヴに直面した経験はないぞ」Hはハイヴの能力を知っている。そして、自分たちが死に直面していることも。

「連中にしても、われわれに直面した経験がない」ハイ・Tはパートナーのことを熟知しており、たとえ彼が必死に不安を隠そうとしても見破ってしまう。「常にこのことを忘れるな……宇宙というのは、人をいるべき場所にいるべきときに導く方法を知っている」

「宇宙だって、ときにはヘマをするだろ」

月の光が天窓の中心部を通り、発着所の床に円状に描かれたエイリアンのシンボルと月のピクトグラムを徐々に照らし始めた。床の円はまるで羅針図のようだ。明るい月の光でシンボル群が発光し、ゴロゴロと重々しい音がとどろいた。アーチ通路の扉にある巨大なロック機構でタンブラーが回ったらしい。タンブラーの噛《か》み合う音がますます大きくなっていく。

「行くぞ」ハイ・Tが未来的な銃器を手に立ち上がった。「わたしはいつかきみにまかせたいと思っている。わたしの地位を。MIBの指揮を」

Hも立ち上がる。「書類仕事がどっさり増えそうだな」

「きみはきっと生き延びる」

ふたりのエージェントは――ふたりの友人は――たがいにうなずき合った。サングラスをかけ、シリーズ7・ディ＝アトマイザーの作動チャンバーをショットガンの要領で勢いよくスライドさせる。銃が起動してキュイーンと甲高い音を発した。月の光が降り注ぐ部屋で、ハイ・TとHは二番めのポータルに向けてディ＝アトマイザーをかまえた。

タンブラーの音がさらに大きくなり、ポータルⅡの重い扉がきしむようにゆっくりと開く。扉の下に長年堆積していた塵《ちり》が、もうもうと舞い上がった。ポータルの向こう側から目がくらむほどの白い光が射しこみ、打ち捨てられていた発着所をあますところなく照らす。その光の中から蔓《つる》のような黒い触手がうねうねと飛び出してきた。Hとハイ・Tは怒った雷神のごとくディ＝アトマイザーを撃ち、ポータルから出てこようとするハイヴの触手をすばやく吹き飛ばした。傷を負った生物の咆吼《ほうこう》が聞こえた次の瞬間、ポータルからさらなる触手がどっと伸びてきた。銃から放たれた破壊的な電撃が侵入者を何度も何度もたたく。だが、触手はあとからあとから出現してまるできりがない。ハイ・TとHは肩を並べて立ち、地球とそこで暮らす人びとを滅ぼしに来た怪物とのあいだに引いた防衛ラインを一ミリたりとも後退させまいとした。

一本の触手が攻撃をすり抜けてきた。ハイ・Tの足首に巻きついてぐいっと引いたものだから、彼は転倒してしまった。そのままポータルへと引きずられ、手にしたディ＝アトマイザーが床に当たって金属音をたてた。Hはすぐさまダイブし、よき指導者の手をつかむなり渾身《こんしん》の力で引っぱった。だが、ハイヴの力は恐ろしく強い。ふたりのエージェントは、光の向こうで獲物を食らおうと待ちかまえる怪物のほうへみるみる引きずられていった。

Hは空《あ》いている片手を伸ばしてむき出しの鉄骨をつかんだ。彼らは、大量の触手がうねり出ているポータルのほんの数十センチ手前で止まった。Hは容赦のない牽引力《けんいんりょく》に抵抗できる足がかりを見つけて踏んばった。

「わたしを放せ！」開いたポータルから激しく吹きこむ風の音と奥から聞こえるエイリアンの金切り声を圧するようにハイ・Tが叫んだ。「これは命令だ！」

「放してたまるか！」Hは怒鳴った。ストラップで身体につながっているディ＝アトマイザーを目にも止まらぬ速さでかまえると、親指で出力を最大まで上げた。本体の警告ランプが怒ったように赤く点灯し、それが非常にまずい考えであることを告げる。ハイヴがふたたびぐいっと引っぱったとき、Hは至近距離からポータルの中心部に向けて撃った。

目を射るほどの光がハイヴとふたりを包みこんだ。光は部屋の外にあふれ出し、エッフェル塔の最上部を照らし、パリの上空を明るく染めた。その瞬間、地球で生まれた星によって宇宙全体が視界を失ったかのようだった。

第二章

ブルックリン、ニューヨーク　二十年前

しっくいの空にピンクや青や緑や黄色の星が浮かんでいる。プラスティック製の星々は五つのとんがりを持ち、暗い寝室の天井でほのかに輝く。偽物の空では、太陽系を模したモビールがシルエットとなってゆっくり回転し、張り子のスペースシャトルとロープでつながった宇宙飛行士がゆらゆらと遊泳する。

ベッドの上掛けの中では、十歳のモリー・ライトが『ホーキング、宇宙を語る』のページを開いたまま寝入っていた。就寝時間がすぎても起きているのをママはよく思わないので、気づかれないようにパパのフラッシュライトを持ちこんで読んでいた。アインシュタイン理論とブラックホールに関するスティーヴン・ホーキング博士の議論を理解しようと努めたものの、いつしか眠りに落ちてしまったようだ。モリーの大好きな算数のエドワーズ先生はこの本を渡しながらこう言った。「あなたの記憶力は抜群だわ、モリー、だからスペリング・コンテストで優勝したのよ。でも、数学や科学には数式を覚えるだけじゃな

いものがたくさんある。宇宙の謎だって果てしがないの。そこには、ホーキング博士みたいにものすごく頭のいい人たちでさえわからないことがまだまだたくさんある。細部に注意を払ってごらんなさい。それは、いろいろなことを理解するためにとても大事なことだから。細部が大事なのよ、モリー」

モリーがぱちっと目を開けたとき、ちょうど窓からまぶしい光が射しこみ、ヒューンという奇妙な音が聞こえてきた。まるで近くをジェット機が飛んでいくような音だ。はっきり目を覚ましたモリーは、ドライブウェイに一台の車が入ってきたのだと気がついた。車のドアがバタン、バタンと閉まり、やがて下の階の玄関に鋭いノックの音が鳴った。ベッドの上に起き上がり、ひと言も聞きもらすまいと耳をそばだてる。

「ずいぶん……早いわね」ママが玄関先に立つ誰かに言った。

「まったくだ」パパがとまどうように言う。「まだ電話もしてないのに」

「ええ」聞き覚えのない険しい声が答えた。「何かを目撃されたとか？」

モリーはベッドから下り、開いている窓によじ登った。二階の窓から見下ろすと、ママとパパが黒いスーツを着たふたりの男と話していた。黒塗りのフォードＬＴＤが放つヘッドライトが逆光になり、男たちの顔は見えない。

「それなのよ」ママの声はかなりあわてていた。「あれはまるで……まるでネコみたいだったけど、ネコじゃなかったわ。あれは……」

「でかいカエルみたいだった」パパがさえぎるように口走った。「毛だらけの。あんなやつは見たことがない」

「あなたがたが目撃された生物は」険しい声の男が言った。「アンドロメダ座Ⅱから無許可で飛来したタラント星人です。きわめて珍しく、きわめて危険だと言えます」

「タラント星人」モリーはそのおかしな言葉を舌の上でそっと転がしてみた。それはどことなく秘密の響きがした。

「今はとてもかわいらしいものです」パートナーが無言で前庭を捜索して回るあいだ、黒いスーツの男が続ける。「しかし、彼らは思春期を迎えたとたん、正真正銘のモンスターに姿を変えます」

　どこからか変な音が聞こえた。いらだって息を強く吐き出すのとネコが喉を鳴らすのが入り交じったような音。モリーはゆっくりと左側を見やり、びっくりして窓から飛びのいた。そこにいた小さな生きものも彼女の存在に仰天したように跳び上がった。

　窓枠に立っていた生きものは犬ほどの大きさしかないが、肩幅が広かった。皮膚は細かいグレーの産毛でおおわれ、モリーが思わずブルドッグとシャベルを連想した顔からはピンポン玉のような目が盛り上がり、目の上にはターコイズと緑と紫のふさふさした毛が生えている。小さなエイリアンは人さし指を唇に当て、モリーに声を出さないよう求めた。ぎょろっとした目が懇願している。険しい声の男に同意せざるをえない。小さな生きものは本当に醜いけれど、同時にとてもかわいらしかった。

　小さなタラント星人が怖がって震えていることに、モリーは気がついた。意外にも彼女自身は怖さなどちっとも感じていなかった。

「家にはほかに誰かいますか？」黒いスーツの男がきいた。

「娘がひとりだけ」ママが答える。「上で眠ってるわ」

「しぃぃ」モリーは小さな地球外生命体にささやいた。「怖がらないで。大丈夫だから」

　窓の外でとてもまぶしい光が光った。モリーとタラント星人は窓に飛びつき、外を見下ろした。

　黒いスーツの男のひとりが細い銀色の棒を手に持ってかかげ、ママとパパがぼうっとした顔でそれを見つめていた。男は道具をしまって告げた。「アライグマでした、あなたがたを悩ませたのは。ゴミ缶のふたをしっかり閉めておいてください。それから……」彼はつけ加えた。「われわれはここに来ませんでした」

　モリーが見ていると、黒いスーツの男たちはエンジンをかけたままの車に戻っていった。そこには、黒いスーツの男がさらにふたりいた。ひとりは細身の黒人の男で、もうひとりはいかつい顔にいかめしい表情を浮かべた年配の白人の男。ふたりは自分たちの黒いフォードＬＴＤのボンネットに寄りかかって立ち、最初のふたりが車に乗りこんで走り去るのを見送った。

モリーは窓から離れ、ひざまずいて小さなタラント星人の大きくて黒い目と視線を合わせた。「あなたを逃がさないと」彼女はささやいた。「おいで」

寝室のドアをそっと開け、廊下に誰もいないのを確かめると、タラント星人についてくるよう合図する。彼はおずおずと歩きだしたが、すぐにモリーにくっついてきて、いっしょに家の裏手に進んだ。ママとパパの寝室に通じるドアの近くで、モリーは窓を押し上げようとしたが、固くてなかなか開かない。見かねたようにタラント星人が手を貸すと、あっけなく開いた。わあ、この子は力が強いわ、と彼女は思った。

モリーは開いた窓を手ぶりで示した。その向こうには百万個の星のようにちらちらと輝く街の夜景が見える。

「さあ、行って。大丈夫よ」彼女が言うと、エイリアンは窓を見やり、もう一度モリーに視線を戻した。「わたしはモリー」彼女は自分の胸を軽くたたいた。

「モ、リー」彼が言う。モリーは笑みを浮かべてうなずいた。

タラント星人が窓の敷居に飛び乗った。行こうとして少女を振り返る。大きな丸い目には感謝があらわれていた。彼はとてもあらたまった口調で「カブラ・ナクシュリン」と言うと、よく弾むゴムボールのように窓から隣家の屋根に飛び移った。短くて丸っこい脚で一メートルほど走ったあと、空高く跳んだ。次の家を跳び越えたとき、彼はモリーの視界から消えた。満月の光の中に消えたかのようだった。モリーはさよならの手を振った。その目には驚きと星明かりが満ちていた。

「そこで何してるの?」声に振り向くと、廊下にママが立っていた。

「ママたちが見た生きものよ。逃がしてあげたの」

「生きもの?　アライグマのことね?」

「嘘つかなくてもいいわ。わたし、黒い服のおまわりさんを見たもの」

ママは本気でとまどう様子を見せてから言った。「モリー、ママもパパもけっして嘘なんかつかないわ。さあ、ベッドに戻りなさい。朝になったら、すっかり忘れてるから」

「ううん」モリーは首を振った。「わたし、絶対に忘れない」

彼女は足を踏み鳴らしながら母親の横を通って寝室に向かった。そこで足を止め、当惑顔の母親を振り返る。

「ええと……カブラ・ナクシュリン。タラント語で〝おやすみ〟のことよ」

寝室に戻ると、モリーは小さなエイリアンのみごとな跳躍をまねてベッドに飛んだ。ほんの少し届かず、床に落ちた。ベッドにもぐりこんで『ホーキング、宇宙を語る』をふたたび開く。宇宙のことを知ろうと、それがどんな仕組みで動いているのか理解しようと、今までよりも熱心に読み始めた。彼女は窓の外に広がる、きらめく謎でいっぱいの空をちらっと見てから、ページをめくった。

第三章

現在

マンハッタンにあるモリーのアパートの部屋は、壁という壁が大学の卒業証明書と黄ばんだ古いタブロイド新聞の記事で埋めつくされている。額に入った天体物理学の学位（副専攻は量子力学と人類学）の周囲でぼろぼろになっている記事のセンセーショナルな見出しは、たとえばこんなふうだ。〝メン・イン・ブラックとは何者か？〟〝ジェリー・スプリンガー・ショーの客席でエイリアンのコウモリ少年を発見〟〝ホワイトハウス上空に謎のＵＦＯ〟……。

モリーは自信に満ちあふれたおとなの女性へと成長していた。黒い瞳と髪は彼女に自然な美しさを与え、彼女自身もそのことにうすうす気づいているものの、関心の的は別のところにあった。モリーはずらりと並んだモニター画面の前にすわった。何かあればすぐに出かけられるように、コートの下には白いブラウスを着て細い黒タイを締めている。両手の指をキーボードの上で踊らせ、画面から画面へと視線を動かした。

「あなたたち、今度こそ、わたしの手から逃げられないわよ」彼女はつぶやいた。

そのつぶやきは、モリーが人生の大半を通じて口にしてきた言葉だ。子ども時代も、十代のころも、地球外生命体や惑星や銀河や都市伝説と思われている〝メン・イン・ブラック〟に関する情報を、たとえどんなかけらであっても可能なかぎり探し求め、研究してきた。それこそ学術論文からスーパーマーケットで売っているタブロイド紙やインターネットのクズのようなサイトまであさって。

エイリアンやＭＩＢに関する真実を見つけ出すという強迫観念に突き動かされていたおかげで、大学では抜きん出た成績をおさめた。卒業後はＦＢＩかＣＩＡかＮＡＳＡに入ろうかと迷った時期もあったが、それらの政府機関はＭＩＢの単なるフロント組織か、ＭＩＢの存在を故意に隠す目くらましにすぎないと結論づけた。生活費を稼ぐために教職に就くことも考えたが、その場合には膨大な時間が奪われて探索がおろそかになると悟った。

というわけで、現在は非正規雇用の身分でＩＴの委託仕事をしたり、研究を請け負ったり、大学院生や大学教授のために数学や工学の数式を解いたりすることで、家賃をまかない、長年続けてきた捜索活動をおこなう自由を得ている。そして、その捜索もようやく今日終わるという確信があった。

モニター画面がビープ音を発したので、モリーは椅子にすわったまま振り向き、画面で点滅しているデータを読んだ。

――警告：ハップル望遠鏡：ペルセウス座流星群――軌道更新。

――パスワードを入力してください。

モリーはにやりと笑い、パスワードを入力した。

「さあ、今はどこにいるの？」

パスワードが認証され、新しいメッセージボックスが表示された。

――ようこそ、アーミトレージ教授。

メッセージの横に中年男性の顔写真があらわれた。おそらく本物のアーミトレージ教授だろう。

一連のコマンドを打ちこむと、〝地球近傍飛翔体〟と表題のついたウィンドウが出現した。そこでは、数多くの隕石《いんせき》について速度、進路、軌道がモニタリングされている。追跡システムがふたたびビープ音を鳴らし、宇宙空間を移動中だった飛翔体のひとつが急激な変化を見せた。

「隕石が速度と方向を変えられるなんて知らなかった。あんたはどう思う、リリー？」室内で枯れたままになっている鉢植えの植物が、質問に答える代わりにかさかさの葉を一枚落とした。モリーは肩をすくめた。「そうね、まあ、あんたはいつも懐疑的だもの。元気出して！」

モリーが追っていた飛翔体が画面から消失した。

「やっぱり隕石じゃないわよね？　まちがいなく無許可の着陸よ」

彼女はぱっと立ち上がり、膨大なタブロイド記事の見出しを見ていった。黒いスカートと黒いコンバットブーツ姿で歩き回り、〈ワールド・ニュース・デイリー〉の前で立ち止まる。見出しは〝クイーンズの主婦「エイリアンの前夫に戻ってほしい！」〟。記事の写真の女性は三人の赤ん坊を抱いており、どの子もどこか別の世界から来たかもしれないと思わせる外見をしている。同じ記事の小見出しには〝エイリアンの前夫ジミー「すぐに戻るよ、ベイビー！」〟とあった。

モリーは思わずほほ笑んだ。「これだわ。これが実際に起きてるのよ！」

彼女は消えた〝隕石〟が最後に示したハッブルの座標データをスマートフォンに急いでダウンロードした。そのあいだ、リリーに最後の水をやる。鉢植えの植物は、枯れ葉をもう一枚落とすことで彼女に感謝を伝えた。データを手にしたモリーは、椅子の背からしわだらけの黒いスーツ・ジャケットと黒いバックパックをつかみ、運命に出会うために部屋から飛び出していった。

歩道に出たところで、スマートフォンのデータに見入ったまま手をあげてタクシーを止めた。歩道から運転手に告げる。「ブルックリンに行きたいの」

運転手が鼻を鳴らした。「住所を言ってくれ、お嬢さん」

「仰角《ぎょうかく》四十五度」モリーはデータを読んだ。「方位角六十二度」運転手は分厚くて重い数学の本で頭を殴られたかのように顔をしかめた。モリーは頭の中ですばやく方程式を解いた。「オーケー、マンハッタン橋の下よ」

運転手がうなずき、モリーは車に飛び乗った。料金メーターのボタンが押され、タクシーは歩道から走り去った。

第四章

モリーの指示どおり、タクシーはマンハッタン橋と並行して走る静かでひと気のない通りに入った。車から降りるとき、彼女は運転手に二十ドル札を渡した。「エンジンをかけたままで待ってて」

スマートフォンで座標を何度も確かめながら、モリーは徒歩で通りを進んだ。道沿いに建つ家々の大半はドアや窓に板が打ちつけてあり、住人がいる様子がない。落書きされている家もいくつかあり、人が住んでいるように見えるのは一軒か二軒だろうか。通りの突き当たりは大きなアンダーパスだ。橋のすぐ手前に工事中を示すオレンジ色の重そうな車止めが並び、その向こうには背の高い金網フェンスが張られて道路をふさいでいる。

モリーは車止めのあいだをすり抜け、アンダーパスの暗がりを金網フェンスの前まで進んだ。頭上からは、橋の上を通行する車の振動音と、鉄骨に止まったハトたちの鳴き声が聞こえる。コン・エジソン電力のフェンスには〈高電圧〉〈立入禁止〉〈保守点検のため閉鎖中〉といった金属の標識がボルトどめされていた。

フェンス越しに見える道路は何ヵ所も削岩機で掘り返され、青いプラスティック製の仮設トイレのそばには、ダンプトラックと油圧ショベルが駐車している。それなのに電力会社の保全作業員の姿はどこにも見えない。ただのひとりも。さらに重要なことに、不法入国エイリアンの宇宙船など影も形もなかった。

　モリーはスマートフォンでもう一度座標をチェックした。自分が正しい場所にいることはまちがいない。あたりを見回し、ため息をつく。そこには何もなかった。たちまち落胆と失望がこみ上げてきた。しかたなくきびすを返し、タクシーに戻ろうと足早に歩き始めた。彼女の急な動きに驚いたのか、ハトたちが橋の下からいっせいに飛び立った。無秩序に飛び回る鳥たちを避けようと、彼女は身をかがめたり反らしたりしていたが、はたと動きを止めた。群れの中の二羽が通電フェンス目がけて突進していったのだ。思わずぞっとして息をのむ。バチバチと火花が散るのを予期した瞬間、ハトはフェンスを突き抜けて飛んでいき、視界から消えた。

　モリーは立ちつくし、おそるおそるフェンスに引き返した。目の前には、フェンスに触れたら確実に即死すると警告する標識がある。大きく深呼吸し、最悪の事態を覚悟しながら、手をゆっくりとフェンスに伸ばす。じりじりと手を近づけ……そのとき、フェンスの感触がないことに気づいた。そこに何も存在しないかのように、自分の手が向こう側に突き抜けた。ハトのときとまったく同じだ。〝フェンス〟の向こう側にあるはずの自分の手首から先がなぜか見えない。とはいえ、腕の先にちゃんと手がついている感覚はある。

腕を引き戻してみると、手首から先が魔法のようにふたたびあらわれた。モリーは言葉を失い、指をぴくぴく動かしたあと、顔をフェンスに近づけていった。目を閉じ、頭と首、肩の一部がフェンスを通り抜けたところでまた目を開ける。眼前に広がる光景を見たとたん、驚きと安堵《あんど》が広がった。

「ほら、やっぱり」

道路は掘り返されてはいなかった。工事現場など存在せず、工事用車両も駐《と》まっていない。代わりに真正面に見えたのは、一機の宇宙船だった。どうやら通りの真ん中に墜落したらしい。そして、機体の周囲にいたのは〝彼ら〟。これまでの人生を通じて彼女が探し求め、あとを追い、ついぞ手が届かなかった者たち――メン・イン・ブラックだ。

宇宙船の手前にレクサスの黒塗りセダンが何台か停車しており、ＭＩＢのエージェントたちがモリーに背を向けて立ち、エイリアンのパイロットに武器を向けながら相対している。モリーは次に取るべき行動の準備を一秒で整えた。前に踏み出して錯覚のフェンスを完全に通り抜け、近くの歩道に放置されている廃車の陰にすばやく身を隠した。

エイリアンはひょろっとしたヒューマノイドで、その外見は先ほど部屋で見たタブロイド紙に載っていた写真の赤ん坊たちと明らかに類似点がある。彼は両手をあげ、落ち着かなげに身体を揺らしていた。「待ってくれ、ここは地球か、え？」

「ああ、そうだ、ジミー」現場のリーダーらしきＭＩＢエージェントがブルックリン訛《なま》りで答えた。「話は本部に戻ってから0にするんだ」彼はジミーをレクサスの一台に連行して後部座席にすわらせ、ほかのエージェントたちに大声で告げた。「隠蔽《いんぺい》チームを呼べ。おれはザンポラ星人の友人を本部に連れ帰る」

モリーは笑みを浮かべてつぶやいた。「ええ、もちろんそうして」

ＭＩＢがジミーと宇宙船を確保するあいだ、彼女はカムフラージュのフェンスをそっと通り抜けた。通りの入口付近に待たせたタクシーまで急いで戻りながら、着ていたコートを脱ぎ、それをタクシーの後部座席に放りこんだ。コートの下に着ているのは、しわの寄った黒いスカート・スーツ、白いシャツに黒いタイ――まさにこのような場面のために用意しておいた急ごしらえのＭＩＢの制服だ。タクシーに乗りこんでドアを閉めたとき、すぐ横を先ほど現場にいたＭＩＢのレクサス・セダンが二台通りすぎた。

「あの車を見失わないで」モリーは運転手に告げた。

さほど長くない距離を走り、もう少し健全な地区に入ったところで、モリーは料金を支払ってタクシーを降りた。履き古しのブーツとバックパックを別にすれば、彼女のＭＩＢの扮装はほぼ完璧だった。十歳のときに父親のスーツ・ジャケットとタイを盗んで以来、彼女はこの格好に磨きをかけてきた。

一ブロック先の通りを渡ったところに圧倒的な存在感を誇るコンクリート建物があり、その前に謎めいたメン・イン・ブラックのセダンが二台とも駐まっている。建物の正面の壁には〈ブルックリン＝バッテリー・トンネル〉の文字が刻まれ、その下に〈トライボロ橋・トンネル管理局〉とある。バッテリー・トンネルは地下トンネルとして北米で最も長い。このブルックリンの建物は、トンネル内に新鮮な空気を供給するために設置された四つの換気ステーションのひとつだ。この建物と広大な地下空間のネットワークを基地として利用するとは、ＭＩＢはなんと天才的だろう。それによって、彼らは誰にも気づかれずに市内の五つの地区に確実にアクセスすることができる。

「いよいよだわ」

　モリーにとって目の前の建物は聖なる宮殿に等しい。バックパックを低木の茂みの陰に落とすと、人生を通じて追い求めてきたゴールに近づこうと歩道から踏み出した。いかにもこの建物に所属しているふうを装わなくてはならない。わが物顔で通りを横切り、建物の前でサングラスをかけると、両開きのドアを開けて中に足を踏み入れた。真正面に並ぶエレベーターを目指し、大理石の床をコンバットブーツで踏みしめていく。右側の壁では一面を占める巨大な換気ファンがゆっくり回転しており、その前に置かれた椅子に頭の禿《は》げた年配の黒人警備員がすわっていた。左側の壁は換気ファンと同じくらい巨大な通気口になっている。モリーが前進していくと、警備員が読んでいたタブロイド新聞から顔を上げて目を向けてきた。

「ザンポラ星人はもう移送されてきた？」モリーは昨夜の野球の話でもするような気軽さできいた。「ペルセウス座流星群にまぎれて侵入しようとしたやつよ。見え透いた手ね、でしょ？」

「まったくだ」警備員は彼女を制止する気配もなく応じた。「あんたより一、三分早く戻ったよ」そう言って新聞に戻った。

モリーはエレベーターのボタンを押しながら、笑みをもらさずにいられなかった。わたしはジェーン・ボンドよ、と内心で思う。ボタンを二度押すまいと努めたが、ついもう一度押してしまった。チャイム音とともにエレベーターの扉が開く。モリーは乗りこんで振り向いた。新聞を読みふける年配の警備員の姿が閉まる扉の向こうに消え、エレベーターは降下を始めた。

残された警備員はタブロイド紙から目も上げずに、ベルトに装着してある無線機のボタンを押した。「コード・ブラック」とだけ告げて指を舐《な》め、ページをめくった。

エレベーターのケージの背面は透明な壁だった。モリーが降下していくと、上方向に流れていたコンクリート壁が途切れ、眼下に巨大複合施設の景色が広がった。彼女が目にしているのは、自分の夢が現実に変わる瞬間だった。ＭＩＢニューヨーク本部はクロームと白い大理石と光からなる広大な聖堂で、数階層分の高さがあり、曲面を描く光る壁の一部となったオフィスやテラスが中央のフロアを見下ろしている。銀色の太い柱で囲まれたメインフロアでは、数百名の黒いスーツの局員やサポートスタッフがあわただしく動き回っていた。大理石の床の中央には、ＭＩＢのシンボルマーク――三つの交差する楕円《だえん》軌道と各軌道上にある電子を模した黒いふたつの丸――が描かれている。メインフロアの片側の壁沿いに並ぶ事務デスクの列は無限に続くかと思われるほど長い。いたるところに吊《つ》られた大型スクリーンを含め、モニター画面はすべて楕円形で、モリーはそれらを見て大きな電子の目を思い浮かべた。

　とりわけ彼女の目を引いたのは、デスクの列の反対側で黒いスーツの男たちに混じって存在するさまざまな形や大きさや色の生命体だ。そう、多種多様なエイリアン！　とてもたくさんの種がいて、どれもが異なっている。ＭＩＢ本部でエイリアンたちが列を作って進んでいるさまは、まるで空港の出発ロビーのようだ。エイリアンたちのほとんどがバッグやトランクやバックパックやコンテナを持っている。明るい楕円形のカウンターでは、ＭＩＢ職員が異星産らしきフルーツのバスケットやニューヨークみやげを調べている光景さえ見られた。職員は来訪者の渡航書類を調べたり、質問したりしている。多くのエイリアンがうんざりした顔やぐったりした姿勢で円形のソファベンチに腰を下ろしている一方で、モリーが彼らを見て驚嘆しているのと同様に、地球のターミナルの様子を見て目を見張っている者たちもいる。

ある列の中を大きなクリスマスツリーほどもある黄色いブドウがよろよろと移動しているのが見えた。目をこらすと、〝ブドウ〟の粒に見えたのはすべて目玉で、それぞれがフロアのあらゆるものに視線を向けている。ひとつがモリーのほうを向いて触手を振ったので、彼女もエレベーターの中から思わず手を振り返した。

別の列に並んでいるエイリアンは身長が数十センチしかなく、その周囲の空気が絶えず揺れながらゆがんでおり、どうやらこの現実世界と完全には接続していないらしい。そのエイリアンが列の中で前に進むと、その背後にいくつものひずんだ残像を数秒だけ引きずり、それらが別々の個体のようにふるまった。

突然、エレベーターが加速した。降下から一転し、モリーは地下の暗闇へ墜落していった。

第五章

　エレベーターの扉が開いた。モリーの前にあらわれたのは、ひと気のない白い部屋だった。光はむき出しの壁から直接放射されているらしい。部屋には光に照らされた台座があり、その中央に黒革とクロームでできた回転椅子が固定されている。椅子は彼女のほうを向いていた。奥の壁は大きな鏡になっているが、おそらくマジックミラーだろう。

　モリーは自信に満ちた足取りで台座に近づき、回転椅子にすわった。それを合図にエレベーターの扉が静かに閉まる。彼女は椅子を回転させてマジックミラーと向かい合い、脚と腕を組んだ。

「念のために言っておくけれど」彼女はミラーの背後にいるはずの何者かに告げた。「あなたたちがわたしを捕まえたんじゃない。わたしがあなたたちを捕まえたの」

　心の中の小さな一部が恐ろしさを感じていたが、ほかの大部分はこの機会を求め、ずっと待ちわびてきたので、恐怖心に引っこめと命じていた。

翌朝遅く、MIBの〝女帝〟が職場に到着した。もちろんその呼び名を面と向かって口にする者はひとりもいない。MIB北米局長のエージェントOは、いつものように超然とした落ち着きと威厳をまといながら、ミラーの背後にある監視ルームに歩み入った。Oは白髪をショートカットにした細身の女性で、一分の隙もない黒いスカート・スーツと白いハイカラーとカフスを身につけている。MIBの多くのエージェントと同様、彼女も見た目からは想像もつかない過去を持つ。アメリカで最初の女性エージェントであり、ほとんどの者が知らないものの、彼女こそが携帯用ニューラライザーの開発者なのだ。エージェントZ亡きあと、ニューヨーク局の指揮をまかされて手腕を発揮してきたOは、ミラーの向こうにいる若い女性がこの組織をどれほど危険にさらしたかについて強い関心を寄せていた。彼女はミラーに近づき、女性の反応や応答をガラス越しに子細に観察している白髪頭の上級《シニア》エージェントの隣に立った。前腕に嘘発見器を装着した若い女性は、質問攻めにあった長い夜をすごしたあとで疲れた顔をしているが、尋問を担当するMIBエージェントは彼女の答えに満足していないようだ。

「彼女は誰の手先?」Oはメタルフレームの眼鏡をはずしてきいた。

「誰の手先でもない」上級エージェントが答える。「彼女は単独で動いていると言っている」

　Oは、尋問官たちとさらに激しいやり取りをする若い女性の顔をじっくり観察した。

「つまり、訓練も受けていない一般市民が通りがかりにふらっと入ったというわけ？」

　上級エージェントが尋問の記録を手渡した。「どえらい話だ」

　Oは次々にページをめくり、内容にざっと目を通した。「なるほど」と書類を上級エージェントに返し、尋問室に通じるインターコムのスイッチを入れた。「彼女をニューラライズしてちょうだい」

　尋問室では主任尋問官が上着のポケットからニューラライザーを取り出した。その銀色のスティックを見たとたん、若い女性の顔色が変わった。明らかに彼女はそれが何をするものかを知っており、必死になって抵抗した。

「だめよ、だめ、やめて。それが何かは知ってるわ」そう言って勢いよく立ち上がる。

　Oはいぶかる目を部下に向けた。

「彼女は……一度経験しているんだ」

　上級エージェントが説明を始めたとき、若い女性がまっすぐミラーに向かって話しかけてきた。まるでミラーのこちら側にいる人間が見えるかのように。

「あなたたちはうちの両親の記憶を消したの。でも、わたしのは消さなかった。わたしはこれまで、みんなから頭がおかしいって言われてきたわ。〝クレイジー・モリー〟って。セラピーを受けなきゃだめだ、って」彼女はそこで渋い顔をしてうなずいた。「確かにセラピーは受けたけど、あれは別件でよ」

ミラーの後ろでOは腕を組んだ。表情はぴくりとも動かない。モリーは回転椅子のひじかけに手錠でつながれているが、それでも抵抗し、ミラーに映った自分の姿とその背後にいる人物に懇願し続けている。

「でも、わたしは探すのをけっしてあきらめなかった。二十年かかったけど、ようやくあなたたちを見つけたわ」

ニューラライザーを持ったエージェントがスライダーを開け、設定ダイヤルを調節し始めた。モリーはそれを見やり、視線をミラーに戻した。

Oは眉をひそめ、もう一度記録を手に取ってページをめくると、先ほどから引っかかりを覚えていた部分を見つけて読み返した。

「彼女は本当にアンドロメダ座IIを調べるためにハッブル望遠鏡をハッキングしたの？　われわれに気づかれずに？」

「ひと昔前なら、彼女は採用だったろうな」上級エージェントが少し懐かしげな口調で言う。Oは彼に目をやり、もう一度モリーを見た。それから、確固とした足取りで尋問室に入っていった。

「それで」Oはモリーと対面して言った。「あなたはわれわれを見つけ、自分が正気であることを証明した。次はどうするつもり？」

「入りたいの」モリーは間髪をいれずに答えた。

「われわれは雇用しない。リクルートするの」

「だったら、わたしをリクルートして」

「ならば、そうすべき理由を聞かせてちょうだい」

「わたしは頭がいいわ。やる気満々だし……」

「必要なのは、それ以上のものよ」

主任尋問官の手の中でニューラライザーがフルパワーでうなり始め、いつでも放射可能になっている。Ｏは、まっすぐ見つめてくるモリーの目の中に固い決意と強い意志がみなぎるのを認めた。

「わたしには人生らしいものがこれっぽっちもない」モリーのだしぬけの言葉に、Ｏは首を少しかしげた。「犬を飼ってない、ネコも飼ってない、ネットフリックスも観ない、もちろん友だちとわいわい楽しんだりしない。立ち去ろうとして後ろ髪を引かれるものなんか、わたしにもひとつもないの。だから、完璧にこの仕事に向いてるわ。でしょ？」

Ｏは魂と羽毛の重さを比べるような目つきでモリーを見つめ、やがて言った。「それはまたずいぶんと……寂しいわね」

モリーはふたりの尋問官をうかがった。どちらも憐《あわ》れむような顔でうなずき、Ｏの意見に同意した。

「恋人は？」Ｏはきいた。「恋愛関係はないの？」

「恋愛なんて、重要なことの妨げになるだけだわ」モリーが答える。

「その重要なこととは何？」

「真実よ」モリーは答えた。「万物がどんな仕組みで動いているのか知りたいの」

Ｏは主任尋問官にうなずき、ニューライザーをポケットに戻させた。もうひとりの尋問官が手錠をはずす。モリーは手首をさすった。

Ｏはきいた。「黒いスーツこそがあらゆる問題の答えだと、あなたは本気で考えているの？」

「いいえ。でも……」モリーはＯを上から下まで見た。「あなたの黒いスーツはとってもかっこよく見えるわ」

Ｏは初めて笑みをもらした。


肩に巻き尺を引っかけた背の高い中年の仕立屋に手伝ってもらいながら、モリーはＲＯＳＳストアで買った急ごしらえのＭＩＢの制服を脱ぎ捨て、下に着ていた黒のタンクトップ姿になった。

部屋の左右の壁際には透明なバーが何本も吊《つ》り下がり、男性と女性のエージェント用に異なったスタイルのスーツがかけてある。奥の壁のアルコーブには白く光る透明な棚がいくつも組みこまれていた。モリーは鏡に映る仕立屋とその助手の様子を盗み見た。彼はスタイリッシュな黒いベストと白いシャツを着用し、若いショート・ブロンドの女性は白い長袖ブラウスの上に黒い袖なしワンピース・スーツを着ている。

仕立屋がモリーの全身にスキャナーを走らせ、一時的にグリッド状のホログラムを着せた。仕立屋から無言の指示が下され、助手は持っている電子タブレットに何やら入力すると、ラックに歩いていって一着のスーツを選んだ。

スーツを着せてもらうあいだ、モリーの頭の中にはOの言葉がこだましていた。

――あなたは噂《うわさ》やデ・ジャヴのようにすぐに忘れ去られる存在よ。

――あなたはどんな種類の識別のしるしも持たない。けっして目立たない。もはや〝社会〟の一部でさえない。

モリーは部屋の別の区画に行くよう急《せ》き立てられた。そこで助手が、黒く塗装された箱のひとつを取り上げた。仕立屋が箱を開けると、中には三角形をしたＭＩＢの腕時計が並んでいた。仕立屋がそれらをじっと見つめ、次いでモリーをながめ、思慮深くうなずく。箱から腕時計をひとつ取り上げると、モリーの手首に慎重にはめた。彼女は腕を目の前にかかげ、腕時計をほれぼれと見た。クールじゃん。

別の棚から木箱がひとつ持ち上げられた。仕立屋がふたを開けたとたん、モリーは笑みをもらした。サングラスを手に取って顔にかける。そこには自分の中にあるとは気づかなかった敬意があった。

最後の行き先は武器庫だ。モリーは菓子屋に入った子どもの気分だった。そこにはレイガン、ブラスター、ディ＝アトマイザー、テーザー、レーザー、フェイザー、メイザー、ソニック・ディスラプター、メルター、モーラー、フュージョン・プロジェクター、フォトニック・ショットガン、時空ステープラーがずらりと飾ってある。

武器担当者が小さな黒い箱を開けると、そこには手のひらにおさまるほど小さな銃がきれいに並んでいた。モリーは落胆もあらわに言った。「ねえ、まさか嘘でしょ？」

担当者が眉をひそめ、それから肩をすくめ、アルコーブから別の箱を取り出した。彼女が開けてみると、そこにはロボコップとダーティハリーが奪い合いでもしそうな、銀色に輝く未来型の大型銃があった。シリーズ4・ディ＝アトマイザーだ。

モリーは満面に笑みを浮かべた。「そう来なくちゃ」

モリーはOのあとについて、ほかのオフィスから一段高くなった局長執務室に入った。Oの執務室は楕円形《だえんけい》に設計され、そこからエージェントたちのデスクやエイリアンたちの到着・出発ロビーを一望できる。Oが、インターネット上に存在したモリー・ライトの痕跡を機関が完全に削除したことを説明した。彼女の昔の人生と昔の名前に関する名残《なごり》は、

MIBのコンピュータ画面にあるMの文字だけとなった。

「われわれはシステムの上位に存在するの。それをはるかに超えた位置にね。われわれは単なる〝彼ら〟よ。でも、残念ながら今も〝メン・イン・ブラック〟と呼ばれている」

Oが言い終え、ふたりの女性は少々ぎこちなくたがいを見つめ合った。

「メン・イン・ブラック？」モリーは不満げに言った。

「よして。わたしも同じ会話を交わしてきたわ。彼らは簡単に手放せない。まだ変化の途中なの」

Oはデスクの後ろにすわり、マニラ封筒を取り出して〝M〟に差し出した。

「あなたの最初の任務よ」

その中に宇宙の秘密が入っているかのごとく、Mは奪うように封筒を受け取った。「了解。でも、いつもらえます？　わたしの……」スティックを持った手をかかげる仕草をしてみせる。

「あれはニューラライザーと呼ばれているわ」Oが説明した。「そして、あなたはもらうのではなく、勝ち得るの」Mの落胆した顔を見て、つけ加える。「あなたは試用期間ということで加入を認められた。わたしを感嘆させてちょうだい……そうしたら、考えてみましょう」

落胆を消し去ろうと、Mは封筒を開けて中の紙片を抜き出した。内容を見るなり、彼女は傷ついた顔を上げ、ほとんど詰問するような視線をOに向けた。

「あなたは真実が大好きなんでしょ、エージェントM？」

Mはもう一度紙片に目を落とした。それは異動辞令で、任地が〝MIBロンドン〟とだけ書いてある。

「どうやらロンドンに問題がありそうなの」Oが話し始めた。

第六章

メイフェア、ロンドン

その会員制賭博クラブはがらんとしていた。上等なマホガニー材で内装された部屋には背もたれの高い革張り椅子がずらりと並んでいるが、誰もすわっていない。すでに会員の大半は何時間も前に家路につき、その時点で今夜の営業は終了となった。ところが、奥の部屋にひとつだけ照明に浮かぶカードテーブルがあり、プレイヤーが囲み、その周囲を見物人が取り巻いていた。突然、テーブルで叫び声が上がり、ほかの部屋にまでとどろいた。その一秒後、ゲームを見守っている客たちから歓声が上がった。

タトゥーを入れた屈強なふたりの用心棒がテーブルに近づき、目を飛び出させて手首を押さえながら痙攣《けいれん》しているプレイヤーを椅子ごと運び出した。テーブルに残っているプレイヤーは、これで六人。茶色のコーデュロイ・ジャケットと緑色のTシャツを身につけ、目の下に午前三時のクマをたたえたエージェントHも、その中のひとりだった。ハイ・Tとともにパリで世界を救ってから三年。そのあいだに、Hの中で何かが変わっていた。外見からは説明できない何かが。彼の目からはいくらか光が消えてしまったようだ。

Hは空《から》になったタンブラーを持ち上げ、控えめすぎて壁の木目と同化しそうなウェイターにお代わりの合図をした。制服姿のウェイターはごてごてと装飾がほどこされた曇りガラスのデキャンターから、どろりとした紫色の液体を注いだ。タンブラーに入った液体はそれ自身の意思で波打っている。Hはうごめく飲みものを一気にあおり、そのきつい刺激に顔をしかめた。

「ああ、喉ごしがなめらかだ」Hはそう言うと、ふたたびタンブラーを指さした。「こいつを切らさないでくれ」

カードテーブルの中央には鳥かごが置いてある。その中に頭が三つあるヘビのような生きものが入っている。それがフメキアン・トレンチ毒ヘビであることをHは知っている。体内に宇宙で最も致死性の高い毒のひとつを持つ恐ろしい生物種だ。とぐろを巻き、三つの頭で周囲を見回しながらシューシューと音をたてる毒ヘビは、プレイヤーから数十センチしか離れていない。ヘビのかごの床には地球のトランプに似たポーカー用タイルが敷きつめられている。プレイヤーは手札を変えたい場合、ヘビに嚙《か》まれる危険を冒さねばならない。

Hとともにテーブルを囲んでいる者たちは店の常連ではなかった。少なくとも通常の営業時間に来店する類の者たちではない。Hの知るかぎり、彼らは地元のクズども――武器商人、薬物密売人、人身売買業者――か、もっとたちの悪い連中だ。だが、テーブルでゲームを仕切っている男は地元の者ではなく、はるか遠くから来ている。名前はアナトーリ。少なくともこの惑星ではそう名乗っている。着ているスーツはかなり高価なオーダーメイドで、顔と首と両手に走る傷痕とタトゥーはさながら環状道路マップ、まぶたの垂れた目はかごの中の三つ首毒へビと同様に爬虫類《はちゅうるい》のものだ。アナトーリはセルリア星の犯罪王だったが、数年前に地球に逃亡してきて、ヨーロッパの裏社会であっという間に顔役にのし上がった。ここは彼のクラブであり、これは彼のゲームであり、適用されるのは彼のルールであり、彼こそHがこの場所に来た目的だった。

ベルリンでＭＩＢの別任務を遂行していたとき、Hは偶然にもアナトーリの手下のひとりに関する手がかりを得た。ＭＩＢがどれほど長いあいだアナトーリの組織を壊滅させようと躍起になってきたかを知っているHは、あらゆる手を使い、セルリアの麻薬密輸を含む取引のブローカーという身分を手に入れた。麻薬は使用者に幻覚性の陶酔感をもたらす一方で、中毒性があり、脳をむしばむ。

実際に取引をおこない、それを架空の違法な儲《もう》け話につなげることで、Hはロンドンにあるアナトーリのクラブに招待された。そして、営業時間後のプライベートなゲームに参加している。

「おれがこのクラブをどれほど気に入ってるか言わせてくれ」

Hはそう言いながら、目の隅で店内の隠し罠《わな》や脱出ルートを探った。用心棒たちがプレイヤー7の死体を部屋から引きずり出していくとき、ショルダーホルスターにピズィム星のブラスター銃を隠し持っているのが見えた。ピズィム星の武器がアナトーリの手下にまで流通しているということは、ピズィム星とネクドルフ星の停戦協定がすでに破られたことを意味する。この情報についてはMIBのオフィスが詳しく知りたがるだろう。

「ここはフォーマルだが堅苦しくはない。クラシックでありながらモダンだ」

Hは言葉を続け、アナトーリの隣に立っている連れに目を向けた。その女性は薄地のガウンをまとい、美しい目だけ残して顔をベールで隠している。女性はHの視線に気づいたとき、瞳がわずかに大きくなった。ベールの下で彼女が顔を赤らめながらほほ笑んだのはまちがいない。

「会員権は年間いくらだと言ったっけ？」Hはそうきくと、左隣のプレイヤーを見やり、かごの上に積まれた紙幣の山に賭《か》け金を追加した。「レイズ」

イーストエンドのギャングである隣のプレイヤーは革コートの袖をまくり、その手をかごの中にそっと差し入れた。彼がつかんだのは、ストレートフラッシュを完成させるのに必要なタイルだ。毒へビはぴくりとも動かず、死んだような三対の目はまばたきもしない。

「入会は招待のみだ。欠員はない」アナトーリがきつい東ヨーロッパ訛《なま》りで答えた。

イーストエンドのギャングが警戒しながらゆっくりとタイルを引き寄せていく。その手がもう少しでかごから出るとき、彼は唇の上に浮かんだ汗を舐《な》め、にやりと笑った。その瞬間、毒ヘビが飛びかかった。ギャングはタイルを落とし、あえぎながらかごから手を引っこめ、嚙まれた手首を押さえた。彼の目玉は風船のようにふくらみ始めた。アナトーリの用心棒が近づく間もなく、イーストエンドのギャングはゴボゴボと喉を鳴らし、椅子から床にどさっと落ちて息を引き取った。男がひとり絶命しても、アナトーリとHはたがいから視線をはずさずにいた。

「ちょうど欠員が出たみたいだな」Hは用心棒が死体と椅子を片づけるのをながめながら言った。

「おまえの番だ」アナトーリが即座に告げた。

Hは自分の手札を見た。10、ジャック、クイーン、キング。すべてスペードだ。スペードのエースを探すと、とぐろを巻いた毒ヘビの胴体の近くに押しこまれているのが見えた。Hはかごの中に手をすべりこませた。ためらいも恐怖もなく、ただ無造作に。じりじりとタイルに指先を近づけながらも、Hはアナトーリと会話を続けた。「このクラブにジムはあるか？　サウナは？　食事はできるのか？　それとも、死ぬほど高額のギャンブルだけか？」Hはかごの床からタイルをつかみ上げると、ミリ秒単位の差で毒ヘビの攻撃をかわし、手を取り出した。

見物人たちから息をのむ声と歓声が沸き起こった。Hはにらみつけてくるアナトーリにタイルをかかげてみせてから、ほかの手札とともに順番にテーブルに並べた。

「ほら、見ろ。ロイヤルフラッシュだぞ」

興奮した毒ヘビがシュッシュッと音をたてのたうち回るのを横目に、Hはかごの上から現金の山をごっそりかき集めた。

生き残ったプレイヤーたちがタイルをかごの中に投げ戻し、次の賭け金を出した。Hが空のタンブラーをかかげると、ウェイターが紫色のうごめく液体を注いだ。

「さて、ビジネスの話をしよう」Hはアナトーリにそう言って、グラスに満たされた酒を手ぶりで示した。「おれはこいつをさばくことができる」彼は少々酔っており、それはよい徴候ではなかった。いかなる任務でも酔うことは危険であり、禁じられているが、援護のない潜入捜査においてはなおさら無茶だといえよう。MIBは人間を酩酊《めいてい》させるほとんどの物質を少なくとも一時的に中和する特殊な化学薬品を有しており、エージェントが現場に出る前に摂取させるが、Hはそれを拒んでいた。彼はすでにほろ酔い状態を越えており、感覚がまったくないことに気がついた。「おれは誰に話をつければいい？　おれは一枚噛むつもりだ」ベールの女性が驚いたようにまばたきしてから、彼にウィンクを送ってきた。ベールの下にはやはり笑みが浮かんでいるようだ。Hはアナトーリの連れの女性に大っぴらに色目を使った。さらなる大胆さ、さらなる危険。「おれはこの場所になじめそうだ」

「おれはそう思わない」アナトーリは冷ややかに言うと順番にしたがい、かごの中に手を突っこんだ。フメキアン毒ヘビが頭を揺らしてシューと音をたてたが、飛びかからなかった。エイリアンの犯罪王は望みどおりのタイルをつかみ、まるで無限の時間を持っているかのようにゆっくりとかごから腕を引き出した。テーブルに札を置き、爬虫類の凝視をHに向ける。「いいか、おれはメン・イン・ブラックの野郎は絶対にお断りだ」

　部屋がしんと静まり返った。誰もがHを見た。彼は注目されていることに気づかないかのように勝ち取った金を数えている。

「そいつは無理もないな」Hは応じた。「せっかくの雰囲気をぶち壊しにするあのろくでなしどもをここに入れるやつがどこにいる？　ここに必要なのは悪党だけさ」

　アナトーリは目の前の潜入エージェントに感心した。正体が露見するようなそぶりをひとつも見せない。相当の腕利きなのか、それとも単に酔っているだけか。リーク情報がまちがっていたと悪態をつくこともできるが、そんなことはありえない。新たなビジネス・パートナー候補がＭＩＢのエージェントだという情報は、彼が逮捕をまぬがれるために申し分のないタイミングでもたらされた。これまで築き上げてきたものを、人生のなんたるかを知りもしない宇宙のお節介集団によって取り上げられるかと想像しただけで、彼の有毒な血液は沸騰した。男の正体は、それを知るためにブラックマーケットに支払ったいくばくかのお宝の価値がある。ＭＩＢの機密データを漏洩《ろうえい》させた人物とは会うことなどないだろうが、その人物に対して、アナトーリは恩義を感じていた。彼は部下たちにうなずいて合図した。

用心棒のひとりがHの背後からロープを回し、首を絞めようとした。Hはテーブルの縁を力まかせに蹴り、てこの原理を利用して用心棒の上を飛び越えて背後に回った。背中に渾身《こんしん》の蹴りを見舞うと、つんのめった用心棒がテーブルに派手にぶち当たり、積まれていた紙幣が部屋中に舞い踊った。勢いで用心棒の顔がかごを突き飛ばし、そのふたが開いたからたまらない。彼はフメキアン毒ヘビの三つ首に嚙みつかれ、目玉を腫《は》らしてうめきながら床に転げ落ちた。

怒った毒ヘビはかごからテーブルに這《は》い出した。プレイヤーと見物人たちが悲鳴を上げて部屋から逃げ出したとき、ふたりめの用心棒がHに突進してきた。Hは用心棒に向けて椅子を蹴り飛ばし、相手を床に転倒させた。別のならず者が飛びかかってきたので、Hはテーブルからすばやく毒ヘビをつかんで投げつけた。すぐさま身をかがめ、死んだ用心棒のホルスターからブラスターを奪うなり、立ち上がってアナトーリに狙いをつけた。犯罪王はまだ席についたままで、その隣にはベールの女性が立っている。

「おれはＭＩＢだ、このセルリアの悪党め」Hは告げた。「ついでに言っておくと、おまえのクラブは最低だ。気取りすぎで鼻につく。さあ、すべてを白状しろ。供給元も売り手も、ネットワークの全貌を洗いざらい」Hは急に痛みを覚えて顔をしかめた。

「おまえの運も尽きたらしいな」アナトーリが視線を落とした。毒へビの頭のひとつがHの脚に嚙みついていた。「おまえはもう死んでいる」

毒の効果がすぐにあらわれ、Hの目玉はすでにふくらみ始めていた。凍りつくような酸を血管と心臓に注入された気分だった。激痛にもかかわらず、Hはセルリアの犯罪王をあざ笑い、毒へビを脚から引き離して空中に放り上げた。へビは天井の梁の湾曲部に引っかかり、下にいるHにシャーとうなった。

「そうかな？」Hは舌をもつれさせながら言い、感覚のない指をジャケットの内ポケットに入れた。「解毒剤があるんだ、ばかめ」

ところが、解毒剤のボトルが入っているはずの場所には液体のしみが広がっているだけだった。彼がひびの入ったボトルを取り出すと、アナトーリがくっくっと笑いだした。Hはボトルを投げ捨て、自分の濡《ぬ》れた指先を懸命に吸った。効果があらわれない！　今度はジャケットと格闘し、ポケットの生地にしみた貴重な薬液を少しでも吸い取ろうと試みる。

「ツイてなかったな、友よ」アナトーリが言った。「ここで解毒剤を持っているのはひとりだけだ。そうだろう、スウィートハート？」

かすむ視界の中、Hはアナトーリの連れの女性がパーティバッグから細身の小瓶を取り出すのを見た。彼女はその美しい目でHが苦悶《くもん》する様子を見ながら、小瓶をかかげてみせた。

アナトーリは高笑いしようとしたが、できなかった。天井から落ちてきた毒へビが三つの口で彼の顔面と首筋に嚙みついたのだ。アナトーリは椅子からすべり落ち、床の上であえいだ。膨張し始めた目でHを憎々しげに見てから、連れの女性に向かって指を鳴らし、手ぶりで解毒剤を求めた。

Hはがっくりと両膝をついた。唇が青く変色している。考えをめぐらすことも、見ることも、息をすることもむずかしい。ベールの女性がHを見やり、それから視線をアナトーリに移し、またHに戻した。

「頼む」Hはどうにか彼女の美しい目に焦点を合わせようと努めた。「きみの望むものをなんでも……」

アナトーリはあざけろうとしたが、もはや顔の筋肉が動かず、息のような声を吐き出した。「はっ！　こんないい女が、おまえごときに興味を持つと思うか？」

ふたりの男が助けを求めてエイリアンの女性を見つめる。彼女は小瓶を強く握りしめ、胸に引き寄せた。Hに目を向ける。ベールの中から聞こえた彼女の声には、アナトーリと同様に東ヨーロッパのきつい訛りがあった。その声はまた欲望の蜜でとろけていた。

「〝わたしの望むものをなんでも〟って言った？」

それはアナトーリがけっして聞きたくなかった言葉だった。

死んだアナトーリのスイートルームは、ロンドンの超高級ホテルの最上階にあった。Hは太陽の光によって眼球の薄皮を一枚ずつはがされるように目を覚ました。頭がふらつき、胃が痛い。まるでタラント星人の排泄物《はいせつぶつ》になってしまった気分だが、これがうごめく紫色のワインによるものなのか、ヘビの毒によるものなのか、判然としなかった。ベッドの隣を見やると、アナトーリの元恋人がまだ寝息をたてていた。彼女の長い触手状の腕が彼の胸に置かれている。そっとどけようとしたものの、しっかりと肌に吸着していて取れない。慎重な手つきで触手をはがしていくと、真空の破れた吸盤からポン、ポンと音が鳴り、胸には小さな赤い輪の列が斜めに残った。エイリアンの女性――まだ名前も聞いていない――はもぞもぞと動いたが、目を覚まさなかった。Hはストライプ模様の靴下を履いた足でベッド脇の床に降り立ち、急いで服を着た。寝室の化粧鏡の前に立ち、引き出しの中をかき回して口紅を見つけ出す。それを使って鏡の表面にメッセージを走り書きすると、ジャケットのポケットからニューラライザーを引っぱり出した。

彼はまたしても規則を破ろうとしていた。ＭＩＢの現場エージェント向けの手引き書では、自分をニューラライズすることを固く禁じている。それは危険であるだけでなく、無責任な行為だからだ。エージェントの記憶は法的にはＭＩＢの所有物であり、それを消すのは組織のファイルを削除するに等しい。Hは小さなダイヤルを調節してから、真正面から自分の顔に向けて記憶消去ビームを照射した。何度かまばたきしたあと、アナトーリが悲運に見舞われた以降のできごとをひとつも思い出せないのを自覚した。目の前の鏡に殴り書きのメッセージがあった。

——後ろを振り向くな。そのまま立ち去れ。おれを信じろ！　H

Hはハンカチを取り出すと、メッセージをぬぐい去った。ふとハンカチに残った赤い口紅を見つめ、笑みを浮かべたあと、ベッドを振り返ろうとした——が、そこで自分からの助言を思い出し、そのまま静かに部屋をあとにした。

第七章

Mは地下鉄のホームで待っていた。ニューヨーク市内のどこにでもあるようなありふれた駅だが、ここはMIBバッテリー・トンネル基地の一部だ。ホームには数名のMIB局員とさまざまなエイリアンのサポートスタッフが立ち、一般の人びとが電車を待つときと同じように、それぞれスマートフォンの画面を見たり、新聞を読んだりしている。Mも今や彼らの一員となり、最初の任務、最初の偉大な冒険に出かけようとしているのだ。まるで現実のこととは思えなかった。

やがて現実が警笛を鳴らし、轟音《ごうおん》とともにホームに入ってきた。いかにも古くて落書きだらけの地下鉄車両が一台、車体を揺らし、きしみながら停止した。ホグワーツ特急じゃないけど、これに乗るんだわ、とMは思った。

車両のドアが開き、六人のとても小柄なエイリアンの一団がどやどやと降りてきた。彼らのひょろりとした身体はどことなくミミズ《ワーム》を連想させた。カエルめいた頭の先からは長い触角がだらんと下がり、小枝のような細い腕を二本持ち、もうひと組の短い腕は胴体に折りたたまれている。ワームたちはキャリーバッグを転がし、そのうち何人かは、アイアン・メイデンのコンサートTシャツよりも派手なアロハシャツを着ていた。ブルックリン訛《なま》りでけたたましくしゃべりながらホームに出たとたん、彼らはシャツのポケットから電子タバコを取り出して吸い始めた。中にはフラスクを取り出して大きな音をたてながら中身を飲む者もいる。

「早くしないと置いてくぞ！」ワームのひとりが遅れている仲間に怒鳴った。それを聞いて全員が笑い、騒々しく司令センターへと進んでいく。流れてきた煙を嗅いだMは、それがクッシュベリー・エキスではないかと推測した。

Mはバックパックを持ち上げ、ほかの局員たちとともに列車に乗りこんだ。車内は古くて不快な典型的な地下鉄車両と変わらない。Mとほかの乗客たちはすぐに席を見つけた。

「ニューヨーク局をあと三十秒で出ます」

自動音声が天井のスピーカーから流れた。市職員のいかにもうんざりした口調を機械があまりにみごとに再現しているので、Mはひどく感心した。

ドアがシューッと閉まる。が、すぐにまた開き、歯を中心にして作られたようなエイリアン二名を乗せた。そのひとりがMのほうに向けて歯をむき出したが、それがほほ笑みなのか威嚇なのか、彼女にはわからなかった。ドアがふたたびうめくように閉まると、車両がみるみる変形し始めた。幼い日の夜、家の外で見たＭＩＢの車がどのように変化したかをMは思い出した。車両の汚れたプラスティック座席は、レーシングカーか戦闘機のコックピットのように頑丈な安全ベルトつきのシートに変わった。

「ニューヨーク局をあと十秒で出ます」

アナウンスを聞いて、乗客たちが安全ベルトを締め始める。Mもそれを見習い、時間に間に合うように締め終えた。

変形した車両が想像していた以上の速度でホームを飛び出した。Mは自分の脳みそが頭蓋骨の中で後ろにずれたのではないかと思った。身体に大きなGがかかっているのに、車体からはロケットエンジンのような轟音が聞こえない。ひょっとして磁気浮上のリニアモーターカーなのだろうか。

彼女は〈ウォール・ストリート・ジャーナル〉を読んでいるエージェントのほうを見やった。彼の顔はパンケーキ並みにぺしゃんこになり、頰はしなびたブーブークッションのようにぶるぶる震えていた。別のエージェントはコーヒーマグを持った手を目の前に突き出し、ほんの少し傾けた。コーヒーが勢いよく空中を飛び、彼が開けている口に飛びこんでいく――判定はジャッジ全員が十点満点。天井に何か動くものがあった。Mが真上を見ると、明らかに毎日これで通勤していると思われる毛だらけの小さなエイリアンが吊革《つりかわ》につかまり、車両の加速によって完全に水平状態になって旗のようになびいていた。そんな状況にあっても、どこ吹く風で小型タブレットで何かを読みふけっている。Mは同じ街で暮らす市民として誇らしさを覚えた。本物のニューヨーカーは、地下鉄の車内で何が起きようといちいち動じたりはしないものだ。

無感動な自動音声がスピーカーから告げた。「次はロンドン局」

窓の外に目をやると、大西洋の深くて暗い海中を一頭のシロナガスクジラが漂い、そのまわりに小さな魚が群がっているのが見えた。チューブ内を走るハイパーループ・カプセルは魚たちを横目に見ながら英国に向けて進み続けた。

ロンドン市街を二分するテムズ川の水底を、きらめく物体が驚異的なスピードで移動していく。まばたきしたら見逃してしまうほどの速度だ。

「まもなくロンドン局に到着します」地下鉄車両の自動音声が知らせた。「次の停車駅はアムステルダム支局」

Mはロンドン局のホームに降り立ち、まわりを見た。MIBエージェントたちが彼女に目もくれずにぞろぞろと歩いていく。前方に銀色に磨き上げられた上りと下りのエスカレーターがあり、乗降口の足元に〝ロンドン〟とだけ書かれた標識が見えた。

Mはエスカレーターの手前にある売店の横を通りすぎた。店主の男はエイリアンかそうでないか見分けがつかなかった。彼の青白い肌と黒い目は縮れたブロンドの髪と好対照をなし、細かく編まれて四方八方に広がる髪はまるで後光のようだ。チューイングガムやテレフォンカードやライターやチョコレートバーの隣には〈エイリアン・カリスマ〉〈宇宙旅行者グルメ〉〈銀河クロニクル〉といった雑誌が並んでいる。

超高速移動による影響なのか、自分がスライムになったような感覚が消えないまま、Mはホームから司令センターに続くエスカレーターに乗った。ロンドン局の建築様式は、ニューヨークの無機質で明るく照らされた白い壁とクロームの混合体と大差ない。複数階層を持つ巨大な人工洞窟というモチーフは同じで、レイアウトだけがちがう。ロンドンでOに相当する地位の人物の執務室と思われるオフィスは、楕円形《だえんけい》でなく球体で、メインフロアで起きているすべての事象を中心から見下ろす目のように感じられた。

ニューヨーク局と同様、ここにも税関ターミナルがあり、千もの異なった世界、数百もの異なった銀河から来訪したエイリアンたちでにぎわっていた。Mは自分の世界に到来し出発していく彼らの様子を驚嘆の目で見た。サボテンに似た生物が別れを惜しんで抱き合い、どこか宗教的な象牙色の鉢で水を交換している。ひとりは出発ロビーへ向かい、ひとりはその場に残って手を振った。指紋認証カウンターでは、ものすごく多数の指を持つ種族が列の流れを停滞させていた。少し先のカウンターを見ると、MIB職員がヒューマノイド・エイリアンの身分証を何度もチェックしている。首を横に振っているのは、顔写真が一致しないためらしい。エイリアンが職員に「ちょっと待って」の身ぶりをすると、胸部からヘビとカニを足して二で割ったようなものが姿をあらわし、何やらうなった。職員は驚いた様子もなく身分証とヒューマノイドの胸からぶら下がっているエイリアンを見比べ、承認のうなずきを返すと、列に並んでいる次の二名に合図した。

Mは行列を迂回《うかい》し、多言語で〝局員専用〟と示されている方向に歩いた。通路の分岐点でふと足を止め、近くの大型モニターをながめる。画面には〝ただいま注目されている監視映像〟のテロップとともに、テレビやメディアでしょっちゅう見かける十数名の有名人が映し出されていた。

「彼らの正体はきみの思っているものとちがう」

背後から聞こえた声に振り向くと、風格のある年配男性が立っていた。仕立てのいい黒いスーツ、ベストのポケットに入れた金の懐中時計。いかにも洗練され、信頼できる雰囲気を持ち、どこか危険な香りも感じられる。

「嘘でしょ」Mはモニター画面に目を戻した。「でも、この人物だけは納得がいくわ」と大統領執務室の映像を指さす。

「どうやら、われわれを見つけたという人物がきみだな」

「ええ、わたしよ」

「わたしはT。ハイ・Tだ。ここを指揮している。ようこそ、M。きみには大きな期待を寄せていいと、Oから言われている」

「後悔はさせません」

ハイ・Tはほほ笑んだ。彼はターミナル施設の先にある通路を指さした。

「右折を二回、左折を一回だ」

それだけ言って去っていくTの後ろ姿を見ながら、Ｍは道順を教えられたにもかかわらず路頭に迷った気分になっていた。ふと見下ろすと、足元に愛らしいふわふわしたエイリアンがいた。場所と立場を忘れて思わずその頭をなでると、たちまちエイリアンは粉々に割れ、同じ形の何体ものミニチュア版に分裂した。小さくなった生物たちはクモの子を散らすように走りだし、ＭＩＢの職員たちが彼らをかき集めようとあわてて追いかけ回した。Ｍは知らん顔をして急いで立ち去った。

通路を右に二回、左に一回曲がると、無数のブースに区切られた広大なオフィスに行き着いた。数百名の人間とエイリアンがヘッドセットを装着し、それぞれのデスクでコンピュータの前にすわっているのが見える。その光景にＭは、奇妙でありながらなじみ深い感覚を覚えた。無人のデスクがひとつあり、そこに〝Ｍ〟と書かれた名札が置いてあるのを見つけた。

「お隣さんになるらしいね」隣のブースからエイリアンが陽気に話しかけてきた。「ぼくはガイ」

ガイは全身が青かった。二対の目に流行の黒縁眼鏡をふたつかけ、とがった葉のような六つの耳を持ち、ずんぐりした身体にボウリングシャツを着ている。鼻の下と顎と首にまばらに生えているものは、ひげなのか細い触手なのかよくわからない。

「ちょいと失礼」ガイはヘッドセットのミュートボタンを解除した。「エイリアン・サービスセンターです。地球滞在が心地よいものになるようお手伝いいたします。本日はどのようなご用件でしょう？」ガイの電話口の声はバターのようになめらかだった。「お客さまの人間の皮膚が破れた？　それは気分がお悪いでしょう。打ってつけの仕立屋がありますよ。サヴィルローを少々はずれたところに……」

青色の新しい友人が顧客に道順を教えるのをぼんやりと聞きながら、Mは自分のブースに入ってすわった。デスクの上には、ビニール包装されたヘッドセットと、『エイリアン行動規範・地球版』という厚いマニュアルと、リボンのかかった小さな箱があった。Mは箱に添えられた封筒を開け、中の紙片にタイプされた文字を読んだ。

――一千光年の旅も最初の一歩から始まる　ハイ・T

箱を開けてみると、ＭＩＢのロゴがついたポケット・コンパスが入っていた。昔、マンハッタンでカスタマーサービスの仕事に就いたことがあるが、初日に顧客の頭をかたどったストレスボールを贈られたことを思い出した。ブースから周囲を見回すと、実際、多くの点においてマンハッタンのカスタマーサービスの仕事を思い出さずにいられない。

Ｍの担当回線が着信を告げた。彼女は椅子の中でぐったりした。まったく新しいはずの人生がとても古めかしく思えた。

「いったいどうなってんの？」

第八章

マラケシュ、モロッコ

冴《さ》え冴《ざ》えと輝く月が、砂漠の突端に位置する古都に淡い光を降り注ぐ。夜空には雲ひとつなく、地平線より上はすべて星々で満たされている。有名な青空市場を含む旧市街地区《メディナ》は、この時間帯になると閑散とし、売店や露店は営業を終えて鍵がかけられる。市場エリアの周辺に点在するカフェさえも閉店してしまう。

深夜、宇宙から奇怪な粒子群が飛来してきた。だが、星くずの落下に見えるその現象に気づいた者はいなかった。粒子群は凝集し、たがいに渦を巻きながら飛行速度を上げ、真珠色の疾風となって、眠りについている都市の家並みに降下していった。

ウェイターのカーデンは、真夜中をすぎてもまだ仕事をしていた。今夜は予定があったのに、まったく理不尽なことに店のマネージャーから遅くまで働くよう命じられたのだ。カーデンは若く、ハンサムですらりと背が高い。黒い髪は短いドレッドで、モロッコ流のストリートファッションに身を包んでいる。彼はカフェのフロアの濡《ぬ》れたタイル床にモップをかけていた。棚の上に置かれた安物の小さなポータブル・ラジオでは、地元局がダンス音楽を流している。彼は掃除しながらついビートに身をまかせ、少しだけステップを踏んだ。

突然、音楽が雑音にまみれた。壁のテレビの電源がひとりでに入り、ひどくゆがんだ映像でサッカーの試合を映し出した。天井でゆっくり動いていたファンがいきなり高速回転を始めたので、カーデンは仰天し、不審に思いながら店内を見回した。ファンが激しく振動してプロペラのように天井からはずれるのではないかと思ったそのとき、異常現象の連鎖がだしぬけに終わった。停電によってカフェ全体が暗闇に包まれた。

「ヒューズだ！」マネージャーがフランス語で怒鳴った。「行って直してこい！」

カーデンは不満を小声で口にした。「ちゃんと電気代を払ってれば、こんなことは起きないんだ。このケチ」

「聞こえてるぞ！」マネージャーがさらに怒鳴った。「ぐずぐずするな！」

カーデンはため息をつき、モップを壁に立てかけると、ヒューズボックスのある屋上に向かった。

スマートフォンの明かりを頼りに暗い階段を上っていき、カフェの屋根に上がる。外に出てみると、電力が途絶えているのが自分の店だけではないとわかった。一帯の建物はどこも暗い。それでもヒューズボックスは一応見ておいたほうがいいだろう。調べなければマネージャーにどやされるに決まっているから。

からまったケーブルや林立するアンテナを避けながら、散らかった屋根の上を進み、年季の入った小さなヒューズボックスにたどり着いた。ボックスの扉を開け、スマートフォンの光を近づけて中を覗《のぞ》いてみると、古い電線がもつれ合い、その多くが黒い絶縁テープで巻かれている。ヒューズソケットのいくつかには、ずっと前に誰かがフランス語とアラビア語で〝使用禁止〟と書いたマスキングテープが貼ってあった。カーデンはふたたびため息をつき、うんざりした気分でかぶりを振ってから、感電しないことを祈りつつゆるんでいる電線をいじり始めた。

ボックスの中でバチッと火花が散った。カーデンがあわてて後ろに飛びのいたとき、カフェの明かりが点灯し、屋根の照明も戻った。カーデンは気づかなかったが、彼の背後に人間でない何かが立っていた。明らかに別の世界から来た何かが。それには顔がなく、身体の形も定まっていない。それはカーデンのことを観察しているようだった。

すぐにまた照明が消え、屋根の上は暗闇に逆戻りした。カーデンは悪態をつき、自分がどの電線を動かしたら通電が戻ったのかを思い出しながら作業した。照明がまたたき、ふたたび点灯した。カーデンの背後には今や二体に増えた顔のない生きものが立ち、先ほどよりも距離をつめていた。ヒューズボックス内で青い放電が弾《はじ》け、またしても屋根の上は闇に包まれた。

カーデンはポケットを探り、十サンチーム硬貨を一枚取り出した。空いているヒューズソケットを見つけ、そこに硬貨をはさむなり、彼に嚙《か》みついてきた電撃を避けようと手を引っこめた。明かりが点灯する。ひりひりする指をくわえながら待ったが、今度は消える気配がない。カーデンはにんまりし、店の雑用に戻ろうと振り返った。

目の前に、顔のない生きものが二体いた。

カーデンが悲鳴を上げた瞬間、異世界から来た者は手を伸ばして彼をつかんだ。叫び声が途切れ、やがてカーデンの遺体は屋根を転がってひと気のない路地にどさりと落ちた。ベトベトした物質でおおわれた遺体は次第に溶けてなくなった。

しばらくすると、そこには死んだカーデンに驚くほどよく似た男がふたり立っていた。その双子の服装はカーデンのそれとほとんどちがいがない。ふたりは液化した死体に一瞥《いちべつ》もくれることなく歩きだし、夜の闇に消えていった。

まず夜明けが訪れ、次に商人たちがあらわれ、最後に客たちがやってきた。マラケシュの青空市場は、その色彩と活気と混沌《こんとん》とした騒々しさによって古くから知られている。カーデンの姿をしたエイリアンの双子は狭い通りを歩き、ときどき足を止めては、見慣れないものをいろいろとながめた。彼らはこの惑星の新参者なのだ。この都市の最も広大で最も有名な市場のひとつであるスーク・スマリンから歩いてきた彼らは、ようやく小ぢんまりとした骨董店《こっとうてん》にたどり着いた。店の外には、裕福な旅行者の気を引いて店内に引っぱりこもうと、お宝がずらりと並べてある。戸口の前には、配達されたばかりの段ボール箱の荷物が積んであった。

双子のエイリアンは店の外に並んだ骨董品の目的や機能がわからずとまどっているようだった。双子のひとりが足を止め、表情のないガラス玉のような目をオセロットの剥製に向けた。「われわれは女王《クイーン》に会わねばならない」彼はずっと前に死んでいる動物にそう告げた。もちろんオセロットから返事はない。

双子のもうひとりが、おまえはばかか、という目で見ると、店内に続くドアを手ぶりで示した。最初のひとりがうなずき、オセロットを抱きかかえて店に入ろうとした。ふたりめがそれを制し、剥製を手放させてもとの位置に戻してからドアを開けた。

ドアの上で小さな真鍮《しんちゅう》のベルが軽やかに鳴り、ふたりの来店を歓迎した。店内は狭いスペースに品物が雑然とつめこまれており、日陰になっていて涼しい。双子が足を踏み入れたとたん、店内の照明がチカチカとまたたいた。店の主人は痩せこけたかかしのような男で、もじゃもじゃの眉毛がどこかフクコウを連想させる。店主は読んでいた古書から目を上げ、双子を見やった。

双子は店内を歩き回り、人間の価値観をおもしろがるような表情で品物を無作為に手に取っては戻していく。そのあいだ、天井の照明は暗くなったり明るくなったりを繰り返していた。

店の主人が不安定な電灯を見上げ、それから双子の客に視線を戻した。「何かお探しですか？」

「ウイ」彼らのひとりが答え、手の形をした像を適当に選び出すと、カウンターのガラスケースに歩み寄った。

店主は商品のぞんざいな扱いに少し顔をしかめ、客の手にある像を指さした。「気をつけてください。壊したら購入していただきますよ」像が客の手の中でぐにゃりと溶け、ギザギザの刃が反ったまがまがしい剣に変形した。店主は目を丸くした。「あるいは……半額でお分けしてもいいです」

「ノン」双子のもうひとりが言い、やはりカウンターに近づいた。

店主は剣に目がくぎづけになったまま後ずさった。「どうぞ、お持ちください、どうぞ」声に動揺が出ないよう努める。「わたしの気持ちです」

「われわれはクイーンに会わねばならない」客が剣をカウンターに置いて告げた。

店主はわずかに緊張を解き、うなずいた。床の隠しボタンを足で押すと、背後にある棚が壁ごと折りたたまれてスライドし、厚くて高貴な感じのカーテンがあらわれた。

「こちらへ」店主は言った。

カーテンの奥には、もっと古くて価値のある骨董品で埋まった別の部屋があった。一部の工芸品はさまざまな惑星でさまざまな時代に作られており、双子もそのことを認識していた。店主はカーテンを手で押さえて双子を通し、あとから自分も隠し部屋に入った。彼らの背後で壁の棚がもとのように閉まる。

部屋の中央にある台座に、装飾のほどこされたチェスのセットが置かれていた。盤面を構成する精密で美しい石と鉱物、そして駒のデザインは、明らかに地球のものではない。濃い緑色と白のマス目は、ひとつずつが任意の高さを持ち、たがいに段差がある。チェス盤の片側の端に高くて黒い円柱で囲まれた場所があり、これが一種の〝宮殿〟をあらわしているようだ。双子が台座に近づいていくと、静止していた小さな駒たちが動きだすのが見えた。〝駒〟はとても小柄なエイリアンの種族で、彼らはそれぞれ盤上で務めている役目をあらわす衣装や鎧《よろい》を身につけている。

「おい」店主はチェス盤の上に配置されたミニチュアの王宮に声をかけた。「あんたがたにお客だ」

身長十センチの〝歩兵《ポーン》〟のひとりが、そびえ立つ双子の巨人を見上げた。彼は黒地に赤い六角板をあしらった円錐形《えんすいけい》のかぶとをかぶり、凧型《たこがた》の盾を突き出し、その小さな手にはブラスター銃をかまえている。ダークグリーンの皮膚はうろこにおおわれ、オタマジャクシを思わせる顔には大きな琥珀色《こはくいろ》の目と小さな切れこみだけの口があり、鼻は見当たらない。ポーンはマス目二個分だけ前進し、その小さな身体に似合わないほど大きな声で双子に告げた。

「女王陛下への用件を述べよ」

「われわれはある者を死なせねばならない」

双子のひとりがホログラム記録装置を起動させた。チェス盤の上に青くて肉づきのよいヒューマノイド・エイリアンの顔が立体映像で出現した。その顔の横にデータが流れ、彼がジャバビア星人の〝ヴァンガス〟であることを告げている。

ポーンはデータを読み、黒い円柱で囲まれた場所を振り返った。柱のあいだからクイーンが姿を見せた。彼女はポーンと同じ種族だが、やや背が高く、光を放つ真紅のガウンをまとい、王冠の役目を果たすシルクハットに似たかぶとをかぶっている。クイーンは王国を見下ろしているエイリアンの双子を見やり、次いで盤の上空でゆっくり回転しているホログラムの情報にざっと目を通した。彼女のこれ見よがしの咳払《せきばら》いを聞いて、ポーンが急いで君主に近づいた。クイーンが王族らしいそっけなさでかぶりを振る。ポーンは一礼すると、双子に向き直った。

「アンドロメダ座Ⅱ条約の第六項ａに明記されているように、われらはジャバビア星人を殺害、もしくはその殺害に加担することはしない」双子がポーンとクイーンをにらみつけながらホログラムを閉じた。彼らのあからさまな怒りに気づかないのか、あえて気にしないのか、ポーンは続けた。「言っておくが、われらに殺害の能力がないわけではない。確かにジャバビア星人を殺すのはむずかしいが、かといって不可能ではない。ゼフォスと呼ばれる致死性の毒素があって……」

双子のぎらついた目つきが少しやわらぎ、ポーンとクイーンとそのささやかな王宮を見下ろす顔に笑みが広がった。

第九章

交差点の角に建つ、なんの変哲もない三階建てビルは、オフィスの建ち並ぶブロックの端に打ちこまれた巨大なくさびのようだった。Ｈはくさびビルのそばにジャガーを駐車させた。自宅アパートに立ち寄って制服に着替えてきたものの、ひげはまだ剃《そ》っていない。いかにもしょぼくれて見えたが、実際、彼の気分も同じだった。昨夜の痛飲の余波が今なおまとわりついている。頭がはっきりせず、吐き気が消えず、舌が思うように動かない。クラブで飲んだ紫色のベトベトした液体が体内から脱走を試みているようだ。とはいえ、記憶の欠落には感謝している。とりわけシャワーを浴びているときに見つけた吸盤の赤い痕跡については、原因を知らずにいるほうがいいだろう。それらを頭から振り払うと、彼はビルの一階で営業している小さなタイプライター修理店に歩み入った。

店内は雑然としており、棚やテーブルをはじめ、いたるところに時代も故障程度もさまざまなタイプライターが置いてある。

「古くて壊れてて役立たずの機械を売ってくれ」Ｈは店の主人に挨拶した。年老いた店主は頭にバイザーと拡大鏡を装着し、慎重な手つきで旧式のコロナの修理に取り組んでいる。店主は少しも動じる気配がない。

「わしを怒らせんほうがいいぞ、H」作業から目も上げずに言う。「赤いタブキーのついたインペリアルだ。せいぜいしっかりやれ」

Hは笑い、店内を歩き回って年代ものの重そうなタイプライターを見つけ出した。Hのキーを押すと、機械が大きな打鍵音をたてた。店の奥で黒くて細いドアが開く。「ありがとう、チャーリー」Hはそう言うと、〝スタッフ専用〟のドアをくぐった。

チャーリーは修理の手を止めようともしない。

Hの背後でドアがカチリと閉まった。

ＭＩＢロンドンのメインフロアは、いつものように混乱と秩序がにぎやかにダンスを踊っている。休憩時間を迎えたＭは、同僚のガイといっしょにティーワゴンの順番待ちの行列に並んだ。そこは、ＭＩＢの歴史を彩る数々の栄光の場面をおさめた額入り写真がずらりと飾られている壁の前だった。ガイがひときわ目立つ一枚の白黒写真を示した。写真の中では、バッグやトランクを持ったエイリアンの一団が十九世紀後半の地球人の服装で着飾り、ローマ数字のついた三つのアーチ型入口のある大きな部屋の前で誇らしげにポーズを取っている。

「この写真をぜひ近くで見てよ、ぼくのじいちゃんとばあちゃんが写ってるから」Mが言われたとおりにすると、ガイによく似た若いカップルがいるのが見えた。「これは昔のポータル発着所。エイリアンの最初の集団移民が来た場所さ。この古いスーツケースをぼくは今も持ってて……」

Mは途中からガイの話が耳に入らなくなった。メインフロアにブロンドヘアの若くてハンサムなエージェントが入ってきたのに気づいたからだ。彼は揺るぎない足取りでフロアを横切っていく。知らない者がない人物らしく、誰もが立ち止まって挨拶を送った。彼はそうした人びとに魅力ときまじめさでもって巧みに応えていく。明らかに注目されることに慣れているのだ。彫りの深い顔立ち、深い青色の瞳、自信に満ちたほほ笑み。それらがスローモーションでMに迫ってくるようだった。よく見ると、彼は本当にスローモーションで動いていた。周囲の人びとの動きはちっとも遅くなっていない。

「あの人に何が起きてるの？」Mがきくと、ガイがきょろきょろ見回し、ナーリーンという同僚女性に目をとめた。エイリアンのナーリーンはスローモーションで動くエージェントをじっと見つめ、自分の脈動している大きな脳に手を当てている。露出した脳は、ぱっと見にはビーハイブ・ヘアのようだ。

「ナーリーン」ガイがたしなめた。「彼を放してやれよ」

「ごめんなさい。彼ってすごく……セクシーなんだもの！」彼女が目を閉じ、脳の側面から手を離す。とたんにエージェントは通常の歩行速度に戻り、Mとガイとナーリーンの横を通りすぎた。

「やあ、ナーリーン」エージェントの送ってきた微笑は完璧そのものだ。

ナーリーンはオフィスに向かう彼の背中に「ハイ」と口だけ動かすのが精いっぱいだった。

「あれは誰？」Mはガイにきいた。

「Hのことか？　ここの局内で最高のエージェントさ。彼はその昔、世界を救ったんだ。機転とシリーズ7・ディ＝アトマイザーだけを武器にね」

「世界を救った？　何から？」

「ハイヴだよ」ガイの口調は、まるで恐ろしい種族を召還するのを恐れているかのように重かった。

Mは、Hがエレベーターに乗るのを見た。彼が上昇して神聖なるハイ・Tの執務室に入るまで目で追ったときには、すでに頭の中で考えがまとまっていた。彼女はガイを振り返った。「少しのあいだ、わたしへの電話も取ってくれない？」

ガイの顔は恒星のように輝いた。

「いいのかい？　喜んでやるよ！　ぼくは電話が大好きなんだ！」

Mはにんまり笑い、フロアを駆けだした。

「待って！」ガイが背中に呼びかけてくる。「きみはどこ行くんだ？」

「ちょっと調べもの」そう言うと彼女はフロアの人の群れの中に消えた。


ハイ・Tの執務室にあるホログラム・モニターには、不快なほど生々しい場面が映っていた。マラケシュの路地で発見されたウェイターの遺体だ。六名の上級エージェントがハイ・Tの執務室に集まり、その３Ｄ映像を見ている。

「マラケシュで起きたこの陰惨な事件は、現在、北アフリカ支局が捜査中だ」

ハイ・Tが説明しているとき、Ｈが部屋に入ってきた。ハイ・Tはその機会を逃さずに続けた。

「そして別件だが、Ｈが光栄にもようやくわれわれの会議に出席する決心をしてくれたらしい」

同僚エージェントたちがくすくす笑いでＨを迎えた。だが、エージェントＣだけは硬い表情を崩そうとしなかった。規律に厳しい彼は、二日酔いを撃退しようとコーヒーを注ぎに急ぐＨに冷ややかな目を向けた。ＣはＨと同じく上級エージェントであり、自分こそがハイ・Tの右腕であると自認している。そして、いつかハイ・Tが引退する際にはその仕事を引き継ぎたいという意思を隠そうともしない。

「遅れて申し訳ない」Hは言い、それがヘビ毒の解毒剤であるかのようにコーヒーを勢いよくすすった。「ゆうべは遅くまで仕事だったもので」

「奇遇だな」Cが軽蔑もあらわに言った。「わたしも遅くまで仕事だった。きみの招いたひどい混乱の後始末をするためにな」

Hはコーヒーをもうひと口飲んだ。「今朝のひどさはあんなもんじゃなかった。いや、まじで」

Cはまだ相手を解放する気はなかった。「完全に非公式のオペレーションに隠蔽班《いんぺいはん》を二班とニューライザー班を総動員する必要があったんだぞ」彼はHをにらんだ。「しかも、われわれはいまだヘビを発見していない」

「だが、死んだセルリア星人の悪党は発見しただろ？」HはCに目を見すえた。「大成功という意見におれも同感だ。礼はけっこう」

「薬物の供給元の名前は？」Cが問い返す。「われわれが利用できるような収穫は？」

Hは一瞬言葉につまったものの、すぐに体勢を立て直した。

「おれは結果をマクロな視点でとらえたい」彼はCのほうに踏み出した。「あんたは細かいことにこだわりすぎる」

Cが鼻を鳴らす。「つまり、収穫はないんだな」

「それでも、千二百ポンド勝ったぞ」Hはハイ・Tのほうをちらっと見た。「ロイヤルフラッシュで」室内にふたたびくすくす笑いが広がった。

ハイ・Tは口元に浮かべかけた笑みをどうにか隠した。「むろん、きみはそれも証拠として記録するんだろうな」

「文字どおり今後の記録のためにね」Hは答えた。

Cは失望の表情を浮かべた。Hとハイ・Tの強い結びつきは、彼には突破することができない。けっして誰にもできないのだ。

「あともうひとつ」ハイ・Tがエージェントたちに向き直り、デスクのコンソールをタップすると、執務室の中央に別のホログラムが浮かんだ。触手を持った肉づきのよいエイリアンの姿だ。「ジャバビア星の王族のひとりが、ケンタウルス座Aに向かう途中で地球に立ち寄る。ヴァンガス・ジ・アグリーだ。彼は〝醜悪《アグリー》〟の称号を継承した。信じようが信じまいが、ヴァンガスは一族の中では二枚目で通っている」ＭＩＢのマークのついた機密データが資料写真の両側を滝のように流れ落ちていく。「ジャバビアの社会では、ある種の……軽率な行為が許されていない。要するに、彼は地球で羽目をはずしたがっているというわけだ。われわれはそれを拒否することもできるが、そうするとジャバビアの地雷敷設宇宙船がわれわれを銀河の塵《ちり》に変えるだろう」

Cが不快そうにかぶりを振った。「かつて、われわれは宇宙のクズどもから地球を守ってきた。それが今はクズどものほうを守る」彼はHを見た。「きみのお得意の仕事《カップ・オブ・ティー》じゃな

「あいつは紅茶《ティー》のタイプじゃない。ウォッカやテキーラや咳止《せきど》めシロップだ。そう言えば昔バンコクに行ったとき、あいつとふたりで目を覚ましたら、ウマと手錠でつながれてて……」

「H、それぐらいにしておけ」ハイ・Tが言った。

「これは失礼」

「担当はきみだ、H」ハイ・Tが続ける。「実は、彼がじきじきにきみを指名してきた」

「ヴァンガスが羽目をはずすのを手伝う役目は、いつだって歓迎だ」

「はずしすぎないようにな」

「真夜中までにはベッドに連れ戻して寝かしつけるさ」

いか、H」

「おれはヴァンガスを知ってる」Hは応じた。

第十章

ＭＩＢのヴァーチャル・リアリティ・アーカイブ室は、ワイヤーで吊《つ》り下げられたモノトーンのＶＲチェアが並んでいるだけで、ほかに備品は何もない。Ｍは丸みを帯びた椅子のひとつにすっぽりと身を落ち着け、完全没入型のＶＲヘッドセットを装着した。組織に入って初めて知ったが、ＭＩＢは地球に持ちこまれたエイリアンのテクノロジーについて慎重を期しつつ特許を取得し、それを世の中に紹介することで運営予算を補充している。たとえば、スウェーデンのお魚グミ、８トラックのテープ・プレイヤー、ホット・ポケットの冷凍パイ、吸水性抜群のシャムワウ万能クロスなどは、どれももともとは地球のものではない。

ヴァーチャル・リアリティもそうした地球外技術のひとつであることをＭは知った。ＶＲは本来、この宇宙に実存する種族と、その種族の現実の中に思考やアイディアという形で存在する種族イスクシックスとのあいだにある、精神的境界領域だった。形があって触れられる種族とイスクシックスが相互に作用して学び合えるよう、インターフェースを提供するために作られたのがＶＲなのだ。仮想と現実を分けている溝に橋を架けるすばらしいテクノロジーを、地球の種族がゲームにしか使えないことを思い、Mは少し悲しくなった。

アーカイブ・コンピュータにアクセスするため、Mは口答で指示した。

「検索条件、エージェントH」

Mの視界いっぱいに仮想のアーカイブ室が広がった。ファイルキャビネットの列が果てしなく続いている。探しているファイルフォルダーがはるか遠くのキャビネットから飛び出し、彼女のすぐ前まで漂ってきた。仮想空間のMが手を伸ばし、フォルダーを開く。中にあった画像やテキストが目の前に広げられた。エッフェル塔。ガイが写真で示した昔のポータル発着所。そして、〝好戦的種族・ハイヴ〟のメモ。

「種族の説明、ハイヴ」Mが告げると、のたうつ一本の巻きひげが視界を占めた。ハイヴの触手だ。

「われわれの知るかぎり、宇宙の生命体にとっておそらく最大の脅威にちがいない」エージェントOの声が耳元で聞こえた。一本めの触手に二本めの触手が近づき、急速にからまり合う。「炭素を主体とした触手の個体が何兆個も存在し、それがたったひとつのハイヴ意識によって結ばれている」二本の触手に三本めが飛びつき、すぐさま四本めが加わり、数えきれないほどの触手がくねりながら、ものすごい勢いで視界いっぱいに広がり、おぞましい生きたカーテンのようなハイヴの怪物を形成していく。

Ｍの視点がハイヴのかたまりの中を移動していき、いかにも牧歌的で幸せそうな青緑色の世界にたどり着いた。Ｍの視点は森の中の広場に降下していく。ライム色の空には二連の太陽が輝き、小さな滝から音をたてて落ちた水が流れてできたゆるやかに蛇行する川のほとりには、地球のバッファローに似た生物が草をはんでいる。危険を察知したのか、バッファローがびくんと頭を上げた。その胴体がハイヴの触手によって暴力的に空中に持ち上げられる。

「ハイヴは過度に攻撃的で侵略的な種族である」エージェントＯの説明が続くあいだにも、ハイヴの触手の中でも細いものがバッファローの耳や鼻の穴からずるずると体内に入りこみ、草食動物が苦しげなうめき声を上げてもがく。「彼らは攻撃対象を体内から乗っ取る。そして、みずからに統合していく」

画面がズームアウトし、ほかの生物たちも群れごとハイヴにむさぼり食われていく様子が見えるようになった。目をそむけたくなる光景だ。Ｍの視界の隅に浮かぶキャプションには〝ハイヴによるプラディマー８侵略〟とある。さらにどんどんズームアウトして惑星全体を俯瞰《ふかん》すると、表面がヘビのように這《は》う触手のかたまりでおおわれ、すべての生命が飲みこまれてしまっていた。

「彼らは軍隊のように、伝染病のように、活動範囲を広げていく」Ｏの解説が続く。

ほんの少し前まで冷え冷えとした深宇宙における生命のオアシスだった惑星の変貌ぶり

を目の当《ま》たりにし、Mは心底ぞっとした。そこはもはや、茶色く干からびた抜け殻にすぎない。

「宇宙の生物多様性が完全に消失するまで、彼らは止まることがない。全宇宙の生物種が

たったひとつになるまで」

場面が切り替わった。今やMはエッフェル塔の戦いを最前列の席で見ていた。ハイ・T

とHが昔のポータル発着所で肩を並べて立ち、のたくる触手の群れを銃で攻撃している。

「二〇一五年六月六日の夜、われわれはハイヴの脅威に屈してもおかしくなかった」Oの

ナレーションには誇らしさが感じられた。「もしもエージェントTとエージェントHの英

雄的活躍がなかったならば。彼らは、機転とシリーズ7・ディ＝アトマイザーだけを武器

に立ち向かい……」

さらに説明が続く中、Mは自分がエージェントHの最盛期の映像と対面しているのだと

実感した。そこには、身の毛もよだつハイヴをみごとに打ち破ったヒーローが立っていた。

Mが Hのデスクを見つけたとき、彼はデスクに突っ伏して大いびきをかいていた。彼女

は迷った。ヒーローをどのように起こせばいいのだろう。特にそのヒーローが口からよだ

れを垂らしている場合は。

「あの……もしもし？　もしもし？」

　反応はない。いびきの音量が少し上がっただけだ。Mは持参してきたMIB支給のタブレット端末を持ち上げ、デスクの上にわざと落としてみた。大きな音が響き、Hが弾《はじ》かれたように起き上がった。

「オーケー、おれは完全に目を覚ましてる！」Hはよだれを手でぬぐい、目の前にMが立っているのに気がついた。「日課の瞑想《めいそう》をしてただけだ」

「わたしもいつかやりたいと思ってる」Mは言った。「ミトコンドリアのエネルギー生成が劇的に改善するって、どこかで読んだから」

「ああ、まさに」Hが力強くうなずいた。「おれのミトコンドリア・エネルギーは天井知らずさ」Mは、彼が今の話をまったく理解していないのを確信した。「そして、そいつは食欲を増進させる。もうランチタイムだな。腹は減ってないか？」

「今は九時三十分よ」

　Hの顔がぱっと明るくなった。

「完璧だ。火曜はタコス・デーなんだ」彼は立ち上がり、エージェントたちが忙しそうに仕事をしているデスクの海に叫んだ。「デイブ、タコスの火曜だぞ！　ランチを注文しに行こう！」

「今日は水曜よ」Mは教えた。

「デイブ、忘れてくれ！」困惑しているデイブに大声で言うと、彼はMの顔に視線を戻した。「で、きみは誰だっけ？」

「エージェントM。あなたが今夜ヴァンガスに会いに行くと聞いたから、サポートを申し出たいの」

「なるほど。きみもブリーフィングに出席してたのか？」

「いろいろ聞いて回って」Mはタブレット端末を拾い上げた。「わたし、ジャバビア星人にはかなり詳しいの。それを報告書にまとめて……」

「よくまとまった報告書というのはいいものだ。だが、おれは単独で仕事をするタイプでね。そのことはみんな知ってる。誰でもいいから、きいてみるといい。デイブにもきいてみろ」Hは電話のインターコム・ボタンを押し、口を寄せた。「なあ、デイブ……」

Mは彼を押しとどめた。「あなたの言葉を信じるわ」

Hがインターコム・ボタンを放し、自分の腕に置かれた彼女の手を見た。Mはさっと手を引っこめ、彼にタブレット端末を手渡すと報告書を呼び出した。Hが画面にざっと目を走らせていく。

「知ってた？　ジャバビア星人が彼らの太陽系で一番裕福なエイリアンなのよ。ひとり当たりの所有財産が」

Hが報告書を読みながら笑った。「それなのに、この宇宙で連中が支払いを渋らない勘定書はひとつもない」

「しかも、彼らはとても感受能力の高いエンパスなの」Mはつけ加えた。「つまり、相手の心を読み取ることができる」

「相手の手札もだ」Hは半分まで読んだ書類から目を上げた。

「ええ」Mはうなずいた。「でも、彼らはその能力を使ったら、てきめんに外にあらわれてしまう」それを聞くと、Hが椅子の上ですわり直した。「腕の裏側の皮下にある斑点模様の色が変わるの。だから、彼らがイカサマをしたら、あなたはすぐに見破れる」

Hは明らかにその情報を知らなかったようだ。彼女はベテラン・エージェントから評価を勝ち取ったと思った。ところが、Hはタブレット端末をそっけなく返してきた。

「ヴァンガスとおれはその昔、三日間ぶっとおしで眠らずにいたことがあった。ホー・チ・ミン市のいかがわしい安宿でホワイト・ルシアンを飲みながら、ポーカーをしたときだ。誰かとそんなふうにして、それもあんな湿気の中で長時間すごしたら、もうたがいに知らないことなんかひとつもない。だが、きみには感謝するよ」

「いいわ。了解」Mは落胆すると同時に腹が立っていた。またしても目の前でドアをたたき閉められた気分だ。それでも冷静さだけは保った。「もうあなたの瞑想時間を邪魔しないから」

Hの前から立ち去る。だが、途中で怒りがこみ上げ、彼のデスクに取って返すと耳元に口を近づけてささやいた。

「あなたの場合、何ができめんに外にあらわれるか知ってる？　瞑想中にいびきをかいてしまうの」彼女はくるりと背を向け、歩きだした。

試用期間中のエージェントが歩き去るのを、Hはじっと見つめた。ほほ笑まずにいられなかった。彼女には度胸がある。自分のやりかたも心得ている。それに、あのジャバビア星人の皮下斑点の件ひとつを取っても、有能さは疑いようがない。

「しかし、よくよく考えてみると……」Hは遠ざかっていく彼女に言った。「援護があったほうがいいかもな」

彼女がまだ背中を向けていたので、Hには見えなかったが、Mの顔には興奮の笑みがみるみる広がっていた。

第十一章

東ロンドンは、けばけばしいナイトクラブと、せわしなく行き交う通勤者と、玉石の敷かれた静かな中庭が不思議な具合に混じり合っている地域だ。街灯の明かりが光沢を与えている通りの路肩に、Hの黒塗りのジャガーが停止した。車からHとMが降り、Hの先導でひと気のない路地を歩いていった。路地には一台の古びた黒いタクシーが駐車しているほかは何も見えない。

「作戦のことを考えてたんだけど」Mは歩きながら言った。「わたしは周囲の警戒に当たるわ。それで、あなたはヴァンガスに接近することができる」

「よさそうに思えるな。だが、ひとつ問題がある」Hは彼女を振り返った。「今から行くクラブでは、客たちはただ思い思いにしたいことをする。人間はエイリアンのように見られたがり、エイリアンは人間のように見られたがる。自分の職業をわざわざ他人に知らせるのは、おそらくいい手じゃない。だから、おれたちはちょっと肩の力を抜いたほうがいいだろう」

Hがネクタイをほどいた。Mは確信が持てないながらも同じようにしたが、その結果に

Hは満足しなかったようだ。

「ちょっといいか？」

とまどいつつもMがうなずくと、Hは彼女の襟をピンと立たせ、シャツの袖を折り返した。最後にヘアスタイリストの手つきで彼女の髪をささっと乱す。Mは駐まっているタクシーのウィンドーに自分の姿を映しながら、シャツの第一ボタンをはずして前を少しはだけてみた。認めたくはないけれど、いい感じに見えた。MIBは容認しないだろうが、いい感じだ。

Hはそれを見て満足そうにうなずいた。「すばらしい。おれのほうはどうかな？」

Mは目をすがめて彼を見た。

「うぬぼれの強いカジュアルと地球一ダサい男の境界線ってところね」

Hが眉をひそめる。

Mは彼のシャツのボタンをふたつとめ、一歩さがって、うなずいた。

彼女はHがタクシーのドアを開けたので驚いた。

「もう目的地に着いてるかと思ってた」

「着いてるさ」そう言ってHはタクシーに乗りこみ、あとに続くようMに合図した。

運転席ではタクシーの運転手が電話中だった。かなりの早口で、Mには聞き覚えのない言語だ。

「アクセルを踏んでくれないか、フレディ？」Hが言った。

「了解、H」フレディが即座に返事し、人間のものには見えない足で――人間の姿は上半身だけで下半身はエイリアンの姿を隠していない――アクセルを踏みつけた。タクシーの後部座席がまるごと下がり始めた。通りの高さからロンドンの暗い地下世界へ下降していくと、あたりの静けさがずんずんと響く重低音のリズムに取って代わられ、暗闇がビートに合わせて点滅するストロボ照明にその席を譲った。Mが隣を見ると、ストロボに照らされたHの顔は今までにないほど落ち着いて見えた。

「特別客のための入口なんだ」Hが説明したとき、座席が停止した。そこは大騒ぎが繰り広げられているナイトクラブの隅にある円形のひな壇の上だった。クラブ・メンバーたちの衣装が目に飛びこんできて、Mはその色彩やスタイルや奇抜さに圧倒された。ブラックライトで光るボディペイントしか身にまとっていない人びと、高さ三十センチのヒールが組みこまれたラバースーツを着た人たち。髪も色とりどりの糸だったり、ビニールチューブだったり、羽根だったり。そばを通っていった女性は、銀白色のガラス片でおおわれた十九世紀末風のイブニングドレス姿で、丸いミラーサングラスをかけ、レースのパラソルをさしている。彼女には牙と角があったが、それが扮装の一部なのか本物のエイリアンなのか、Mにはわからなかった。ダンスフロアの中央にある一段高いステージを見ると、緑色の〝ガンビー〟のようなスポンジの衣装を着た男が、音楽に合わせてＬＥＤで光るスティックポイを振り回しながら跳んだりはねたりしている。フロアの人混みで自由気ままに踊っている青い肌の女性は、タコの触手を編んだような頭をしていた。ヒツジの角を見せびらかす女性がいるかと思えば、とがった頭とバイザーのような目を持つ若者の肌は金色だった。

Mにとって、何もかもが今までの人生で経験したものとは似ても似つかなかった。十歳のときからエイリアンに魅了され、ありとあらゆる〝頭のおかしな〟本やウェブサイトでエイリアンに関するマニアックなデータを集めて学んできたけれど、パーティで大騒ぎする彼らを実際に見るのは完全に別の話だった。MIBについて調査・研究してきた年月の中で、音楽とダンスとエイリアンでいっぱいのクラブといった楽しそうな機会を自分がことごとく逃しているかもしれないなど、頭に思い浮かんだこともなかった。

もちろんHはMIBの司令センターにいるときと同様にくつろぎ、この場所に受け入れられているようだ。

「今夜はにぎわってるな」Hはあたかも自分の王国を見渡す国王のように、フロアに目を向けた。「いい感じの客たちだ」

ふたりがダンスフロアに歩いていくと、誰もがHのために道を空けた。

「よう、H！」頭に巨大なスルタンのターバンを巻いたケロート星人がフロアの反対側から大声で呼んだ。古典的な〝グレイ〟宇宙人の外見をしたエイリアンは、宙に浮かぶハイテク水ギセルを吹かしている。

Hが彼に手を振った。「ヨルダフ！　やあ！　自由の身になったんだな！　今度ランチに行こう。メールするよ」

ふたりのMIBエージェントは混んだフロアを抜け、バーカウンターにたどり着いた。バーテンダーがグレンフィディック・スコッチを注いだタンブラーをHの前に巧みにすべらせてきた。ただ手を触れるだけでビールジョッキをきんきんに冷やすのを見るまで、Mはてっきりバーテンダーが人間だと思っていた。

バーテンダーがカウンターに身を乗り出してきた。「H、調子はどうだい？」その口からは白い霧が出た。

「ああ、いいよ」Hはそう答えてスコッチをすすった。Mのほうを見て、何か飲むように手ぶりで勧める。Mが首を横に振ると、Hはバーテンダーに向き直った。「相も変わらずさ。世界を救ったり、キッチンのリフォームを考えたり。リフォームのことは前に相談したっけな。広げて楽しい空間にしたいんだ」

バーテンダーが強くうなずく。「それでこそキッチンの価値が上がるってものさ」

近づいてくるひと組のカップルがMの注意を引いた。女性はかわいらしく、黒い髪が肩まで垂れ、真っ赤な唇模様を無数にあしらったプリントドレスを着ている。Mの目には人間に見えた。女性の連れは、一九七〇年代からワープしてきたようないでたちだった。奇妙な青色と金色のメタリックな生地のクラブシャツを半分以上ボタンをはずして着て、苦しいほどきつそうなベルボトムのズボンをはいている。彼はエイリアンだ。目の上と顎のラインの出っぱり具合から、ユリグリア星人ではないかとMは推測した。短い髪にはディスコパーマがかけられ、首のゴールドチェーンがもじゃもじゃの胸毛まで垂れている。手をつなぎ、警戒するようにカウンターに歩み寄ってきたカップルは、Mを見て不安そうな顔つきになった。恐れているようにさえ見える。次いで彼らはHを見やり、少しほっとした様子を見せた。

Hがカップルにほほ笑んだ。「ココ、ビョルグ」

「ああ、よかった」ビョルグが息を切らすように言った。「ＭＩＢが来てるって聞いたもんだから」

「立ち入り検査じゃないかと心配してたの」ココが言い添えた。

Hが否定するように手を振る。「いいや、おれだけだ」彼はMの存在を完全に無視して言った。「九〇年代のクラシックとお高いカクテルを楽しんでたところさ。子どもたちは元気か？」

「聞かないでくれ」ビョルグが言い、ココとともに笑った。「ジャスパーがちょうど六つになって、今は脱皮が止まらない」

「もう六つなのか？」Hがかぶりを振る。「年月はどこへ行っちまった？」

「ねえ、H、どうして前もって電話してくれなかったの?」ココがきいた。

ビョルグがパチンと指を鳴らし、毛深い人さし指をHに向けた。

「ヴァンガスだな? 言うまでもなく」ビョルグは薄暗い二階のVIPエリアを指さした。そこはベルベットのロープで仕切られ、ボディガードに守られている。「彼は二階のいつもの席にいる」

そのとき、どこかでHの名を呼ぶ者があった。Hは席を立ち、人混みの中に戻っていった。Mとココとビョルグもそのあとについて、激しい音楽と光の点滅の中を進んだ。

Mが見ていると、Hは上の階に通じるらせん階段にぶらぶらと向かっていく。半ばダンスするように歩きながら、客たちとこぶしを合わせたり、ハイタッチをしたり、抱擁したり、頬にキスしたりしている。Hの崇拝者のひとりが彼を見ながら「ほら、ミスター・シリーズ7だわ!」と言う声が、Mの耳にも届いた。

非合法で記録に載っていないこのクラブでは、誰もがHのことを知っており、彼がMIBであるにもかかわらず、誰もが好意を持っている。Mはそれをどのように考えればいいのかわからなかった。急に小学校時代に引き戻され、ほかの子どもたちから無視されている気分になった。

「あなた、Hの新しいパートナーね?」ココが騒々しい音楽に負けじと、Mの耳元で大声を出した。

Mが返事をする前に、ビョルグが彼女の反対側の耳に言った。「彼は伝説だ。なのに、それをちっとも鼻にかけない。『おれを見ろ、世界を救ったんだぜ！』なんて言って目立とうとしないんだ」

「彼、世界を救ったことをあなたに話した？」ココがきく。

Hが上階に通じる階段をふさぐベルベットのロープに達しようとしている。

「まあ、少しは聞いたわ、ええ」Mは答えた。

三人はHに追いついた。ふたりのエージェントが上の階に行けるよう、ビョルグがロープをはずした。

「H、もしも何か必要なことがあれば……」階段を上り始めたHとMの後ろからビョルグが声をかけてきた。

「それがなんであっても……」ココがつけ加える。

言葉の続きは、新しい曲のセットを流し始めたDJに送られた拍手と歓声にかき消されてしまった。

第十二章

　MとHは階段を上りきり、影になっているVIPエリアとの境目に立った。クラブの用心棒――四本の太い筋肉質の腕を持つログ星人――がHを見て脇にどき、エージェントたちを通すためにベルベットのロープを持ち上げた。そこへジャバビア星人の大柄なボディガードがふたりあらわれてHとMの前に立ちふさがり、一瞬緊迫したが、彼らも道を空けた。薄暗いラウンジに入ると、動きの鈍い太った人影がシャンパンのグラスを手に持ち、四苦八苦してボックス席から立ち上がった。ヴァンガス・ジ・アグリーだ。

「われらのヴァンガス！」Hが大声で言った。

　太った人影が照明の下に踏み出してきた。彼はまぎれもなくジャバビア星人――ひときわ見るに堪えないジャバビア星人だった。肌が青く、容貌はカメを思わせ、やや飛び出た両目にはさまれた鼻はずんぐりと横に広がっている。頭のてっぺんに見える茶色い巻き毛のかたまりはひょっとすると禿《は》げ隠しのかつらかもしれない、とMは怪しんだ。ヴァンガス・ジ・アグリーは体重百五十キロはあろう身体を、グレーのシャツ、タン色のカジュアル・ジャケット、ぴちぴちのスラックスでかろうじて包んでいる。衣服はどれもかなり高価な品だが、ヴァンガスが着るとてもそうは見えない。カエルじみた首にゴールドチェーンを着けているせいで、完全にヨーロッパの悪趣味な成金に見えた。

「H・ボム！」ヴァンガスがきつい訛《なま》りで呼んだ。ヴァンガスとHがたがいに駆け寄り、それを見たMはてっきり抱擁を交わすのかと思ったが、ふたりは手と触手による握手や胸のぶつけ合いを含んだ男友だちの複雑な挨拶の儀式にいそしんだ。Mはその中に放屁《ほうひ》の音を聞いた気がしたが、生理的なアクシデントなのか、それとも言語表現なのか、判断がつきかねた。儀式はなかなか終わらず、Mは腕時計を確かめて吐息をついた。

「V・ドッグ！」Hが大きな声で言った。「少し痩せたな。あと、髪型を変えたか？」

ヴァンガスがそれを真に受けたのが、Mにもわかった。ヴァンガスの表情から見て、ジャバビア星人はどんな社交辞令も鵜呑《うの》みにするのかもしれない。

「もう少しで別人と見まちがうところだったよ」Hがさらに大げさに続け、Mのほうを手ぶりで示した。「こっちはM。M、ヴァンガスだ。ヴァンガス、Mだ」

「ヘル・オー、エ〜ム」ヴァンガスがほとんど色目を使うように言った。ブロンクスやマンハッタンやエイリアンのもぐり酒屋では、よくあることだ。彼女はこれまでに百ヵ所のバーで、こうした視線に百回はさらされてきた。あくまでビジネスに徹し、いかがわしい場所に出入りする遠い銀河の王族に小さくお辞儀をする。

「こんにちは、殿下」Mはプロとして最高の作り笑顔を向けた。「お噂《うわさ》はかねがねお聞きしています」

「だいぶ編集を加えた版だけどな」とH。

ヴァンガスはうめくような、うなるような、あえぐようなひどい音を発した。それが終わると、彼がHといっしょにMのほうを見た。ぎこちない沈黙ののち、Hが通訳した。

「彼が言うには、きみの母親はヴァンゴル星人の異教徒なのか、と。というのも、白鳥座Aの恒星ストリームからシレニアル渦巻きアンモナイトを盗んで、きみの瞳に埋めこんだにちがいないから、だそうだ」

「えっと……」Mは眉を寄せた。「なんて?」

「今のはざっくりした翻訳だけどな」Hが説明した。「たぶん、ジャバビアじゃ、すごく効果のある言い回しなんだろう。でも、きみはそれぐらいわかるんじゃないのか？　ジャバビア星人にはかなり詳しいんだから」

Mはとっさにつくろった。「もちろんよ。ただ、ふさわしい言葉を探してただけ。ヴァンガスがどれほど人目を引く存在かを伝える言葉を」

Hがヴァンガスに耳打ちしたが、それはMにもまる聞こえだった。「Mはジャバビアについて知るべきことはなんでも知ってる」

「まあ、なんでもというわけじゃないけど」Mはあわてて口をはさんだ。

「ジャバビア・フェチみたいなもんさ」

「絶対にフェチではないわ」

「もうそれなしではいられないほどでね。ジャバビアがどうした、ジャバビアがこうした、ジャバビア、ジャバビア、ジャバビア」

「わたし、喉がからから」Mは話をそらそうと、これ見よがしにバーに目を向けた。Hが口を開くたびに、Mは自分の足元にあいた穴がどんどん深くなっていくのを感じた。

　ヴァンガスが笑う。排水管のつまった水洗トイレを流すような音がした。Mもジョークがわかったふりをして笑った。

　気まずい沈黙が下りたが、それを無視してHが言った。「きみたちふたりはきっとウマが合う」下のダンスフロアを手ぶりで示す。「ダンスでもどうだ？　Mはダンスが好きなんだ」Mは十歳のときに宇宙飛行の疑似体験をしようと遊園地のコーヒーカップに三十七回連続で乗ったときの感覚がよみがえった。「おれは飲みものを取ってくる」彼はすでにウェイトレスのほうへ向かっていた。「きみは今もウォッカ・クランベリー党だろ？」

「そのとおり」ヴァンガスはそう言うと、ボックス席に戻った。Mに顔を向け、自分のすわっている隣を触手でぽんぽんとたたく。「すわれ、M。ヴァンガスの隣にすわれ」信じられないほど口を大きく開け、不格好にとがっている汚れた歯を見せた。「わたし、噛《か》みつかない」

　Mは現実がずっしりと山よりも重くのしかかってくるのを感じた。胸の中で感情の大釜がたぎっていたが、一番表面でボコボコと泡立っているのは怒りだった。彼女は冷静な態度を保ったまま、ヴァンガスに人さし指を立てて見せた。

「ちょっと失礼します」言うなりHを追う。

ちょうどウェイトレスに注文をすませた彼がMを振り向いた。「気にするな。勘定はおれにまかせろ。組織のカードで払っておく。心得をひとつ……すべて経費で落とせ」

「それはどうも！」Mはウェイトレスが立ち去るのを見ながら苦々しく言った。「ひとつきかせて。あなたはわたしをコンパニオンとしてエイリアンにあてがう気？」

「まず第一に、それは性差別的で自分を卑しめる発言だぞ」Hは精いっぱい憤慨を示そうとして失敗していた。「おれたちが魅力たっぷりで楽しい人間だからこそ、今夜ここにいて、確実にヴァンガスの羽目をはずさせてやるわけだ」彼はMの肩越しにボックス席にひとりでいるヴァンガスを見やった。「すぐに戻るよ、相棒！」彼の呼びかけにヴァンガスが親指を立てて応じた。

Hがボックス席に向かいかける。Mはそれを押しとどめた。

「もしもわたしをヴァンガスを釣る餌にしたいなら、次はちゃんと本当のことを言って。わたし、嘘は嫌いなの」

「嘘？　たとえば、自分が詳しくないジャンルの専門家ぶるようなことか？」彼の逆襲にMの怒りはしぼんだ。一本取られた形だった。「きみが理解してないといけないから一応言っておくが、おれたちは嘘をつく仕事をしてるんだ」

「じゃあ、それがうまくいくことを祈るわ」

Ｈが何か言葉を見つけようと眉間《みけん》にしわを寄せた。彼にとって本物かつ重要な何かを説明しようとしているのだと、Ｍにもわかった。だが、Ｈはその手のことがあまり得意でないらしい。

「ジャバビア星人は怒りっぽい」Ｈは言いながら、ボックス席のヴァンガスに手を振ってほほ笑んだ。「おれたちは彼を幸せな気分にさせておきたい。そうすれば、この惑星とそこで暮らす人びとが破壊されずにすむから。それこそが任務なんだ。だが、きみがもしその任務に乗り気でないなら……」

「いいえ」Ｍは H の言葉をさえぎった。「わたしは大いに乗り気よ」

彼女はＨの手からシャンパンのグラスを取り上げると、顔に愛想笑いを貼りつけ、不器用に踊るような足取りでヴァンガスのもとへ戻っていった。ＨはＭＩＢ公認のほほ笑みを浮かべ、彼女のあとを追った。

ふたりのエージェントはどちらも、クラブの下のフロアに双子の男が入ってきたことに気がつかなかった。まるでふたりで一体のようになめらかに移動する双子は、マラケシュで死んだウェイターに不気味なほどよく似ていた。

第十三章

「で、セフィラックスが言うんだ。『あいつが先に触ってたら、こうじゃなかった！』ってな」

Ｈが手ぶりをまじえてジョークを言い終えるや、その場の全員が爆笑した。いかめしい顔でＶＩＰエリアを巡回するボディガードたちでさえ、身体の音声発生機能を使ってくすくす笑っている。

「それじゃ」Ｍは笑いすぎてにじんだ涙をぬぐいながら言った。「今度はわたしの番」彼女が披露するつもりなのは、職場で耳にし、誰かにその説明を聞いたとたん笑いが止まらなくなった話だった。きっとＨとヴァンガスにも受けると確信していた。「腹ぺこのマニタブ星人の話は聞いたことある？」

そこにいる全員が息をのんで黙りこんだ。ヴァンガスが沈痛な面持《おもも》ちになり、がっくりと肩を落とした。Ｍは困惑してまわりを見た。

「ヴァンガスの母上はマニタブ星人に食われたんだ」Ｈが説明した。「実に痛ましい悲劇だった」

Mは気持ちが沈んだ。「わたし……心からお悔やみ申し上げます」

「母上はこの世にふたつとないすばらしい花だった。そして、あまりに早く摘み取られてしまった」Hはヴァンガスにグラスを手渡し、自分のグラスをかかげた。「彼女に乾杯。ナマステ」ふたりはグラスを合わせ、それを飲み干した。場がしんみりしたところで、Hは新しいシャンパンを取り上げてコルク栓を握った。「それで、街にはいつまで滞在するんだ、相棒？」

ポンと音が鳴って栓が抜け、クラブの照明がチカチカとまたたいた。Mは最初、それがライトショーの一部だと考えたが、客たちの不審げな顔を見て、そうではないと確信した。Hは今の現象に気がつかなかった様子で、グラスにシャンパンを注いでいる。

「ヴァンガスは明日帰る」ジャバビア星人が言った。

「明日だって？　たったひと晩のために、馬頭星雲《ばとうせいうん》からわざわざ三年もかけてハイパースリープで来たのか？　じゃあ、今夜はとびきりの夜にしないとな」Hはヴァンガスにシャンパンを手渡し、自分もぐいっとあおった。

「話をしに来た、H」ヴァンガスの声と態度からユーモアや陽気さがきれいさっぱりなくなっていた。「われわれ、話す必要がある」

音楽がバスタ・ライムスの〝ブレイク・ヤ・ネック〟に変わり、フロアで踊る客たちはライトのおかしな点滅のことなど忘れた。

「おいおい！」Hはヴァンガスをおだてにかかった。「たったひと晩しかないんだぞ。あのヴァンガス・ダンスを見られなきゃ、話にならない。きみはヒップホップの申し子じゃないか、え？」

Hはヴァンガスをダンスフロアに引っぱり出した。Mはそれを見ながら、止めるべきかどうか迷った。確かに自分たちはヴァンガスに楽しい夜を提供するために来ているが、遠来の客が重要人物であるなら、トラブルを回避すべく目を光らせるのがMIBエージェントの務めではないのか。彼女は下の階のフロアで踊る客たちを見渡した。そっくりの双子がいた。ダンスフロアを初めて見るような目つきで立っている。その双子がHとヴァンガスに目をとめた。あまりに長くふたりに視線を向けているのを怪しみ、Mは立ち上がろうとしたが、そのときには双子は目をそらしていた。結局、Hとヴァンガスが人目を引く存在だということなのだろう。

Mはふたりから目を離し、視線を双子へとさまよわせた。彼らがフロアを見てとまどっていると感じたのは誤解だったらしい。いつの間にか、ほかの客と同じように踊り始めていた。まわりのダンスをまねているだけのようでもあったが、やがて周囲のさまざまなダンス・スタイルを取り入れ、Mが今まで見たこともない独創的な動きを作り出した。客の一部が踊るのをやめ、双子を取り囲んで手拍子を打ちだす。双子の動きはさらに複雑になり、どんどん速くなった。

双子が奇妙なエネルギーのオーラで赤く発光し始めた。ダンスフロアの足元に渦巻くスモークには、彼らの放つ光が不気味に反射している。Hはというと、そうした状況に気がついている様子がまったくない。彼の注意力はすべて近くの魅力的な女性に向けられているようだ。ヴァンガスはそのことがおもしろくないらしい。Mは立ち上がった。Hが潜在的な危険を察知できないとしたら、自分がいっしょに来て正解だった。彼女は不器用にステップを踏みながら、Hとヴァンガスを目指してフロアを横切り始めた。

Hは自分の中にあるジョン・トラヴォルタをすべてかき集め、雷鳴のような音楽の波に喜々として没入しながら、最高の動きで踊った。踊りながら、いわゆる〝白人男のこらえ顔〟と呼ばれる、下唇を噛《か》んだ恍惚《こうこつ》のしかめ面を浮かべる。本来は、確実に避妊したいときと、幼い子どもを怖がらせるときに効果があるとされる顔だ。彼は、ヴァンガスがかなり遠慮がちに踊っているのを見て取った。まるで形だけのダンスだ。何かが気にかかっているらしい。

Hの視線に気づいたヴァンガスが踊りながら近づいてきた。「H、ヴァンガスはおまえに言っておくべきことがある」

「ベイルートの夜の件だったら、写真はもう削除した」Hは音楽の中で怒鳴った。「指切りして約束してもいい」

そのとき、Hは近づいてくるMの姿を認めた。変化し続ける迷路のようなダンスフロアを身をよじりながら進んでくる彼女は、できるだけ周囲の注目を引かないよう腐心しているように見えた。クラブにはそぐわない態度だ。

「H」彼女が声を上げた。「十二時」

「もうそんな時間か？」Hは自分のダンスを見せつけながら大声で応じた。「夜はまだまだこれからだ！」ヴァンガスのほうへくるっと回る。遠い銀河の王族はもはや身体を揺らそうともしない。「この曲はピンと来ないか？　おれが言って、ハウス・ミュージックをかけさせようか？」

ヴァンガスが触手の一本を伸ばし、Hの腕に巻きつけた。「まじめな話だ。おまえはヴァンガスが信用するただひとりの……」

ヴァンガスが驚いたように口をつぐみ、自分の触手を見下ろした。Hの腕に触れている部分で淡い光がきらめいている。それはジャバビア星人がエンパス能力を使って人の本心や真の動機を〝読む〟プロセスのひとつだった。彼がその力を行使しても、Hは気にとめなかった。ジャバビア星人にとって、それは会話や目配せと同様、コミュニケーションのひとつの形式にすぎないのだから。

ところが、ヴァンガスは息をのみ、熱いストーブにでも触れたかのように、Hの腕から触手をさっと離した。

「おまえに何が起きた?」ヴァンガスがきいた。その声はほとんどおびえるようだった。ビリー・アイリッシュの〝マイ・ボーイ（トロイボーイ・リミックス）〟が流れ始め、ダンスフロアの照明が暗いブルーに変わった。

Hはまばたきした。「なんの話だ?」自分でも手の届かない、言語化できない心の奥底で、Hはそれを理解していた。だが、このところずっと自分が漂っている表面の領域では何も理解できず、また理解したくなかった。


Mはなかなか前に進めないもどかしさの中で事態を見つめた。Hから見て十二時の方角で、ついに双子が動きだした。もはやヴァンガスに対する関心を隠そうともしない。双子のひとりが踊りながら片手のひらを開くと、誰かに投げキッスでもするように前に突き出した。もうひとりが何かの身ぶり――ダンスの動きかもしれないが、Mにはその区別がつかなかった――を見せ始めた。まるでアニメのスーパーヒーローが惑星を破壊するエネルギー波を放出するかまえか何かのようだ。Mはヴァンガスに飛びつこうとしたが、通り道をふさぐ形でHが立っていた。双子のふたりめがその身ぶりを決め終えたとき、ヴァンガスが自分の首筋をぴしゃりとたたいた。止まった虫でもつぶすようだった。

ヴァンガスの目の焦点が急にぼやけ、Hの胸の中に倒れこんだ。MIBの旧友の顔を、知らない相手であるかのようにじっと見つめる。

「よう、相棒、すごく具合が悪そうだぞ」Hが言った。

「ヴァンガスは具合が悪い」彼はつぶやくように答えた。

Mは双子のほうを見やったが、すでに姿を消していた。

「あのウォッカ・クランベリーのパンチが効きすぎたんだな」Hは冗談めかしたが、その目に心配が宿っているのを、Mは認めた。そこには、彼女が明確に指摘することができない何か別の感情もあった。「彼を家に送り届けないと」Hがヴァンガスのボディガードたちを振り向いて告げた。「車を回してくれ」

MとHでヴァンガスを両側から抱えて立たせ、出口へ引きずっていく。Mは先輩エージェントを見やった。「あれを見た？　双子の男。彼らが……」

音楽がさらに高鳴り、彼女の言葉は騒音に飲みこまれてしまった。


ヴァンガスの装甲仕様SUVがクラブの外の歩道脇に急停止した。MIBが提供した車両で、彼のボディガードのひとりがハンドルを握っている。苦しげにうめいているジャバビア星人をHとMのふたりで後部座席にすべりこませ、介抱をもうひとりのボディガードの手に委ねた。

「ひと眠りして酔いを覚ませ。水分補給を忘れずにな」Hがそう言ってドアを閉めると、車はタイヤを鳴らしながら暗い通りを走っていった。

ふたりはその車のあとを追うように、ジャガーに向かって歩いた。

「すごく具合が悪そうだったわ」Mは言った。「あそこで何かが起きたんだと思う。オフィスに連絡を入れるべきじゃない？」

ふたりの頭上で街灯の明かりが点滅し始めた。

「それにはおよばない。連絡なんか入れてみろ。書類仕事が鬼のように増えるぞ。おれは前にもっとひどい状態のヴァンガスを見たことが……」

車が走り去った方角から突如、落雷のようなすさまじい音が聞こえた。見ると、ヴァンガスの車が宙を飛んでいた。車は上下逆さまになってビルに激突し、そのまま外壁に突き刺さった。

「あれはいったい……」Hは口の中でつぶやいた。

車が壁を破壊して突っこんだのではない。まるでブラスター銃のようにレンガと鉄を溶かして壁を通り抜け、そのあとでふたたび固体化したようだ。HとMはヴァンガスの車を目指して走った。

ジャガーを駐めた通りに出てみると、そこは小規模地震に襲われたような様相を呈していた。路面が割れ、建物の破片が散乱し、いたるところで駐車車両が横転したりひしゃげたりしている。車の何台かが防犯アラームを鳴らし続け、瓦礫《がれき》のまわりには土埃《つちぼこり》が厚い雲となって渦巻いていた。HとMは走るのをやめ、シリーズ4・ディ＝アトマイザーを引き抜いた。逆さになったヴァンガスのSUVへゆっくりと接近していく。

車の向こう側に漂う土煙の中からふたつの人影が出てきた。クラブにいた双子だ。彼らもヴァンガスの車に向かっている。それが目的であるのは疑いようがない。

「MIBだ！　止まれ！」Hは大声で言った。

双子が立ち止まり、いぶかしむように顔を見合わせた。

「地面に伏せなさい！」Mが断固とした口調で命じた。「手のひらをついて！　早く！」それと同時にHは叫んでいた。「手をあげろ！　早く！」

双子がとまどうのを見て、エージェントは顔を見合わせて言い直した。

「手をあげなさい！」とM。

「手のひらをつけ！」Hが叫ぶ。彼は視線を双子からはずさず相棒にきいた。「どっちで行くんだ？　つまり、どっちも理にかなってはいるが、手順だけはきちんと決めたほうがいい。きみは〝手のひらをつけ〟がいいのか？」

Mは考えてからうなずいた。「わたしはその体勢のほうがいいと思う」

「手のひらをつけ！」ふたりは声をそろえて言った。双子は命令にしたがい、ひび割れた通りに腹ばいになって左右の手のひらを路面に伏せた。エージェントは警戒しながら双子に近づいていった。

　HもMも、地面に触れた双子の手がぼんやりと光っていることに気づかなかった。双子の指が触れているアスファルトが溶け、細かく波打ち始めた。彼らはそこで同時に地面をたたき、その勢いで跳ね起きた。液状化したアスファルトが大きくうねり、怒濤《どとう》となってHとMに向かってきた。迫りくる津波に背を向け、ふたりは懸命に走った。だが、大波に追いつかれ、衝撃をまともに背中に食らった。アスファルトの津波は固体の感触で、路肩の車両を次々に跳ね飛ばし、消火栓を破壊し、通りを水びたしにした。HとMは五、六メートルも空中を飛ばされ、Hのジャガー付近の路面にたたきつけられた。ふたりの銃は手から離れ、金属音をたてて転がりながら闇の中に消えた。

　双子がじりじりとヴァンガスの車に近づいていく。HとMはどうにか立ち上がった。全身が切り傷とあざと埃にまみれていた。

「やっぱり〝手をあげろ〟で行くべきだったな」Hは言いながらジャガーに駆け寄った。

　車のドアハンドルに手をかける。それを上げてから手前にぐいっと引くと、ずんぐりした形状のクロームの銃器が車体からはずれた。握ったドアハンドルがそのままグリップになっている。引き金の横のスイッチを押すと、銃が起動した。Hは射撃姿勢を取り、双子に向けて発砲した。

彼がジャガーにたどり着いたMに叫ぶ。「燃料タンクのキャップ！」

Mがキャップをつかんで引っぱると、長いシリンダー状の銃身を持つ武器がすべり出てきた。車体から解放されたとたん、折りたたまれていたグリップと引き金が突き出た。パワースイッチを入れると、青いエネルギーが銀色の銃身にみなぎった。Mは立ち上がり、Hに加勢して双子を攻撃した。

双子はこの世のものとは思えないほど洗練された動きで身をひねり、宙返りし、銃撃をかわしていく。銃からほとばしるエネルギーはことごとく双子の周囲で爆発した。双子のひとりがバック転を見せると、彼が一秒前まで立っていた場所に溶融した石の柱がみるみるそそり立った。もうひとりが柱の根元にすべりこみ、それを大型ミサイルのようにHたちのほうに投げ飛ばしてくる。エージェントたちがジャガーの背後に飛びこんで身を隠した直後、溶岩の柱はフロントガラスを直撃し、赤熱した岩のかけらをあたりにまき散らした。ジャガーは命中した衝撃で車体がつぶれ、きしみながら後方にすべった。エージェントたちは車体に跳ね飛ばされ、地面に転がった。

Hは歯を食いしばりながら立ち上がり、武器を拾い上げた。「いいだろう、おれは本気で頭に来たぞ」Mも武器をつかみ、援護射撃をした。双子のひとりが、路上で破壊されている車のドアに手を押しつけた。鉄の表面が小さく波立ち、流体のように形を変えていく。彼が車体から引きちぎったときには、ドアは盾に生まれ変わっていた。盾はHとMの放った銃弾を弾《はじ》き返した。盾に変容する過程で、ドアの鉄材がそれよりもずっと強靭《きょうじん》な何かに変質したらしい。

「もっと強力な火器が必要だ」激しい銃撃音の中でHは声を張り上げた。「サイドミラーを！」

Hが撃ち続け、短時間ながら双子を盾の背後にくぎづけにするあいだに、Mはジャガーのドアミラーを探った。ミラーが上を向くようにひねると、車は低い電子音で応答した。ドアウィンドーをおおうようにパネルが出現し、そこにはいかにもパワーがありそうなMIBの大型ハンドガンが四挺《よんちょう》収納されていた。

「これよ」Mは笑みを浮かべた。「これでなきゃ」

彼女はハンドガンを一挺つかみ、双子の盾に向けて撃ちまくった。大きな爆発とともに盾が粉々に砕け、双子の姿があらわになった。すかさずHが狙い撃ち、ひとりの胸に大きな穴をあけた。その背中から、超高温のガス状粒子が小さな星雲のようにほとばしり出る。Hが次の一発を肩に命中させると、その部分がプラズマ気化物質のしぶきとなって蒸発した。ひどく負傷した双子の片割れは、Mの放った銃弾が兄弟に命中する瞬間を目撃した。双子のもうひとりはイオン化エネルギーの直撃を受けて顔と首が吹き飛び、無数の粒子と化した。

一瞬、時間が止まったように思われた。次の瞬間、それが逆流し始めたように見えた。

爆発して飛び散った粒子が双子の身体に引き返し、まるで割れた花瓶の破片がもとどおりにはまるように、もとの位置に戻った。HとMは銃撃を続けながらも、目の前で双子の身体が修復されていくさまを信じられない思いで見つめた。双子は今やあからさまにMIBの武器を見くびり、盾の残骸を放り捨てると、彼らの目的であるヴァンガスの車に向かって歩いていった。

Hは銃を撃ち続けたものの、いくら命中してもそれが敵の気をそらす程度の効果しかないとわかっていた。

「運転席側のバンパー！」彼はMに叫んだ。

Mは車体に駆け寄り、左側の後部バンパーを強く引っぱった。が、何も出てこない。さらに強く引っぱった彼女は、手をすべらせて尻もちをついてしまった。

「英国の運転席側だ！」

Hに指摘され、Mはジャガーの右側に回って後部バンパーをひねった。バンパーの周囲でコンパートメントが開き、彼女は銀色に光る大型のMIBライフルを引っぱり出した。Hは効果のないずんぐり銃を放り捨て、車のリアパネルをたたいた。パネルがスライドし、巨大なMIBオートブラスターがあらわれる。後部タイヤのそばにひざまずいてホールキャップを回すと、それがはずれて円盤状のドラム弾倉に早変わりした。Hはそれをブラスター本体にすばやく装着した。

　ふたりのエージェントは肩を並べて立ち、ふたたび双子に銃撃を開始した。より大型の武器から放たれたエネルギー弾はエイリアンたちを激しく攻撃し、彼らの前進を阻み、修復速度を上回る勢いでその身体を引き裂いていく。双子は腕や脚や頭を何度も分解され、復元過程でたがいの粒子が混じり合い始めた。

　双子のひとりがひどく腹を立てた様子でひざまずき、破壊された路面に手を触れた。どろどろに煮えたぎるブレードが地面から噴き出し、大きな樹木ほどの高さにまで伸びた。彼がさっと手を振るとブレードが宙に浮き、それをもうひとりがつかんでエージェントたちにまっすぐ投げつけてきた。ＭとＨが身を投げ出して逃げた次の瞬間、ジャガーの車体が赤熱したブレードでまっぷたつに切断されてしまった。双子は攻撃の手をゆるめようとしない。路上に散乱する廃車やアスファルトの大きなかたまりなど、ありとあらゆるものをテレキネシスで浮上させると、ＨとＭに向かって雨あられと降らせ始めた。ふたりのエージェントは原形をとどめていないジャガーの後ろにしゃがみこむほかなかった。

　残骸が路面にひっきりなしに着弾する中、Ｍはヴァンガスの車を見やった。逆さまになった車体から、ヴァンガスがどうにか脱出しようとしている。後部座席に乗りこませたときよりも、さらに体調が悪化しているようだ。彼は混乱をきわめる戦場の向こうからＭに向かって手を伸ばした。「Ｍ……Ｍ……」

「行け！」Ｈがオートブラスターを撃ちながら怒鳴った。「おれが援護する！」

ほんの数分前までロンドンの閑静な通りだった場所を、Mは全力で駆けた。路面の大きな起伏や残骸に何度か足を取られつつも、どうにか転倒せずに進む。大きな破片弾が一面に降り続けているが、Hがブラスターを浴びせ続けているおかげで、双子たちは彼女にじっくり狙いを定めることができない。Mも走りながら自分の武器で双子のひとりを撃ち倒し、ようやくヴァンガスのそばにたどり着いた。

路上にうずくまるヴァンガスが咳《せ》きこみ、粘りけのある黒い液体が唇に付着した。顔色がひどく悪い。少なくとも健康なジャバビア星人の色ではないと、Mは思った。どのような手当てをすべきか、彼女にはわからなかった。「H！」彼女は叫んだ。「ちょっと手を貸して！」

ヴァンガスがうめき声をもらし、首を横に振った。「だめだ！　Hはいけない」呼吸するだけで彼には苦痛のようだった。「彼は……変わった。わたしは、感じ取った」

Mはちらっと Hを見やった。双子を攻撃する彼は興奮で目を輝かせ、命を脅かす破片の雨の中でも恐れを見せない。先ほどの呼びかけに応えてMを見るとき、彼はまるでトランス状態から覚めるようにまばたきした。

彼が大声で何か言ったが、ブラスターの攻撃と双子が怒りのテレキネシスで引き起こす嵐のせいで、Mには何も聞き取れなかった。

ヴァンガスが触手をすべらせるようにしてMの前腕に巻きつけた。触手が淡い光が放ち始めた。「知らねばならない……おまえが信用できるかどうか」彼が苦しげに息をしながら言う。

　Mは息をこらし、自分の腕にくっついた触手を見つめた。彼は心を読んでいる。とても現実のこととは思えなかった。

「おまえは……誰かを信じない……」そう告げたヴァンガスはどこか悲しげだった。「一度も信じたことがない」

　Mはあたかもコンクリートとレンガのハリケーンに直撃された気がした。彼の指摘に鋭い痛みを覚えつつも、同時にそれが真実だとわかっていた。遠い昔、この世の誰もが嘘をつくとわかったあの夜以来、何者も信用してこなかった。それは今も変わらない。

　ヴァンガスが痛みに顔をしかめ、Mの前腕に巻かれた触手がきつく締まった。「信じてはならない！」息も絶え絶えに言う。「メン・イン・ブラックに何かまずいことが起きている」

　彼が直方体の小さな箱を取り出し、Mの手の上にのせた。彼女はそれをつかんだ。見た目は日本に古くから伝わるからくり箱のエイリアン版といったところだ。タイル張りの表面が複雑な幾何学模様になっている。ヴァンガスが頭をもたげて彼女の耳に近づけ、やっとのことで言葉を発した。「これを隠せ」

「ヴァンガス、これは何？」

「誰も信じるな、エージェントM」

そうささやいたヴァンガスは、死にあらがって何度かぜいぜいと息をしたのち、戦いに敗れた。地面に崩れ落ち、もはやぴくりとも動かない。Mはショックの中で自分の手にある箱を見下ろした。ふと視線を感じた。双子が彼女を見つめていた。より正確には、箱に視線がくぎづけだった。この箱こそ、彼らが地球までやってきた目的なのだ。

双子が動きを合わせてMに向かってきた。いつしかHの援護射撃がやんでいた。彼女はあわてて地面を手探りし、ヴァンガスを介抱するときに置いた銃をつかんだ。双子を止めるにはパワー不足であると知りつつも、小箱を守ろうと銃をかまえる。

ジャガーのトランクの脇に立ったHは、銀色に輝くハイテク・ロケットランチャーを肩に担いだ。標的の双子をスコープの十字線にとらえた瞬間、Hはにやりと笑って引き金を引いた。命中したロケットの爆発はブロック全体にわたって建物を振動させた。衝撃で双子が通りの半分あたりまで飛んでいった。

そのとき、エンジンの轟音《ごうおん》とともにタイヤが甲高くきしり、曲がり角からMIBのレクサスが大挙してあらわれると、双子を取り囲むように急停止した。重武装のエージェントたちが車からいっせいに飛び出す。双子が目を見交わし、無言で会話した。

双子のひとりがもうひとりに歩み寄り、ひとつに合体した。その一体が光を発したとたん粉々に砕け散り、微粒子の流れとなって夜空に消えていった。

Hはランチャーを放り出し、ヴァンガスのもとへ走った。その顔には、Mが彼と会ってから一度も見たことのない感情——動揺、心痛、悲しみ——があった。Hは彼女の隣に膝をつくと、亡き友人の目をそっと閉じさせた。

Mはヴァンガスから手渡されたからくり箱をジャケットのポケットにこっそりすべりこませた。死んだエイリアンの最期の言葉を、彼女は忘れていなかった。

第十四章

エージェントCの存在をひと言であらわすとすれば、それは〝秩序〟だろう。Cは毎朝決まった時刻に目を覚まし、三度の食事をいつも同じ時間にとる。お茶の時間も毎日同じメニューで欠かさない。いつもの就寝時刻から数時間後に着信音が鳴ったとき、Cはぱっと目を開け、不満の声をもらしながら通信機に手を伸ばした。日常を阻害する者が誰なのかは、すでに表示でわかっていた。Hだ。

Cの考えでは、エージェントHは混乱の源泉であった。Hは何年も前にニューライズされた上でハイ・Tが彼を見いだした海辺の小汚い町に送り返されるべきだったのだ。Hが無能な現場エージェントというのではない。実のところ、プレッシャーがかかったり本物の危険が存在すると、彼はますます奮起する。Hの本質的な問題は、自分には規則が適用されないと考えているところだ。Cの常識では、規則は万人に適用されるものであり、機転とシリーズ7・ディ＝アトマイザーだけを武器に世界を救った英雄であろうと例外ではない。ところが、Hには元パートナーのハイ・Tという強力な後ろ盾がある。かくいうCもハイ・TによってじきじきにＭＩＢに引き抜かれたので、彼には大いなる敬意を抱いている。ただしハイ・Tには欠点がひとつだけあり、Cの意見では、それはHとの友情である。ハイ・TがHの図々しくもばかげた言動に目をつぶるかぎり、Cにできることといえば、正式な苦情書類を粛々とファイリングし、あのまぬけがハイ・Tでさえ見放すほどのとんでもないヘマをしでかすのを待つ以外にない。

連絡を受けてからきっかり二十分後に、Cは現場に駆けつけていた。通信機で予告したとおりの時間だった。サザン電力会社のつなぎ作業服を着たMIBエージェントたちが、そのブロックの境界線に沿って細長い金属ポールを設置している。通りは〝作業員〟と彼らのトラックが見えるだけで、しんと静まり、これといった異変はない。

Cはレクサスを駐車し、エージェントたちから送られる挨拶を無視しながら通りを渡っていった。二本のポールのあいだを抜けると、現実の光景がちらちらと揺らめいた。彼は今や徹底的な破壊と混乱のまっただ中に立っていた。通りには路面から引きちぎられた大きな瓦礫《がれき》がばらまかれ、目を転じると、アスファルトが大波のように盛り上がり、異様ならせんを描いたまま固まっている。無傷の駐車車両は一台もない。エネルギー兵器によって溶融し、横転し、圧壊していた。通りのいたるところにMIBエージェントがいて、瓦礫をスペクトル・アナライザーで検査している。Cは目を上げた。一台の高級車がレンガの建物にめりこみ、車体の半分を上下逆さまで突き出させている。Cはこめかみに手を当てた。H級の頭痛が早くも脈打っていた。

湧き上がる正当なる怒りがこめかみの痛みよりも優位になり、彼は頭痛の元凶である人物を捜して現場を見回した。だが、見つかったのは試用期間中のアメリカ人、エージェントMだった。Cが大股で近づいていくと、彼女は津波状に固化したアスファルトの周囲を歩きながら驚きの目で観察していた。「報告を」彼は鋭く告げた。Mは大きく息をついたが、その目にはまだ畏怖が宿っていた。

「驚くべき力だった」Mが答え、かぶりを振った。「彼らはこれを素手でおこなったの。固体を液体化させ、またもとに戻した。熱力学系でいうところの〝相転移《そうてんい》〟よ」

Cはアスファルトの頂上をぞんざいに見てから、上着のポケットから新品のラテックス手袋を取り出し、それを両手にはめた。彼は十分な枚数のラテックス手袋を持たずに家を出たことが一度もない。路上に出現した即興彫刻に手袋の指を走らせる。気がつくと、そこにHも加わっていた。

「興味深い」Cは異変を調べながら、振り向きもせずにHに言った。「それで、彼女はここで何をしている?」

「〝彼女〟はあなたを現場で案内してるわ」Mが自分で答えた。

「試用期間中のエージェントは現場任務を許可される等級ではなく……」Cはパチンと音をさせながら手袋をはずし、きれいにたたんでポケットにしまった。「……ゆえに、彼女はここには存在しない」

「まあ、彼女がここにいるのは明白だな。おれの目には見えるし」HがMの身体を指でつつき、彼女はその手をぴしゃりと払った。「触ることもできるし……」

「ええ、彼女はそれを感じてるわ」Mが彼をさえぎった。「それに、彼女は自分で話せるから。お気づかいをどうも」

Cは振り向いてHの顔を見た。「きみの任務はただひとつ。爬虫類《はちゅうるい》系のゲス野郎に楽しい夜をすごさせることだった」

「あいつは〝爬虫類系のゲス野郎〟じゃない」Hが気色ばんだ。「おれの友人だ」

「今は死んだがな」Cは嫌みを隠そうともしなかった。「きみのせいで」

「言葉に気をつけろ」Hが一歩踏み出した。

「さもないと？　わたしたちはお友だちになれないか？」Cは冷ややかに笑った。「とはいえ、きみと〝友人〟になることは、この男にとってはあまりいい結果を招かなかったようだがな」彼はシートでおおわれたヴァンガスの遺体を目顔で示した。

Hは自分より小柄なエージェントの胸ぐらをつかみ、車に押しつけた。

Cはその体勢で顔をHに近づけた。「ああ、すまない、きみの痛いところを突いてしまったか？」

Hは相手を殴りつけようとこぶしを握ったが、そこで動きを止めると上級エージェントを手放し、くるっと背中を向けて立ち去った。

Cは乱れた上着を直し、Mに向き直った。「きみは彼が死ぬ瞬間に立ち合った。なぜ殺されたのか、説明のつくようなことを彼は言ってなかったか？　なんでもいいから聞いてないか？」

Mはからくり箱を隠してあるポケットに手を入れた。そこでヴァンガスの最後の言葉を嚙《か》みしめ、空っぽの手を取り出した。首を横に振る。「いいえ、何も」

Cのしかめ面がなぜかやわらいだ。

「つまり、ジャバビア王室の高位者がきみたちの監視下で死んだわけだ。きみたちが推測すらできない理由で、きみたちが正体を特定できない襲撃者に殺害された」遠ざかっていくHに目を向けた彼の顔にぞっとするような笑みが広がった。「たとえハイ・Tでも、この状況からきみを救出することはできないぞ」

第十五章

Mは初めてハイ・Tの執務室に足を踏み入れたが、そこは彼女が知るMIBロンドン局長の人物像を反映するような場所だった。上品で趣味がよく、華美な装飾がいっさいない。一九七〇年代の未来観を感じさせるところはニューヨークの〇の執務室と共通ながら、ハイ・Tは壁に油絵を何枚も飾り、全体として古風な雰囲気を加えていた。

ハイ・Tは今、ジャバビア星大使と電話中で、ヴァンガスの最期を伝えている。苦渋の色を浮かべているものの、その声は力強さと落ち着きを失っていない。

「承知しております」ハイ・Tがそう言ってうなずく。

Mは油絵に近づき、じっくりながめた。一見したところ古典絵画のようだが、実際にはメン・イン・ブラックの歴史の一場面を描いたものだった。彼女の前にある絵は、一九六四年に開催されたニューヨーク万博の会場跡地でMIBの若いエージェントと年配のエージェントが巨大なバグ・エイリアンと戦っているものだ。だが、彼女が目を引かれたのは、エッフェル塔でハイヴと死闘を繰り広げるハイ・TとHの姿が雄々しい画風で描写された一枚だった。絵の下の小さなプレートには、〝……機転とシリーズ7・ディ＝アトマイザーだけを武器に……〟と書いてある。

Mは、油絵に描かれている引き締まった顎と輝く目を持つヒーローの顔から、ハイ・Tのデスクの前にすわっている二日酔いでしょぼくれた現実のHに目を転じた。

Hはにこにこしながら、友人であり元パートナーでもある局長が電話の対応に四苦八苦するさまを見つめている。受話器からは、唾を吐き散らすように怒鳴る大使の声が離れたMの耳にも聞こえてきた。Hがハイ・Tに親指を立ててみせると、局長の表情のしわが深くなり、椅子ごと回転してHから顔をそむけ、メインフロアを見下ろす窓に向いた。

「われわれはこのたびの件に最大限の努力を払って取り組むことを保証いたします」

ハイ・Tの言葉を聞いたMは、事態は思わしくないのだと察した。不安を感じながらHの顔を見ると、彼はこともなげに手をひらひらさせると立ち上がり、まだHとハイ・Tの絵の前に立っている彼女に近づいてきた。

「おれたちは大丈夫だ」Hが小声で言う。「ハイ・Tは外交上、ダンスを踊らないといけないんだ。だが、まあ、たぶんフルーツバスケットのひとつも贈って、すべて丸くおさまるのさ」

ハイ・Tが椅子を回してデスクに向き直り、電話を切った。その顔はけっして晴れ晴れとはしていない。「ジャバビアはきみたちのクビを望んでいる……文字どおりの意味だ。ふたつの首を外交郵袋で送れと」

Mは平静を装ったが、両脚がへなへなと崩れそうだった。ハイ・Tは冗談を言っているのではない。「それで、向こうにはなんと返事を？」

横からHが自信満々の態度で答えた。「われわれMIBは野蛮人の集まりではない、と返事したに決まってる。われわれは所属エージェントを生贄《いけにえ》にするような残酷なまねはしない、と。だろ？」ハイ・Tから返事はない。彼の憮然《ぶぜん》とした表情の意味が、Hにもようやく飲みこめてきたようだ。「だろ？」ともう一度きいたが、その声はあまり自信満々ではなかった。

ハイ・Tが入口に目を向けた。執務室にエージェントCが入ってきた。CはMとHに冷ややかな一瞥《いちべつ》をくれると、ハイ・TにMIBのタブレット端末を手渡した。「ご依頼の鑑識結果です」画面には〝ハイ・Tのみ閲覧可能〟とある。ハイ・Tがタブレットを目の高さにかかげると、網膜パターンが認証されてCの報告書が開かれた。すばやく目を通しながら、ハイ・Tは何度か首を横に振った。

「これは厄介なことになったな。きわめて厄介な事態だ」彼はタブレットを下げて画面の前に手をかざし、つかみ取るジェスチャーをした。続いてそれをホログラム・データカラムに投げる仕草をすると、部屋の中に双らせん状の立体画像が浮かび上がった。同時にらせん状のDNA画像が投影され、その中で特定マーカーがいくつか赤く点滅した。「これがわれわれの容疑者だ。種族名は〝ダイアドナム〟。出身は竜座にある連星系だ」

ハイ・TがHと目を見交わす。Hが進み出て、ホログラムの一部をタップした。執務室いっぱいに星図が広がる。「竜座」と言いながらHがフォーカスを調整すると、遠く離れた星座の連星系が拡大表示された。「ここはハイヴの領域だ。セクター全域が何年も前に壊滅してる」星図上では、ハイヴの支配領域を示す赤いドットにおおわれている。

「言うまでもなく、ハイヴは攻撃対象を単に滅亡させるのではない」ハイ・Tが険しい顔で告げた。「彼らは対象を包含し、体内から乗っ取る」そこで星図を縮小させ、双子エイリアンのDNA配列を拡大させた。不安定に変化している部位が緑色の指標タグで示されている。「ダイアドのDNAだ。ハイヴの変異体で埋めつくされようとしている」

「つまり、こいつらの正体がなんであれ、今やハイヴの一部ってことだな」Hが言った。

Mはヴァーチャル・リアリティアーカイブで見たハイヴのファイルを思い出した。不意に恐ろしい想像が頭をよぎる。無慈悲なハイヴによって破壊され、隷属させられるニューヨーク全土、ロンドン全土、この惑星全体……。彼女はいやな想像を頭から振り払い、ブリーフィングに集中しようとした。

「そうだ」ハイ・Tがうなずく。「だが、ハイヴはなぜジャバビア星人の王族を殺害するために双子をはるばる地球まで送りこんできたのだろう?」彼はHに向き直った。「きみは誰よりもヴァンガスのことを知っている。彼はここに来た目的を話したか?　われわれになんらかの行動を求めていたか?」

Mはからくり箱のことを今にもハイ・Tに話してしまいそうになったが、ヴァンガスの警告を思い起こした。

――メン・イン・ブラックに何かまずいことが起きている……誰も信じるな、エージェントM。

Mは口をつぐんだままでいた。

「どこか妙な感じだったな」Hが考えこむように言った。「あいつはおれに何か言おうとしたが、何かに気を取られてた」

「彼が気を取られていた？」Cがつぶやいた。「それとも、きみが何かに気を取られていたのか？」CはHとハイ・Tのあいだに割って入った。「言わせていただければ、今回の件は大失敗、完全なる失態です。これだけの規模の失敗となれば、第十三項の発動が求められます」

「ばかを言うな」Hが嚙《か》みついた。「どこが完全な失態だ？」

「そうよ」Mも同調したが、そこでHにきいた。「第十三項って？」

Cがスーツのすそをめくった。ベルトのホルスターにニューラライザーが収納してあった。Mは大学時代の老教授が腰のホルダーに携帯電話と計算尺を並べて入れていたのを思い出した。「即時解雇とニューラライズだ！」エージェントCはそう宣言するや、ホルスターから銀色のスティックを引き抜いて振りかざした。

「またそれ?」Mは信じられない思いで上級エージェントたちを見回した。「あなたたちは、なんでもそれで解決しようとするんだから!」

「そんなこと、しないだろ?」Hがハイ・Tに言った。

「そうすべきでないと思える理由をひとつでいいから言ってくれ」ハイ・Tの口調は厳しかった。

Mは H の顔に浮かんだ表情を見た。今の言葉は一発のパンチに等しい衝撃を彼に与えていた。処分の現実味がいきなり彼を襲ったのだ。Mは、自分が彼によってトラブルに巻きこまれたにもかかわらず、Hが気の毒に思えた。彼はヴァンガスを失い、今度は一番の友人から解雇を言い渡されて追放されようとしているのだ。Hは何も言い返さない。こんなことは初めてだ。自分がなんとかしなければ、とMは決心した。

「その理由は」彼女は口を開いた。「わたしたちの記憶を消去したら、MIBはけっして真実を知ることができないからよ」

「実行していいですか?」Cがニューラライザーを振りながら上司に懇願した。「今のは明らかに言い逃れです」

「ちょっと待て」ハイ・TがCに対して手をあげ、Mを見すえた。彼女は自分が試されているのを感じた。「続けたまえ、M。きみの口から釈明を聞こう」

「それは、つまり、この件を考えた場合、本気で考えた場合……」Mは地雷原でタップダンスを踊る気分だった。ヴァンガスの最後の言葉や箱のことを明かすつもりはない。MIBで誰が信用できるかがはっきりするまで。待って、それだわ！　強固な足場が戻るのを感じながら、彼女は言った。「ヴァンガスよ！　彼がここに……地球に来ることを知ってた人間は何人いるの？」

「この部屋にいる者」ハイ・Tが答えた。「それから六名の上級エージェントに、ヴァンガス本人だ」

「そうよ」Mはうなずいた。「まさにそこなの」

ぎこちない沈黙が下りた。案の定、Hが口を開いた。「続けろ、M。遠慮することはない。彼に言ってやれ」

「ここからはあなたにまかせたほうがいいと思う」Mは支援が必要だということをまなざしで訴えた。「あなたのほうが先輩だし」

「いや、大丈夫だ」Hは彼女の言外の願いにまったく気づいていない。「ボールを持ってるのはきみだ。そのまま突っ走れ」Mは彼をにらみつけ、シリーズ7・ディ＝アトマイザーであなたの頭からその機転とやらを吹き飛ばしてやりたい、と無言で伝えた。

Mは大きく息を吸ってから続けた。

「ええと、もしもヴァンガスの居場所を知ってたのがその人たちだけで、その情報を殺し屋たちにもらしたのがヴァンガス本人でないとしたら……その情報をもらした人は……M

ＩＢ内の誰かってことにならないかしら？」

ニューラライザーによる復讐《ふくしゅう》で頭がいっぱいだったCが、はっと顔を上げた。Mの計画の巧みさをようやく理解したHの目に光が宿る。脳の動きにわずかに遅れて口のほうもギアが入ったようだ。

「そのとおり」Hがハイ・Tに向いた。「言いたかったのはそれだ。組織にスパイがいる。まさにこの建物の中に」

「ばかげている」Cがふたたびをにらみつけた。「ＭＩＢの長い歴史の中で、情報漏洩《ろうえい》など起きたことはない」

「いかにもスパイの言いそうなセリフだな」Hがそう言ってハイ・Tに目配せする。

「ふざけるな」Cが言い、彼もハイ・Tに同意を求めた。

「それも古典的なスパイの態度だ」

「内通者の基本よ」Mも参戦した。

「もういい」ハイ・Tが低く響く声で言った。そこで初めてCの持つニューラライザーに気づいたようだった。「それをしまいたまえ」Cが落胆もあらわに記憶消去ツールをホルスターにおさめた。

ハイ・Tは執務室の大きなガラス窓に歩み寄った。自分の部下であるエージェントやスタッフたち、そして地球に来ては去っていくエイリアンたちの途切れることのない行列を見下ろす。ほんの一瞬、Mの目にはハイ・Tが肩を落としたように見えたが、すぐにいつもと変わらぬ一分の隙もない姿勢に戻った。彼は活気にあふれた眼下のフロアから目を離すことなく、三人のエージェントに告げた。

「もしもわれわれの信用が揺らげば、この惑星の全市民、人間とエイリアンの両方を危険にさらすことになる。エージェントC、殺害犯を突き止めろ。犯人を見つければ、スパイも見つかる」

ハイ・Tは視線を窓に向けたまま短い間をおいた。

「エージェントM、きみは前評判どおり頭が切れるようだ。Cとともに本件を担当しろ」

彼女は心底ほっとした。ニューラライザーから逃れるのは、これで人生三度めだ。Hはいまだハイ・Tのデスクの前で迷子の小犬のような目をして立っている。Cがせっかちな身ぶりでMについてくるよう合図するなり、足早に執務室を出ていく。MはちらっとHを見てから、Cのあとを追った。

ハイ・Tが窓から振り返り、デスクの椅子に腰を下ろして執務を始めた。Hには目もくれようとしない。

Hはしばらく無言で立っていたが、とうとうこらえきれずに口を開いた。「賢明な判断だったよ。おれには事件全体を監視させたいんだな。監督官的な役目……言わば、上級管理業務だろう?」なんでもいいから反応を引き出したくて、彼は言った。

ハイ・Tはため息をついてペンを置くと、Hに目を上げた。「もはやわたしにはきみをかばうことはできん、H」

「けど……この件にはおれが必要なはずだ。おれはかつてハイヴに対処した経験がある。忘れたか? 機転とシリーズ7・ディ=アトマイザーだけを武器に……」

「ちがう」ハイ・Tの声は冷ややかだった。ふたりがパリで戦っている場面が描かれた壁の油絵を指さす。「〝彼〟は確かにかつてハイヴに対処した。そして、彼がいったいどこへ行ってしまったのか、わたしにはわからない」ハイ・Tは立ち上がってデスクを回り、昔のパートナーに面と向かった。「きみならこの地位を引き継ぐことができると、わたしは本気で思ったものだった。だが、わたしはきみを過大評価していたようだ。われわれはこの件でもう話はしない。これは命令だ」

Hは返す言葉もなかった。これまで知り合った最もすばらしい人物からの言葉は、彼を深く切りつけた。Hは大きく息を吸い、どうにか踏みとどまった。

「あんたはおれを過大評価なんかしてない。あんたは昔、おれの中に何かを見いだした。それは今もおれの中にある。チャンスをくれ。おれはこの件に片をつけてみせるよ、T、約束する」

ハイ・Tは日の瞳の中に何かがきらりと光るのを見た。それは、ここ何年も見かけなかった何か。過去においていつも頼りになった何かだ。彼は油絵の中の男だろうか？　そうかもしれない。

第十六章

「これはただの短剣じゃないわ」Mはそう言うと、ヴァンガス暗殺に使用された武器を映し出すコンピュータ画面に顔を少し近づけた。Cのデスク脇に置かれたワゴンに拡大レンズ装置があり、その試料台にセットされたミニチュアのように小さな武器がリングライトで照らされている。ワゴンの拡大装置を運んできてCのコンピュータに接続したふたりの科学捜査部技術者は、今もそばに立って上級エージェントと見習いエージェントからの指示を待っていた。「ある種の毒が塗られてるみたい」

Cのモニター上に高解像度で拡大表示された短剣は刃がギザギザで、全体の複雑な湾曲がいかにもまがまがしい。刃の先端に青緑色の物質の痕跡がほんのわずかながら見て取れる。

エージェントCが二名の技術者を振り向いた。「もう少しこれを……」

突然、短剣の映像が画面から消え、そこには試料台の白い光だけが残った。

いつの間にかHがいて、親指と人さし指で極小サイズの武器をつまみ上げていた。「悪いな、諸君。計画が変更になった。ハイ・Tの判断で本件をおれに担当させたいとさ」

「待て、どういうことだ?」Cが勢いこんだ。「そんなでまかせは信じないぞ!」

Hはすでに部屋の中を回り、ドアに戻りながら答えた。

「いいか、おれだってこんな仕事は誰よりもやりたくない。なのにハイ・Tが『きみを当てにしてる』だの『うちのトップ・エージェントが必要だ』だの、うるさくってな。おれは規則を作っちゃいない。したがってるだけだ。文句があるなら彼に言え」

Cの顔が紫色になり、唇が白くなった。彼が爆発する前に、HはMに向いた。彼女は腕を組み、おもしろがる表情でHを見ていた。

「それからM、ハイ・Tはきみがおれと行動をともにすることを強く望んでる。『最良から学びたまえ』とさ」

Hは手に短剣を持ち、弾むような足取りでドアから出ていった。Cは口もきけずにいる。Mは彼に「どうしようもないわ」の意味で肩をすくめてみせてから、Hのあとを追って部屋を飛び出した。

ふたりの技術者はHとMをただ無言で見送った。彼らは顔を見合わせると、声もなくデスクにすわっているCから、できるだけ静かに離れた。

Cは何も映っていない拡大画面を見つめながら、アイスピックで刺されるようなおなじみの痛みを頭に感じ始めていた。

Mは大勢の局員たちが行き来する通路を進みながら、Hと肩を並べた。「それで？　本当の本当は？」

「聞きたいのはこっちさ。嘘が大嫌いな誰かさんにしちゃ、信じられないぐらいみごとな作り話だったたからな。電気が走ったよ。おれたちの共同プレーには、きみもビリビリ感じたか？　『MIBにスパイがいる』か……まさに傑作だ」

「わたしは嘘なんてついてない。考えてみて。それだといろいろ説明がつくのよ」

「ここにいるスパイ《モール》は人事部のハンクだけだ」Hはある事務ブースの横で歩調をゆるめた。Mが中を覗《のぞ》いてみると、人間とモグラ《モール》の中間のようなエイリアンがスーツ姿でデスクに積まれた書類の山と格闘していた。

ふたりは中二階のフロアにたどり着いた。せわしなく行き交う人波の中を、Hはためらいのない歩調で進んでいく。エージェントもエイリアンも彼のために道を空けた。「今のところ何がわかった？」小さな短剣をつまんだままHがきいた。

「短剣に付着してた物質の分子構造解析をしようとしてたところ。それを既知のすべての毒物と照合しようと思って」

「名案だ」Hが小さな短剣を鼻の下に持っていき、においを嗅いだ。Mは飛びついてその手を止めさせた。Hは目を大きく見開いた。「なんだ、いきなり？」そう言って短剣を顔から遠ざける。「なんだかわかったぞ！」

「自分が何をしてるかわかってるの？　その毒で体重百五十キロのジャバビア星人が命を落としたのよ！」

Hはミニチュア・サイズの短剣をMに手渡すと、頭をひと振りし、MIBの地下鉄駅に下りる階段に向かった。「そいつはゼフォスだ、高純度の。分量をまちがえると即死だが、正しい分量を使えば、モナコのナイトクラブのテーブルの上で上半身裸になって十七時間踊り続けられる」Mの顔に浮かんだ表情を見て、Hはあわててつけ加えた。「という話を聞いてる。その調合方法を知ってる連中がいる場所は世界にひとつしかない」

Hはさっさと階段を下りていったが、Mはその場に立ちつくし、彼を見ながらかぶりを振った。彼が無知な愚か者？　整った顔立ちと筋肉だけで脳みそがない？　Hは部屋を活気づかせ、人びとを動かすことができる。それはMが脳内ですらすら計算ができるようなもの。彼の頭の中でまるで何かがずっと眠っていたかのようだ。けれども、今やそれが目覚めようとしているのかもしれない。

「おい、行くぞ」Hの声が響いた。彼の頭が階段の下に消えようとしている。「世界は自分で自分を救えないんだ」

出会ってから初めて、Mは世界を救ったエージェントが目の前にあらわれるのを目撃した。そして、彼のあとについて地下へ向かった。

第十七章

クリスタルのように青く澄みきった地中海の海底に隠されたチューブの中を、移動体が弾丸のように進んでいく。ＭＩＢのハイパーループ・カプセルに乗ったＭは、ヴァンガスから渡されたからくり箱を調べていた。今のところ箱を開ける試みはすべて挫折している。真向かいの席にすわるＨは、胸の上で〈タイムズ〉紙のスポーツ面を開いたまま、すっかり寝入っているようだ。乗客は彼らと同じエージェントが多く、それ以外の者はほんの数名しかいない。そのひとりはＭの隣にすわるエイリアンで、青と黄色の縞柄《しまがら》パジャマを着ているためか角のあるクマノミに見える。Ｈのいくつか先の座席には、鮮やかな黄色いカジュアルコートを着て、鋭いトゲに囲まれたとんがり頭とカメレオンのように飛び出た目を持つ、別のエイリアンがすわっていた。

Ｈに対してまた嘘をついていることに、Ｍは後ろめたさを覚えた。だが、彼女にとってヴァンガスの最後の言葉は今も強い響きを持っていた。

――誰も信じるな、エージェントＭ。

ＨとＣのいがみ合い、名誉回復のために潜在的な危険のある問題にＨを何度も飛びこませるハイ・Tの熱心さ……Mはこれまで MＩBロンドンで見聞きしてきたことを思い、Oが自分を送りこんだ理由がわかった気がした。ただし、Oの真の意図が、Mをたらい回しにしてニューヨークの厄介者にしないためだとしたら、話は別だが。いや、それは他人を信用しない悪い癖だ。誰に対しても悪意ある動機を思いついてしまう。

Mはからくり箱の表面にある平らなパネルを前後左右にすべらせ、何か特異な幾何学模様があらわれないか、あるいは連続して動くピースがないかを調べた。彼女は十一歳のときにルービックキューブをたった八秒で完成させたことがある。物心がついて以来、ベッドの中では眠気を誘うために頭の中で数学パズルを解いてきた。それなのに、このエイリアンの箱にかぎっては、今のところ手も足も出ない。

からくり箱をポケットに戻し、しばしHの寝顔をながめた。これまでの活動を通じ、仲間がいるのも悪くないと思えるようになっていた。足を伸ばして〝偶発的に〟Hの脚を蹴る。彼は「おれは目を覚ましてる！」と言いながら目を覚ました。

「すごく知りたいんだけど」Mは彼のほうに身を乗り出した。「どうやったの？」

「世界を救ったことか？」Hが大あくびとともに伸びをした。「簡単さ。機転とシリーズ7……」

「……ディ＝アトマイザーだけを武器にね」Mは先回りして言った。「ううん、そうじゃなくて、あなたはどうやって入ったの？　どんなふうに〝リクルート〟されたの？」

「それはただ純粋に神から与えられた才能のおかげ……と思ってる」

「わたしもできればそう思いたい」彼女はこれっぽっちも信じる気がなく言った。「でも、本当のところは？」

Hはまわりを見て、誰も聞き耳を立てていないのを確かめると、笑みを浮かべながらMのほうに身を寄せてきた。「おれはまちがった車を盗んだんだ」

Mは言葉を失った。まったく予期していなかった答えだ。

「年代もののジャガー。おれの生まれ育った土地じゃ、まずお目にかかれない車だ。おれのダチが言った。『おまえにはホットワイヤーは無理だ』って。だから、おれはコードをショートさせてエンジンをかけてみせた。そのとき、後部座席に手錠をかけられたやつがいるのに気がついた。クラス4のゴーモライトだ」

「クラス4？」Mは思わず顔をしかめた。「網目のやつ？　転化したやつ？」

「どっちもだったと思う」

「うわあ。そいつはどうしたの？」

「車の屋根を突き破って、おれが盗んだ車の持ち主に飛びかかっていった。おれはシートにでかい銀色の銃があるのを見つけ、やつに狙いをつけ、そして……バン！」

「紫の体液が一面に飛び散った？」Mは惨状を思い描き、ぞっとした。

「彼も、おれも、ずぶ濡《ぬ》れさ。で、その彼が、当時は〝ハイ〟のつかない〝T〟で……」

「待って……あなた、ハイ・Tの車を盗もうとしたの？」

「盗もうとしたんじゃない。実際に盗んだのさ、ハイ・Tの車を」その口調には誇らしさがにじんでいた。「それで、Tがニューラライザーを取り出し、今にもおれの記憶を消そうとした。おれは言ったんだ。『あんた、このあたりじゃ、誰かに恩を受けたときはそいつにビールを一杯おごるもんだぜ』って。そのあと、とんとん拍子に話が進んで、夜が終わるころには、彼がおれに仕事を世話してくれた」

「つまり、あなたは重罪を犯したことでＭＩＢに入ったの？」

Ｈは短い沈黙ののちに切り返した。「それなら、世界で最も厳重な閉鎖系システムネットワークであるハッブル望遠鏡に不法侵入する行為を、きみはなんて呼ぶ？」

Ｍは驚き、笑みを浮かべた。Ｈは彼女のファイルを読んでいるのだ。「誰かさんはちゃんと下調べをやってるのね」

「まもなく……」自動音声の声が車内に響いた。「マラケシュに到着します」


ＨとＭは、町の中心であるジャマ・エル・フナ広場をにぎわす商人たちの喧噪《けんそう》を離れ、狭くて曲がりくねった通りを歩いた。

交差点で大人数の家族連れとすれちがったとき、小さな男の子のキャップからエイリアンの耳がわずかに覗《のぞ》いているのにMは気づいた。彼女がすばやく手ぶりで教えてやると、男の子は感謝の笑みとともに耳を帽子の中にたくしこみ、急いで家族に追いついた。男の子を見送ったとき、その背後にある建物の側面に描かれたものに目がとまった。

「あれを見て」Mはそちらを頭で示した。

壁に丁寧かつ用心深く描かれたグレープフルーツ大のシンボル。アラビア文字ではなく、彼女が見たことのある地球上のどの文字の一部でもない。

Hがそれを見やり、うなずいた。「クロミュール星人のしるしだ。彼らの銀河であのシンボルが示すのは〝均衡〟……もしくは〝絶滅〟。どっちだか思い出せないな」

「正確には〝調和〟よ。地球上では、わたしたちがMIBの安全な避難所に入ってることを意味する」Hがいぶかしげに彼女を見返す。「ハンドブックに書いてあるわ。まあ、あなたは読んだことないわね」

Hは反論しかけたが、そのとき知っている顔を見つけたようだ。「こいつはいい」その声にはうんざりした親しみがこもっていた。「ちょうど会いたかったやつだ」

通りの突き当たりにモーターバイク専門の修理店が見えた。

店の前には、途中まで組み立てられたバイクや工具類が散らかっていた。ハーレムパンツ、サンダル、黒いTシャツという姿のやせ細った男が、油で汚れた防水シートのそばにしゃがみ、三輪タクシー〝トゥクトゥク〟を修理している。とはいえ、そのトゥクトゥクが地球の乗り物に雑に偽装された異星のバイクであることは、HとMには一目瞭然だった。修理工は通りとエージェントたちに背中を向けている。彼は小声で自分自身と会話しているようだった。

「おまえは客と話をするな」彼がソケットレンチを回しながら言う。「そいつはおれの仕事だ」

今度はしわがれ声になった。「そいじゃ、おいらの仕事はなんだ？　ここにぶら下がって黙ってることか？」

「そうだ。黙っとけ」修理工の声が言った。「そいつがおまえの仕事だ」

Mはちらっと日を見た。Hはその声を気にもしていないらしい。

「規則はわかってるはずだ、ナスル」Hがトゥクトゥクに目を向けて言った。「エイリアンの技術を見せないこと。おれに呼び出し状を書かせるなよ」

修理工がびくんと跳び上がり、レンチを取り落として振り向いた。その顔は身体と同様、やせ細っている。ひときわ目立つのは、顔の下半分をおおう長くて濃いひげだ。ロックバンド〈モーターヘッド〉のロゴTシャツには、グリース汚れが点々とついている。彼は足元の防水シートを拾い上げ、異星のバイクにさっとかぶせた。

「H！」ナスルが叫んだ。「本当にあんたか？」

「おれ以外に誰がいる？　やあ、バッサム」ナスルの頬ひげのあたりから小さな頭がぴょこんと飛び出した。小さな顔がHにほほ笑む。彼がしゃべったとき、Mはそれがナスルから聞こえたしわがれ声の主だと気がついた。

「こんちは、H」バッサムが挨拶する。「ナスルから、あんたが死んだって聞いてた」

「なんだと？」ナスルが眉を上げた。「おれはそんなこと言ってないぞ」

「おまえは言った」とバッサム。「この嘘つきめ」

ナスルが自分のひげを握って強くねじった。そのままひげとつかみ合いを演じながら店内を駆け回る。バッサムが金切り声を上げた。

「なぜおれが死んだ？」Hがふたりの喧嘩《けんか》に割って入ってきいた。

ナスルが自分のひげを攻撃するのをやめ、エージェントに向き直った。「バッサムの誤解だよ。おれたちが聞いたのは、あんたとリザが別れたって話さ」

「リザって？」Mはきいた。

Hが肩をすくめる。「まあ……古い知り合いだ」

「彼女は銀河系で一番でっかい犯罪シンジケートを運営してる」バッサムがつけ加えた。

ナスルがひげの失言を挽回《ばんかい》しようとした。「おれたちはものすごく残念に思ってるよ、H。あんたたちはホントに似合いのカップルだったもんな」

「おまえは『あのサイコ女は彼の喉をかき切る気だ』って言ってたぞ」バッサムがさらにたたみかける。「おまえの言葉だ。おいらじゃない」

「ちがうだろ！」ナスルが自分の顔をたたき始めた。「人聞き悪いこと言うな！」ふたりはまたしても店内で取っ組み合い、バッサムが悲鳴を上げた。

ナスルがひと言発するごとに自分の顔を殴りつける。

「おまえを……剃《そ》って……やる！　おれから……はがす……からな！」

バッサムはうめき声と泣き声のあいだにあざけった。「できっこない！　おまえはおいらがいないと困る！　おいらなしじゃ、やってけない！　顎がめちゃ弱だからな！」

修理工と彼のひげが争うのをよそに、Mは振り返ってHを見た。リザが何者であれ、まっとうなＭＩＢエージェントであれば、つき合うよりも逮捕したくなるような人物だと思われる。とはいえ、ヴァンガス・ジ・アグリーの件から判断すると、H自身や彼の交友関係はけっして見た目どおりの単純なものではない。

「その人とつき合ってたの？」彼女はきいた。

Hはその質問にわずかながら顔を赤らめた。彼の目に傷ついたような表情がよぎったようだが、一瞬で消えてしまった。彼はこともなげに肩をすくめ、感情をおおい隠した。

Hはまだ争っているエイリアンたちに目を向けた。「ばれないようにちゃんとおおっておけよ」そう言って修理店をあとにした。

第十八章

ハイ・Tの執務室の下に位置し、局員たちがせわしなく働く中二階では、MIB科学捜査部の監視部門に所属するエージェントIが、完璧に片づいたデスクにすわっているCに近づいた。Cは、Hが部屋にずかずか入ってきてMを無駄足仕事に引っぱっていったときのことを思い出し、あのときなんと反論すべきだったか、考えをめぐらせているところだった。

「なんだ?」Cは思考を中断させられ、うなるように言った。

エージェントIがタブレット端末を差し出す。画面には、夜の通りで繰り広げられた双子との戦闘をとらえた低画質のモノクロ動画が表示されていた。

「現場一帯を捜索し、クラブの外の防犯カメラから入手しました」Iが説明した。

ぎくしゃくした動画には、エージェントMと瀕死《ひんし》のヴァンガスが映っている。ヴァンガスがMに何かを手渡した。Cは動画を停止させ、少し巻き戻すと、Mとジャバビア星人の姿をズームアップした。そこで静止させる。ヴァンガスが若いエージェントに渡したのは、異星のからくり箱だ。Cは箱に焦点が合うよう調整し、エイリアンの人工物の明瞭なキャプチャー画像を手に入れた。

Cはエージェントを見上げた。「これはハイ・Tに見せたか？」

Iが首を横に振る。「すべてあなたを通すようにと、あなたから言われていますので」

「よろしい。わたしから見せておく」

Iがうなずき、部屋を出ていった。

Cはタブレット上の画像に目をこらし、からくり箱から長いあいだ視線をはずさずにいた。ようやくタブレットを置くと、受話器を取り上げ、ある番号にダイヤルし始めた。

スーク・スマリンの広大な市場から通りを歩いたHとMは、小さな骨董店《こっとうてん》の前にたどり着いた。入口ドアの横にアマゾンの配送用段ボール箱が積んである。伝票の多くにほかの惑星や銀河系の住所が記されていた。

「配送日を見て」彼女は荷物を指さした。「もう二日も外に放置されたままだわ」

それ以上の議論はいらない。Mは銃を引き抜き、HはMIBに容認されているピッキング道具を取り出した。Mが通りに警戒の目を光らせるあいだ、Hがひざまずいて道具をドアノブに差し入れる。だが、ピッキングは不要だった。ドアには鍵がかかっておらず、きしりながらひとりでに開いた。Hは道具をしまい、銃を抜いた。

ドアの上で真鍮《しんちゅう》のベルが鳴り、ふたりは薄暗い店内に足を踏み入れた。暗がりから暗がりへとすばやく銃を向けた。どの影もただの影にすぎない。空中に埃《ほこり》が漂っている。ふたりはカウンターに歩いていった。Mが床を見て足を止め、「H」とささやく。カウンターの背後から足が二本投げ出されていた。

その痩せこけた男は店主にちがいない。うつ伏せに倒れており、明らかに死後数日は経過していた。ひょろ長い腕が片方だけ伸ばされ、カウンターの背後に並んだ棚を指さしている。Mは壁の棚を見やり、Hに目を向けた。彼は無言でうなずき、援護する形で銃をかまえた。Mは遺体をまたいでカウンターの中に入り、壁を調べた。

棚の側面や縁に手を這《は》わせていき、最後に底面のへりを触ったとき、隠しボタンのくぼみを発見した。それを押して、さっと後退する。密閉状態が破れるシューッという音をたてながら壁がスライドして開き、低いうなり音とともに格納された。

ふたりは銃をかまえ、隠し部屋に入った。Hがカーテンを寄せると、奇妙ながら目を見張るほどすばらしい異星の工芸品が部屋を満たしているのが見えた。チェス盤が目にとまる。小さなエイリアンの〝駒〟たちがばらまかれており、みな死んでいた。

「チェシクス星人だ」盤に近づきながらHは言った。「名前は知ってたが、実物を見たことはなかった。とても規律の厳しい社会を形成し、いろいろな慣習が厳格に踏襲される。複雑なカースト制度社会なんだ。おかしなことだが、なぜかおれはこれがすごく見覚えのあるものに思えてしかたがない」

Mは少し考え、Hを見てから盤を指さした。「チェスじゃない？」

Hが眉根をひそめてからうなずく。「おれはバカラのほうがなじみ深いが、そうだな、チェスに見えるな」

ふたりは盤のそばまで行って見下ろした。クイーンにまだ息があるのがわかった。不規則な呼吸とともに、小さな身体で胸が上下している。小さな毛布の中に横たわり、額には濡《ぬ》らした布きれがのせられていた。枕元に小さなカップが見える。

「み……ず……」クイーンがMとHを見上げてあえいだ。

「水がほしいの？」Mはカップに水が入っているのに気づき、それをつまんでクイーンの口に持っていった。クイーンは弱々しく頭を上げて水を口に含んだが、すぐにそれを吐き出した。

「水割りじゃ！」クイーンが命じた。

Hは銃をホルスターにおさめ、部屋を探し回ってウィスキーを見つけ出した。カップに注ぎ足し、クイーンに飲ませる。すぐに顔色がよくなり、彼女が目を開けた。

「動くな！」部屋の隅から大きな声が聞こえた。

Hは反射的にホルスターに手を伸ばしかけたが、その瞬間に強烈なエネルギーが炸裂《さくれつ》し、すぐ横の壁に人間の頭ほどの穴があいた。

「次はおまえの顔を溶かすぞ」

HとMはブラスターの発射された方向を見た。背の高い棚の上に小さな人影が立っていた。撃ったのはまぎれもなく彼だ。そのエイリアンはクイーンや盤で死んでいる者たちと外見がそっくりだった。身長は十センチほどで、ダークグリーンのうろこにおおわれた皮膚を持ち、Mがカエルを連想したその顔には小さな切れこみだけの口があり、鼻は見当たらない。彼は毅然《きぜん》とした態度で内面を隠そうとしているが、琥珀色《こはくいろ》の大きな目には悲しみが見て取れた。小さな戦士は円錐形《えんすいけい》のかぶとをかぶり、背中に凧型《たこがた》の盾をさげ、前腕に装着したエネルギー銃をふたりに向けている。

「落ち着け」Hはそう言ってゆっくりとジャケットの前を開けると、二本指でホルスターから銃をつまんで取り出した。「おれたちはごたごたを望んじゃいない」銃をかかげてみせ、それを足元の床に置く。彼が目顔でMに合図し、彼女も同じように銃を置いた。「きみのことはなんと呼べばいい？」

小さなエイリアンは気分を害したようだ。「名前か？　なぜ名前があると思う？　歩兵《ポーン》は名前など持たない。われらはポーンだ」

「ここで何が起きたの？」Mはきいた。

「パーティを開いた」ポーンの言葉からは皮肉がしたたり落ちるようだった。「この状況がどう見える？　われらは全滅させられたんだ！」

クイーンがうめき声をもらした。顔色がまた悪くなり、呼吸も不安定になっていた。「わが君！」ポーンが叫んだ。棚からテーブルに飛び降り、そこからチェス盤に飛び移ると、主君のもとにはせ参じた。

クイーンのかたわらにひざまずき、濡れた布きれで額をぬぐう。彼女がポーンに何やらささやくと、小さな歩兵はクイーンを腕の中にきつく抱きしめ、身を震わせてすすり泣き始めた。それから、肩越しにふたりのエージェントを見上げた。「ふたりきりにしてくれないか？」

HとMは当惑しつつも、チェス盤から一歩さがった。

「わたしはあなたさま以外の者にはけっして仕えません。誓います」ポーンがクイーンの目をじっと見つめて言った。「わたしは短剣でこの身を突き刺し、その刃を縦にまっすぐ動かし、臓器を切り裂き、それを持ち上げて放置します。死にいたるまで」

ポーンの誓いはクイーンにとって大きな慰めになったらしい。力なく腕を上げ、臣下の顔にそっと手を触れる。忠実なる者に何かひと言かけようとしたようだが、彼女にはもはやその力が残っていなかった。穏やかに最後の息をもらし、クイーンはこと切れた。彼女の手がポーンの顔からすべり落ち、胸の上で動かなくなった。

ポーンはクイーンを静かに横たえ、遺体を毛布でおおった。そして、小さな短剣を引き抜く。Mはそれを見て、ヴァンガスの暗殺に使用されたものとそっくりだと気づいた。

ポーンが鎧の胸当てを持ち上げ、白い腹部をあらわにした。自分の身を突き刺そうと短剣をかまえる。

「ねえ、まさか本気でそんなこと……」

「女王の歩兵が主君を亡くしたら……ただの歩兵だ。なんの価値もない。これは高潔な儀式なのだ。おれはわが命を絶たねばならない。できるだけ……苦痛を感じる方法で」彼は腹に刃先を押しつけ、大きくあえいだ。「うわあ！　切っ先がすごく鋭い」

Mはちらっと H を見て小声できいた。「止めてあげるべき？」

Hが肩をすくめた。「それがやさしさってもんだと思う」

チェス盤の上ではポーンが気を取り直し、エイリアンの切腹をしようとしている。「では、いざ。おれはこれをやり遂げる」彼はどう見ても引き延ばそうとしていた。「いよいよだぞ」エージェントたちを横目で見る。「え？　何か言ったか？　おまえらのどっちかが今、何か言っただろ？」ふたりが何も答えずにいると、ポーンは両腕を前に伸ばし、短剣を深く突き刺すかまえを見せた。

「待って！」Mは叫んだ。とても見すごせないし、見たくもない。「きっと彼女は……あなたがそれをやり遂げるのを望んでないわ」

ポーンが心から安堵《あんど》しているのが、Mにははっきりとわかった。だが、彼はいくつかの慣習や手順を踏まないといけないらしい。

「女王陛下がお望みかお望みでないかを勝手に言うおまえは何者であるか？　おまえは女王陛下か？」

「いいえ、わたしは……M。エージェントMよ」

「エージェント？　それは……称号か？」

たちまちHの顔がぱっと輝いた。それを見て、Mはいやな予感がした。

「まさしく称号さ、わが友ポーニィよ。きわめて高貴な称号だ。ここにおわすMはただのエージェント、歩兵《ポーン》のいないエージェントなんだ。おれの言ってる意味がわかるか？」

「えっと」Mは横から言った。「わたしにはわからないんだけど」

ポーンが十センチの身体をピンと伸ばし、誇らしげに立った。

「あなたの言うとおりかもしれない」小さなエイリアンの声には新たな活力がみなぎっていた。「死者をたたえる最良の方法、それは生き続けること」

Hがまじめくさってうなずき、同意を示した。ポーンがMに向き直った。片膝をつき、手首のブラスターを高くかかげた。

「わたしはあなたさまに永遠の忠誠を誓います、エージェントM。わがエージェントM、唯一無二のわが主君」

Mは思わず両手をあげ、ゆっくりかぶりを振った。「そこまでする必要は……」

「なんと気高く、なんと麗しい」Hがにやにやしながら言った。

Mの居心地の悪さをよそに、ポーンが続ける。

「もしもあなたさまがわたしより先に死するならば、わたしは一秒でも生き恥をさらすより、わが命を絶つことを誓います」

「できるだけ苦痛を感じる方法でな」Hが親切にも言い添えた。

ポーンが怒った顔をHに向けた。「当然のこと」彼は食いしばった歯のあいだから言うと、新しいクイーンの前でかぶとの頭を深々と下げた。

隠し部屋を照らすランプがちらちらと点滅した。Mは店の入口のほうへさっと目をやった。唇に指を当て、Hとポーンに沈黙をうながす。彼女は部屋を隔てているカーテンを用心深くずらすと、店にそっと戻っていった。

「感動的にすてきだ」ポーンがカーテンの向こうに消えたMのほうを見て言った。「おまえとあのおかたはつき合ってるのか?」

「想像にまかせる」Hはウィンクしながら答えた。

「おれとあのおかたは最後には結ばれるだろう」ポーンが恋い焦がれる顔で言う。「それはもう避けようがない。誰かを守れば、ふたりの親密さは増していく。身分の線引きがあいまいになって……」

骨董店の店内に立ったMは、すべてのランプが不安定にまたたくのを見た。ナイトクラブでまったく同じ現象が起きたことを思い出す。

そして、この現象の直後に起きたのは……。

双子が獲物を求め、市場の中をわが物顔で歩いていくと、すべての電気製品やライトがちらちらと揺らめいた。市場エリアで商売をする多くのエイリアンはその現象が厄介ごとの前ぶれであることを知っており、今にも砂漠から強烈な熱風が迫ってくるかのように、そそくさと店を閉め始めた。人間の商人たちも次々に彼らにならう。やがて、ダイアドの双子が歩く狭い通りには人影がなくなった。彼らがバイク修理店の前を通りすぎるとき、修理工と相棒のひげエイリアンは店の照明が点滅するのを見た。

「ヤバいのが来るぞ」ナスルが言った。

ひげのバッサムが「おいら、ヤバいのは大好物だ」と言うなり、ナスルの顔から飛んで床に落ちた。もじゃもじゃの小さなエイリアンは、単体になると少しオポッサムに似ていた。ひげのなくなったナスルは恐ろしくまぬけな顔に見えた。

バッサムがナスルを見上げた。「おまえもおいらと同じことを考えてるか？」

ひげの中から携帯電話を取り出すバッサムを見て、ナスルの顔に邪悪な笑みが広がる。

「ああ」修理工が答えた。「リザに電話しろ」

第十九章

Mは骨董店《こっとうてん》の奥の隠し部屋に戻り、背後の棚の壁を閉じた。「来るわ、彼らが。ダイアドの双子が」

ポーンがブラスターを起動させ、出力ダイヤルを上げた。「あいつらはおれの女王陛下を殺した！」そう言ってドアに突進しようとしたが、Hが引き戻した。

「おいおい、落ち着け！」暴れるポーンを手の中に閉じこめながら、Hは床に膝をついて銃を回収し、Mの銃を彼女に放り投げた。

「H、ここは逃げたほうがいいと思う」Mは隠し部屋に設置されている防犯カメラの監視モニターを見やった。店先を映すモノクロ映像は頻繁にノイズで乱れている。「彼らがどうしてここに来たか、わたしは知ってるの」画像が一瞬だけクリアになったとき、双子が骨董店に入ってくる様子が見えた。双子が防犯カメラを凝視すると、画面は完全にノイズ一色になってしまった。

Hが裏口のドアを開けた。そこから脇の路地に出られるようになっている。Hが〝続きはあとで〟という顔をMに向け、銃を左右に向けて危険がないか確認すると、外に踏み出した。Mもあとに続く。

「わが君?」残されたポーンが大きな琥珀色《こはくいろ》の目で訴えた。Mは足を止め、ため息をつくと、チェス盤からポーンをすくい上げた。


骨董店に入ったダイアドたちは隠し部屋に向かった。ひとりがアンティークの鉄製燭《しょく》台《だい》をつかむ。燭台は彼の手の中で溶け、長い剣に変形した。もうひとりがカウンターの背後の壁を開く隠しボタンに手を伸ばした。そこで動きを止め、兄弟を見やる。剣を持った兄弟がうなずき、進み出てドアのそばに立った。壁がスライドして開くと、双子はそろってカーテンを通り抜け、隠し部屋に踏みこんだ。すでに部屋はもぬけの殻だった。


HとMは銃をかまえ、ひと気のない曲がりくねった通りを走った。次の角を出たら、まぎれこめる人の群れがいてほしいと願っていた。

曲がり角でHは頭をそっと出し、前方の様子をうかがった。安全を確認し、次の通りへと向かう。

Mがジャケットのポケットに手を入れ、からくり箱を探った。「ねえ、言おうとは思ってたの。ううん、言いたかったわ」ところがポケットには小さなポーンが入っているだけで、箱がない。「嘘でしょ！　どこに行ったの？」

Hは自分のポケットに手を入れ、箱を取り出した。「こいつのことか？」そう言って箱を彼女の前で振ってみせる。

「わたしから盗んだの？」Mは腹を立てると同時に傷ついていた。

「ちがう」Hは油断なく進みながら、先の通りに目を配った。「おれはきみが現場から盗んだ証拠品を取り返しただけだ」

「ヴァンガスに言われたの。それを隠せって」Mは彼に追いついた。「誰も信じるな、とも」

Hは壁に背中をつけ、銃をかまえると、通りに飛び出す準備を整えた。「きみは、自分の上級エージェントよりも、その日初めて会った大酒飲みのジャバビア星人……魂よ安らかなれ……のほうを信じたのか？」

「ひと言で言えば、そうよ」

Hは行く手を一瞥《いちべつ》し、そっと角を曲がった。通りの先には広場が開け、大いににぎわっている。旧市街にある別の青空市場だ。どこもかしこも人でいっぱいで、その中を車や、荷車を引く動物や、バイクがのろのろと通り抜けていく。商人たちは車の運転席の窓やバイクにも近づき、商品を売ろうと乗り手たちに話しかける。Hは笑みを浮かべた。この分なら、混沌《こんとん》とした人の群れにまぎれて容易に姿を消せるだろう。

「H……見て」Mが群衆のほうに頭を動かした。Hもそれに気がついた。鮮やかな色彩の海の中に小さな黒い部分がいくつか見える。たちまちHの笑みは消えた。

市場に続く主要な通りという通りにMIBのSUVが配置されていた。

「ほら、あれも」シヴォレー・サバーバンからMIBエージェントたちが次々に降り立ち、市場の監視と捜索を始めた。「ここで何してるのかしら?」

何かがおかしい、とHの直感が大声で告げていた。噴水の近くに手ごろな隠れ場所を見つけた。「あっちだ」ふたりは小走りで向かい、噴水のかたわらにしゃがんだ。これで姿は隠せたものの、市場に展開する大勢のメン・イン・ブラックたちから目を離すことはできない。これが一時しのぎであることは、Hも十分承知していた。それでも、ここで態勢を立て直すことができる。

「それがなんであれ……」Mが箱を見ながら言った。「ヴァンガスはそれを守ろうとして死んだ」広場を執拗《しつよう》に捜索し続けるエージェントたちに目をやる。「彼はそれをわたしに託したの。だから、彼らに渡すわけにいかない」

彼女の切迫した口調を聞いて、Hは考えをめぐらせた。噴水の背後でじっとしたまま、ほかのエージェントたちをじっくり観察する。

ハイ・Tはエレベーターを降りると、特別作戦室に歩み入った。そこにはすでにCがいて、エージェントの一団とともに壁一面にずらりと並んだモニター画面でライブ映像を見ていた。映像は現場エージェントのボディカメラおよびMIBステルス・ドローンのカメラから送られてきている。映し出されているのは青空市場の光景だった。

「いったい何ごとか、誰か説明してくれないか?」ハイ・Tは言った。

「微妙な状況になりました」Cが答えた。「マラケシュです。内密に進めるべきかと」

ハイ・Tは、モニター画面のひとつにHとMの写真とプロフィールが表示されていることに気がついた。それぞれの顔の下に、黒い文字で〝手配者〟とある。

「話がある、C」ハイ・Tがエージェントの一団から離れると、Cがついてきた。その手には相変わらずタブレットがある。「これはばかげている」ほかの者たちに聞こえないよう低い声で言う。「きみは個人的に反感を持つかもしれんが、Hはこれまで黒いスーツを着てきた者たちの中でも指折りのエージェントだ」

「それはもう過去の話かと」Cも声を落とした。タブレットの画面を開く。「彼はハイヴ事件のあと、変わってしまいました。ごらんください」画面をかかげてみせる。

ハイ・Tは、ヴァンガス・ジ・アグリーの死亡現場から回収された防犯カメラ映像を見せられた。映像の中で、瀕死のエイリアンがエージェントMに小さな箱を手渡している。

Ｃが手でジェスチャーをすると、画質の粗い箱の映像が拡大され、それが銀河公報に掲載されている図とぴったり合わさった。公報の表紙に書かれた赤い文字がジャバビアの言語であることにハイ・Ｔは気がついた。そこにはジャバビア王室の紋章とジャバビア軍最高司令部のマークが浮き彫りになっていた。

「わたしが独自に得た情報では、この箱はジャバビア軍事省・先進研究部からヴァンガスが盗み出したものです。そして、それを地球に持ちこみました」

ハイ・Ｔはデータから目を上げた。その顔は怒りで白くなり、目が暗かった。「きみはこの情報をわたしに隠していたのか？」彼の声が高まり、ほかのエージェントたちが注意を向け始めた。「いつからだ？　釈明してみろ」

「釈明ですと？」Ｃは引き下がらなかった。「この箱がなんであるにせよ、ＨとＭは所持していたのですよ……あなたの執務室で。それをあなたは見逃してしまった」

ハイ・ＴはＣの肩越しにエージェントたちを見た。誰もが固唾《かたず》をのんで権力闘争を見つめている。彼は冷静な態度を取り戻した。だが、その目から怒りは消えていない。

「ふたりを直接わたしのもとに連行しろ」ハイ・Ｔは静かな命令口調で告げた。Ｃの返事を待つことなくきびすを返し、エレベーターに乗ると、ポケットから通信機を取り出した。

Hがマラケシュの噴水の陰から周囲のMIBエージェントたちを観察していると、通信機が鳴った。発信者はハイ・Tだ。応答したとたん、ハイ・Tのホログラム像が浮かび上がった。

Hが口を開く前にハイ・Tがしゃべりだした。

「H、よく聞くんだ。これはわたしの作戦ではない。そこから逃げ延びろ。まず安全を確保し、それから報告せよ」

ハイ・Tは通信機を手に持ったまま執務室の窓辺に立ち、眼下のエージェントやエイリアンたちをながめた。Cが見えた。幹部エージェントたちに囲まれながらメインフロアを足早に横切っていく。明らかに彼から命令を受け、エージェントたちが各自の任務をおこなうために散っていった。Cは見られているのを察知したかのように足を止め、ハイ・Tを振りあおいだ。ふたりの男の視線がぶつかり合う。

「Mの言うとおりかもしれん」ハイ・Tはつぶやいた。「MIBにスパイがいる可能性がある」

第二十章

ハイ・Tのホログラム像が消えると、Hは通信機をしまい、Mをともなって広場の外縁部を目指して移動した。捜索の網をせばめつつあるエージェントたちとのあいだに常に大勢の人びとをはさみながら動く。ひとりのエージェントがこちらに気づいたのがわかった。Hは小さく悪態をつき、Mを引っぱって人で混み合う狭い通りに飛びこんだ。

「これを持ってろ」彼はからくり箱を手渡した。「連中はこれを持ってるのがおれだと考えるはずだ」Mは小箱をジャケットのポケットにすべりこませた。「二十分後に中央広場で合流しよう」

Mは通りでひしめき合う人びとに目をやり、自分たちに迫りつつある同僚エージェントたち――彼女が人生を費やして探してきた相手――を透かし見た。「MIBの最初の一週間がこんなふうだなんて、想像してたのとちがうわ」ふたりはかすかな笑みを交わすと、別々の方向に歩きだした。

Hは市場のさらに奥へと進み、追跡者たちに接近していった。MIBエージェントの一団が彼の姿を発見した。Hのもくろみどおりだった。

「おれたちが身につけてるものは同じだ！」Hはエージェントたちに大声で言った。「勝ち目はどっちにある？」彼は人混みの中に飛びこみ、全速力で走った。エージェントたちが追跡を開始した。裏切り者を包囲するように、と叫び合う彼らの声が、Hの耳にも聞こえた。連絡を受けた別のエージェントたちも群衆の中を追ってくる。さあ、来い。おれを捕まえてみろ。全力疾走するHを、ＭＩＢエージェントの集団は脇目も振らずに追いかけてきた。

エージェントたちが持ち場を離れ、三方からHを追っていく。それを見たMはつかの間生じた監視の空白を利用し、人の群れに隠れて市場から脱出した。市場から十分に離れるまで走り、脇道にたどり着いたところで振り返ってみる。あとを追ってくるエージェントはいなかった。Mは走るのをやめ、通行人の流れに歩調を合わせて周囲に溶けこむよう努めながら歩いた。

すぐそばでライトがちらちらとまたたいた。Mはぎくりと足を止めて振り向き、頭上を見た。屋根の上に人影はない。たぶん、ライトの点滅はただの偶然だったのだろう。彼女はふたたび警戒しながら歩きだし、合流地点を目指した。

彼女の頭上に連なる屋根の上では、ダイアドの双子がMのあらゆる動きを監視しながら音もなく尾行していた。

Ｈは走った。追ってくるエージェントの一団との距離は一ブロックと離れていない。よほどの理由がないかぎり彼らが人前で武器を使用しないのはわかっている。少なくとも同僚エージェントには向けないだろう。ＭＩＢドローンの群れが接近するのを見た彼は、すばやい動きで狭くて曲がりくねった古い路地の迷路へと飛びこんだ。ドローンに空中からの偵察やＧＰＳの威力を使わせてはならない。数年前、このマラケシュでアルカル星の暗殺ボットに追われたことがあったが、どうやらあのときと同じ手を使わねばならないようだ。

迷路を利用し、ほんの数秒、地上の追っ手の視界から逃れた。Ｈは目指すナスルのバイク修理店にたどり着き、急いで店内に身を隠した。数秒遅れてＭＩＢエージェントたちが殺到し、空中支援機からＨの居場所を得ようと躍起になって無線に怒鳴りながら、修理店の前を走りすぎていった。

Ｈは息をつき、店内を振り向いた。油まみれのエンジン部品が雑然と並ぶデスクでスープを飲んでいたナスルが、ひげのない顔に驚きの表情を浮かべて彼を見ていた。

「ナスル、今すぐバイクを借りたい！」

「ちゃんと返してくれるんだろうな」エイリアンの修理工がトゥクトゥクに向かった。木やプラスティックで作ってあるカムフラージュの部品を手早く取り払うと、本来の姿があらわになった。Hは笑みを浮かべた。大型でいかにも馬力のありそうな異星のホバー・バイク。まさに彼の必要とする車種だった。

「バッサム！」ナスルが怒鳴って奥の部屋に行っているあいだ、Hはバイクにまたがり、操縦パネルをざっと調べた。ナスルが満タンの水筒を手に戻ってきて、Hに差し出す。

「こいつが必要になるだろ。外は暑いからな」

Hは水筒を受け取り、車体の収納ボックスに入れた。操縦パネルのパワースイッチを入れると、ホバー・バイクがうなりを上げて始動した。「扱いは簡単そうだな」

「ふつうのバイクに乗るのといっしょだよ」ナスルが請け合った。

Hはアクセルを強く吹かした。とたんにホバー・バイクが飛び出して修理店の扉を突き破り、向かい側の建物に突き進んだ。

「ふつうのバイクと全然ちがうじゃないか」Hは力いっぱいハンドルを切った。切りすぎてバイクが別の建物の壁に衝突した。彼は車体から投げ出され、顔面から道路に落ちた。バイクは彼の横で停止し、浮いている。

Hは路面にキスしたままうめき、立ち上がった。地元の人びとや観光客がまわりに集まってきて、空中に浮いている車輪のないバイクを見ている。Hはため息をつき、ニューラライザーを取り出した。

双子はパルクール競技者並みの身軽さで屋根から屋根へと移動した。建物のあいだの隙間を飛び越え、屋根のへりから身を躍らせ、外壁の途中にある出っぱりに飛び移る。そこから、ふたりは手のひらと背中を壁につけてすべり下り、ちょうど四つ角にたどり着いたエージェントMの数メートル前方に着地した。

急ぎ足で歩いていたMは凍りついた。ダイアドがどんな能力を持っているか、いやというほど見て知っている。携行しているシリーズ4・ディ＝アトマイザーでは、彼らの動きを鈍らせることすらできない。

半分目の見えない年老いた商人が売りものを満載した荷車をロバに引かせ、通りを歩いてきた。ほんの数秒だが、荷車が双子とMのあいだをさえぎった。荷車が通りすぎたとき、Mの姿は消えていた。双子は顔を見合わせ、無言で会話すると、二手に分かれて周辺の道を捜索し始めた。

Mはあらんかぎりの力で走った。通りから通りへと曲がりながら、その進路がパニックによって決定されていることを恥ずかしながら自覚していた。何度も肩越しに背後を見やり、不死身で執拗《しつよう》で無慈悲な双子の姿を探した。だが、なぜか追ってこない。木製の屋根に半分おおわれた路地を見つけ、彼女はそこへ逃げこんだ。路地の中は影が濃く、自分がひとりぼっちだという強い感覚にとらわれた。どうにか冷静になって目下の仕事に集中しようと努める。けれど、この暗い路地で死んだら、誰にも知られず、誰にも気にしてもらえない。パートナーと切り離された上、自分の人生の一部にしたいと望んできたまさにその組織から逃げ回っている。ヴァンガスは、誰も信じるな、と言った。彼は正しかった。今の状況は、これまでの自分の生きかたの別の側面なのだ。諸刃《もろは》の剣と言えよう。誰も信じなければ、本当に親しい相手などひとりもできない。

薄暗い路地を照らす外灯がちらちらと点滅し、ふっと消えた。Mは立ち止まり、引き返そうと向きを変えた。ところが、そこに壁があって行く手をふさいでいた。どこか様子がおかしい。壁は路地沿いに建つ建物の粘土やタイルからできているものの、不自然にでこぼこで、表面がかすかに波打ち、まるで呼吸しているようだった。双子がロンドンの街路で何をしたかを思い出す。相転移だ。

Mはふたたび前方に向きを変えた。だが、そこには双子のひとりが立っていた。暗い目を彼女にひたとすえ、少しの逃げ場も与える気がない。彼が迫ってきたので、Mは後ずさりした。

銃を抜くのよ！　彼を撃つの！　戦いなさい！　通信機で助けを呼んで！

ところが、ダイアドを目の前にして、心の声は恐怖で喉につまった。退路を断つように実体化した壁に背中がぶつかった。壁面から粘土とタイルでできた腕がにょきっと生えてきて、彼女をつかんだ。Mは息が止まり、逃れようともがいたが、むだだった。だしぬけにエネルギー弾が炸裂《さくれつ》し、壁の腕が細切れになって吹き飛んだ。Mは拘束を逃れ、壁から離れた。壁の中からダイアドがあらわれた。片腕をさすっているが、見たところブラスターによって受けた痛手はその程度らしい。

Mのシャツのポケットから身を乗り出したポーンがブラスターをかまえ、壁から出てきたダイアドにもう一発撃った。「今度は守ってみせる！　この女王陛下は絶対に！」小さな戦士は叫びながら敵にブラスターを浴びせた。だが、ダイアドは熱線が当たっていることを気にもかけない様子だ。路地の先でMの逃げ道をふさいでいるもうひとりのダイアドが手近な鉄の窓格子を引きちぎり、鋭いトゲだらけの槍《やり》に似た武器に変形させた。

彼が槍をかまえ、Mとポーンに迫ってくる。Mはその威圧感にたじろぎ、ポケットの中でからくり箱を強く握りしめた。

壁際のダイアドも、ポーンに攻撃された皮膚から煙をたなびかせながらMに向かってくる。

双子にはさみ撃ちにされ、Mは自分の死を確信した。それでも恐怖を押しのけ、ジャケットの内側にある銃に手を伸ばした。任務は失敗に終わるかもしれないが、MIBエージェントが命の果てる瞬間まで戦い抜くことを、ふたりのダイアドに思い知らせることならできる。

　突然、粘土やタイルが大きな音をたてて吹き飛び、ダイアドの壁が崩壊した。飛び散った破片が双子のひとりの身体を貫通していく。燃えるような煙を突き破り、爆音をとどろかせながらホバー・バイクに乗ったHがあらわれた。その手には撃ったばかりのディ＝アトマイザーが握られている。双子のひとりがホバー・バイクに轢《ひ》かれ、車体に乗り上げられた拍子に高温の排気にさらされて全身が炎に包まれた。Hは狭い路地で九十度ターンを決め、Mの前にバイクをぴたりと停めた。「乗れ！」

「時間がかかりすぎよ」Mは日の後ろに飛び乗った。

「操縦を覚えなきゃならなかったんだ」

　双子の片割れがふたりに向かってきた。通り道にあったあらゆる物体――石や土や駐めてあったトゥクトゥクなど――をうごめく壁の中に取りこんでずるずる引きずっている。Hが振り向くと、炎に包まれたダイアドも早くも身体が再生しつつある。炎と衝突によるダメージはもはや残っていない。ダイアドはひどく怒っているようだ。彼もまたうごめく壁を持ち上げ、エージェントたちに向けて引きずった。

　たちまち、ふたりは逃げ場を失った。路地の前後をダイアドたちにふさがれ、Hにはもう奥の手はない。双子が息を合わせ、たがいの壁をくっつけた。Hが次の行動を迷っているうちに、路地がどんどん狭くなっていく。ずり動く壁が路地にあった一台のバイクを巻きこんだが、それが壁の中に消える前に双子のひとりがその金属部品をつかみ出し、鋭くて恐ろしげな武器に変形させた。

Hは前方の壁を見やり、頭上にあるシャッターの閉まった高窓に目を上げた。

双子の足元で、地面がボコボコと泡立つ。路地の地面に注入している異様なエネルギーによって、双子の顔が明るく照らされる。Hは押し寄せるエネルギーの壁を注視した。包囲されてしまったらもう遅い。Hはスロットルを全開にした。ホバー・バイクは急激にうなりを上げ、インジケーターが一気にレッドゾーンに振れたが、すぐにエンジン音が安定した。

「つかまってろ！」Hはエンジンの爆音に負けじと怒鳴った。ホバー・バイクが最高速度で路地の壁に突進した瞬間、Hは渾身《こんしん》の力でハンドルを後ろに引っぱった。ホバー・バイクの先端が持ち上がり、車体が路地の壁の垂直面をものすごい勢いで上っていく。

双子が壁をぴしゃりとたたき、溶けた石の大波を二方向からホバー・バイク目がけて伝搬させた。だが、ふたつの巨大な波がぶつかったときにはホバー・バイクのほうが一瞬速く駆け抜けていた。波の衝突で砕け散った溶岩が自分たちに降り注ぐ中、双子はエージェントふたりを乗せた乗り物が壁をはるかに越えて飛び出していくのを見た。

上空に描いた放物線の頂上で、ホバー・バイクの三人は重力と時間から解放されるのを感じた。Hは必死にハンドルにしがみついた。その後ろのMは身体が完全に空中に浮いたが、両手でHの腰のベルトにつかまる。歩兵のポーニィはMのポケットから投げ出され、小さな口を広げて絶叫した。Mが片手をHのベルトから離して精いっぱい伸ばし、小さな戦士をどうにか手の中におさめた。バイクが下降に転じ、三人はふたたび重力に強く引っぱられた。

ホバー・バイクは落下の途中で木造の張り出し屋根にぶつかった。衝突の瞬間にHは車体を安定させ、屋根の上を水平に走らせると、端まで来たところでホバー・バイクをジャンプさせた。そのまま大地へと下降する。にぎやかな市場の通りに着地したとき、重力サスペンション・フィールドが低下していたが、それでも激しい衝突は回避できた。そこは先ほどの路地から通り数本分離れた場所だった。Hは同乗者たちを振り返った。Mは、がたがた震えるポーニィを手のひらにのせたまま、着地したときに肺からすっかり吐き出してしまった空気を取りこもうとあえいでいた。

「うまくいったなんて信じられない」Hは言った。

「H……」Mが周囲を見て眉をひそめた。空から降ってきた異星のホバー・バイクを目撃した市民たちが、驚きととまどいの顔を見せていた。

「サングラスを」Hはそう言ってニューラライザーを取り出した。そして、通りの群衆に話しかける。「みなさん、ちょっとこれを見て……」

Mがニューラライザーを引ったくり、自分のサングラスをかけた。「運転をお願い」

Hがエンジンを吹かし、バイクが猛然と通りを走りだす。Mが振り向きざまにニューライザーのボタンを押して閃光《せんこう》を照射し、通行人たちの記憶を消去した。初めてのニューラライザーの使用がこのような形になるとは、彼女は想像もしていなかった。

Hは町から出るゲートを探すため、現在地点を把握しようとした。ホバー・バイクの操縦にも慣れ、自分の操作技術に満足感を覚えたとき、前方の空《す》いた通りに一台のMIBセダンがあらわれて進路をふさぐのが見えた。セダンが急ブレーキでホバー・バイクの前に停止したので、Hは反射的に別の通りに鋭く左折した。バイクの態勢を立て直したとき、別のMIBセダンが視界にあらわれ、またしても行く手を阻もうとする。

Hはハンドルにおおいかぶさってセダンに突っこみ、バイクがボンネットに衝突する寸前に強引なターンを決めた。ホバー・バイクが向かった先はリフレクティング・プールのある庭園だった。観光客たちが水辺に立ち、水面に映る風景をスマートフォンで写真におさめている。庭園の向こう側には開けた道路が見え、メディナの城壁を通り抜けたはるか先にはサハラ砂漠が広がっていた。彼は振り返ってMにほほ笑みかけた。が、後ろに迫ってくる別のMIBサバーバンが目に入り、ほほ笑みはしぼんだ。

Hはホバー・バイクを加速させ、プールの水面上を猛然と走り始めた。車体がまき散らした水しぶきが観光客たちに盛大にかかった。バイクが庭園の出口に近づいたとき、門の向こう側に二台のMIBセダンがあらわれ、自由への道をふさいだ。Hは急ブレーキをかけ、バイクを停止させた。彼らの前方と後方に止まったＭＩＢの車から、戦闘用の装備に身を固めたエージェントたちが飛び出し、Ｈたちに銃を向けながら押し寄せてくる。庭園を囲む壁の上の狭い通路にも大勢のメン・イン・ブラックが姿を見せ、バイクに銃の狙いをつけた。上空には何機ものＭＩＢドローンが飛び回っている。Ｈたちはすっかり身動きが取れなくなってしまった。

「大した脱出計画だな」ポーニィが自分たちに向く無数の銃口を見て言った。

Ｈは打開策を次々に検討した。どの選択肢も、最後には自分たちが死ぬか逮捕されるかしてしまう。彼はＭに対して申し訳ない気持ちになった。彼女はこれまで見てきたどのエージェントにも劣らないほどの成長を見せている。これほど短い活動期間でこのような結末を迎えていいはずがない。

Ｈはホバー・バイクの操縦パネルを見下ろし、何かいい手が見つからないかと懸命に探した。そんなものはなかったが、ひとつのボタンを見たとき、〝いったいなんだ？〟の顔になった。彼はＭを振り返った。「どう思う？　赤いボタンがあるんだが」

「だめよ」ＭはＨの肩越しに首を伸ばし、赤く光る大きなボタンを見た。「赤いボタンは絶対に押しちゃだめ。子どもでも知ってることじゃない」

Ｈはバイクをその場で方向転換させた。車体を浮揚させる強力な排気は今も健在だ。ＭＩＢエージェントたちの銃がバイクの動きに合わせてわずかに動いた。

「おれはハイパードライブじゃないかと思う」Hは周囲のエージェントたちを無視してボタンに顎をしゃくった。エージェントたちはやはり仲間を撃つことに抵抗があるのだ。Hはエンジンを吹かし、銃口が並ぶ出口に突進した。

「ちがうわ」彼の後ろで髪をなびかせるMが首を振った。「ハイパードライブは青よ」

「人間、直感を信じるべきときがあるんだ」Hは赤いボタンの上に手を置いた。

「わたしの直感ならね！　あなたのはやめて！」

Hは赤いボタンを押した。

ＭＩＢエージェントたちがあわてて左右に飛びのいたとき、向かってきたホバー・バイクは乗客もろともまばゆい光と大地を揺らす轟音《ごうおん》の中に消えた。

第二十一章

　Mはうめき声をもらし、顔を上げた。どこを向いても、砂漠しか見えない。やっとのことで立ち上がり、周囲の状況を確かめる。かたわらでHが上体を起こし、ジャケットの砂を払い始めた。二十メートルほど離れた砂丘を見ると、その斜面からホバー・バイクの車体が突き出ていた。

「言っただろ。ハイパードライブだって。直感を信じろ」Hがそう言って立ち上がる。

「はい、はい」Mはズボンのポケットを裏返し、中の砂をざあっとこぼした。

　ふたりのあいだの砂地からポーニィの小さな頭があらわれた。「ばかみたいにすごかった！」生まれて初めてジェットコースターに乗った子どものように叫ぶ。「もう一度やろう！」彼はその意見に賛同しないふたりの顔を見た。「なんだよ？　おれはずっとチェス盤の上で人生を送ってきたんだぞ。新しいことはなんでも楽しいんだ」

「しぃいっ」Mはかすかな物音を聞いた。カチッ、カチッ、という音がして、機械が起動するような低周波の音に変わった。音が聞こえるのは、二メートルほど離れた砂の上に落ちているからくり箱からだった。ハイパージャンプした際にポケットから転がり落ちたようで、その拍子にタイルが移動し、みずから整列しようとしていた。箱は低いうなり音を発し、まわりの砂地を震わせている。今にも箱がパチンと弾《はじ》けて開きそうだ。Mは近づいて膝をつき、慎重な手つきで箱を拾い上げた。

ポーニィがぼそりと言った。「なんだかすごくヤバそうに見える」

好奇心に導かれるままに、Mは箱の表面の模様をながめ、必要なときにまた再現できるよう、それを記憶に刻んだ。タイルの最後の一枚が移動してカチリとはまったとき、箱は彼女の手の中で膨張し、折りたたまれ、変形し、最終的には大きくて不穏なたたずまいの装置になった。独立型のコントロールパネルのようだ。装置は変形する前の箱と同じくらい軽く、Mはほとんど重量を感じることなく持つことができた。

装置の中心には大きな球体がひとつ。その中で光と闇が混じり合って渦を巻いている。それはあえぎながらゆっくり回転する飢えた口を思わせた。恐ろしい捕食獣が宇宙をむさぼり食って破壊させるために解き放たれるのを辛抱強く待っているかのようだ。ふたりのエージェントはそれをじっと見つめた。Mはまぶしい光と深い闇に顔を照らされながら、球体内の現象にすっかり魅了されていた。

「コアの部分を見て」彼女はほとんどささやくように言った。「どうやって光球内の対流エネルギーを放射し続けてるのかしら？」

Hはうなずき、彼女の話を理解しているふりをした。「ああ、まったくだ。光球だな」

「これは熱核爆発よ」

「待ってくれ……これがなんだって？」

手の中の物体がますます大きくなっていく。Mははっと目を離し、Hを見た。「わたしたちは超圧縮された天体を見てるんだと思う。色温度から見て、青色巨星だわ」

「星の超圧縮などありえない」ポーニィが口をはさんだ。「あれは神話だ。錬金術とか二日酔いを一発で治す薬と同じ類の」

装置の側面に目盛りが並んでいる。〇・〇〇一から始まり、最大値は一〇〇〇〇。Mは自分の中に強い探求心が頭をもたげるのを感じた。

Hが言った。「こいつに何ができて何ができないのか、確かめよう」

「兵器化された星を試すっていうの？　あなたの楽しみのために？」

「それと科学だ。楽しみと科学のため」

いつものMなら険しい表情を返すところだが、今の彼女はクリスマスの朝を迎えた子どもだった。

「それには、ここは打ってつけの場所かも」彼女は装置を砂漠の上にそっと置いた。装置の片側にフィールドエミッターが並んでいる。それが〝噴射口〟か〝銃身〟の役割を果たすのではないかとMは推測した。装置のその面を、砂丘だけが果てしなく続く砂漠に向ける。「ここはだてに〝空虚の地《エンプティクォーター》〟と呼ばれてないわ」

Hは身を乗り出した。この代物の実力を見たいという思いは、自分もMと同じくらい強いと認めざるをえない。コンビを組んで初めて、ふたりの気持ちがひとつになった気がした。

「目盛りは〇・〇〇一で」はやる心とは裏腹に、Mは慎重を期した。出力スイッチを最小値に設定する。無尽と思えるエネルギーによって装置全体が力強く振動した。Mは作動スイッチを入れた。

何も起こらない。何もかもが静かで、もとのままだ。HもMも息をつめるのをやめた。

「もうひと目盛り、上げてみるか？」Hが提案した。

そのとき、装置の口が向いている先の景色が途方もない突風と砂嵐とともに吹き飛んだ。HとM、そしてポーニィさえも突然の爆発の威力で後方に弾き飛ばされた。目と喉を直撃する砂嵐が何もかもをおおい隠し、MとHとポーニィは一メートルも離れていないのに、たがいの姿も見えなかった。刺すような砂塵《さじん》の向こうに目をすがめたHは、いくつもの大きな岩が装置の口に吸いこまれ、細かい粒に嚙《か》み砕かれて飲みこまれていく光景を見た。

吹きすさんでいた颪がようやくおさまり、装置の作動音も静まった。舞っていた砂塵が薄れる中、倒れていたエージェントと小さな戦士はふたたび立ち上がった。

彼らは巨大な峡谷の縁にいた。向こう側の断崖まで数キロメートルはあるだろうか。へりにヤギが呆然《ぼうぜん》と立っている姿が小さく見える。心細そうな鳴き声が砂漠を分ける深い谷に響いた。Mは両親とグランド・キャニオンを訪れたときのことを思い出した。この峡谷は幅も深さもアリゾナ州のそれと同じくらい巨大なのに、装置によってほんの短時間でえぐり出されたのだ。

全身が砂塵にまみれたHとMは、信じられない思いで声もなく立っていた。ポーニィが断崖の端まで歩いていった。彼は振り返り、ふたりの背後に静かにたたずんでいる装置を見やった。

「これで一番小さい設定なのか?」その声が峡谷の向こうまでこだました。

第二十二章

Cは怒りで顔を紅潮させながら、ハイ・Tの執務室に飛びこんだ。

「彼らが逃げました」その声はどうにか感情を抑えていた。

ハイ・Tはデスクに積まれた書類をめくる手を止めようともしない。ようやく目を上げ、Cのぎらついた視線を受け止めた。

「正確な用語では〝きみが彼らを見失った〟だな」落ち着き払った声で言う。

Cはハイ・Tのデスクに近づき、両手のこぶしを置いた。

「彼らを手助けした者がいます」Cは上司をまっすぐ見つめた。

ハイ・Tは遠回しに非難されてもまばたきひとつしなかった。

「わたしはHをよく知っている。どんな行動をしようが、そこには理由がある」

「この期《ご》におよんで、まだ彼をかばうのですか?」Cはかぶりを振った。「それで何が得られます?」

「わたしが守っているのはこの組織だ」ハイ・Tの声は冷静なままだが、それでも急に鋭いナイフのような脅しの響きを帯びた。

「誰から守るのです？　わたしからですか？　あなたはわたしの忠誠を疑うのですか？」

「少なくとも、きみの判断をな」

Cははらわたが煮えくり返ったが、口をつぐんでいた。

「ほかにまだ用件があるか、エージェントC？」ハイ・Tはきいた。

Cは何も言わず、ほとんど殺意が感じられるほどにらみつけた。

「ないか？　よろしい」ハイ・Tは書類仕事に戻った。「では、とっとと出ていってくれたまえ」


太陽の位置が低くなり、そろそろ砂丘にかかろうとしている。澄みきった空の青さが藍《あい》色《いろ》に変わり、地平線付近が血の赤に染まっていく。Hは、からくり箱にもとどおり収納された異星のブラックホール兵器を手に持ち、壊れたホバー・バイクのかたわらに起こした小さな焚《た》き火に近づいた。ポーニィとMが火のそばにすわり、日差しが陰りゆくさまをながめている。Hはバイクの後部に付属している収納ボックスを開けた。

「ヴァンガスはこいつがいかに強大なパワーを秘めているか知ってたんだ」からくり箱をボックスに入れる。「世界をまるごと破壊できるってな」彼はボックスを閉じた。「なのに、それをきみに渡した。それまで会ったこともなかったきみにだ」HはMの隣にすわってバイクにもたれかかった。「あいつはなぜそうしたんだろう？」

「たぶん、わたしを信用したからじゃない？」Mは彼と目を合わさず、足元の砂の上にある細い棒を引っぱった。

「おれはヴァンガスのおふくろさんの葬儀で歌まで歌ったんだぞ。あいつが信用してたのは絶対におれのほうだ」

Mはため息をつき、棒を火の中に投げ入れた。少なからずいらだっていた。

「いいわ。本当に知りたいなら教える。彼、あなたが変わったって言ってた」

Hは焚き火の炎を見ながら首を横に振った。「あのな……」彼の声もMと同じくらいいらだっていた。「誰も彼もが〝おれが変わった〟ってたわごとをほざく。もううんざりだよ」

「つまり、あなたは前からずっと強情で傲慢で無分別だったってこと？」

「いいか」Hの声が大きくなった。「おれの仕事は地球を守ることで、その際のルールはただひとつ。そこにルールなんかないってことだ」

ポーニィが論戦に参加した。「それはルールだぞ」

三人が言い争いに夢中になっているあいだ、六バー・バイクに近い砂地に半分埋まっていたアルミニウム製の水筒のキャップが、ひとりでに回り始めた。

「いいだろう」Hは両手をあげ、会話の主導権を奪い返そうとした。「おれのルールはルールなどないというものだが、ただし、ルールがないというひとつのルールは除く」

キャップの開いた水筒の中から、ひげのバッサムがびしょぬれで顔を出した。ひげから水をしたたらせながらあたりをうかがったエイリアンは、三人が彼に気づきもしないのを見てほくそ笑んだ。水筒から全身を引き出すと、ひもを引っぱり、水の中から小さな革袋を回収した。バッサムはその袋をそっと背負った。彼に背中があるとしてだが。

「つまり、あなたのルールはひとつあるってこと？」Mはわざとらしく首をかしげてみせた。「自己矛盾してるわ」

「そうさ」Hはまるで議論に勝利したかのように胸を張った。

バッサムがバイクの収納ボックスを閉め、カチリと音がした。

「誰も動くなよ！」バッサムが命じた。彼のよく通る低音はしんとした砂漠に異様なほど大きく響いた。HとMとポーニィはいっせいにそちらを見た。バッサムは彼らにレーザー銃を向け、別のひげ触手でからくり箱を抱えている。

「悪いな、H。これも生きてくためだ」バッサムが肩をすくめた。彼に肩があればだが。

「バッサム？」Hは目を丸くした。「どうやってここまで来た？」

「密航したんだ」バッサムは濡《ぬ》れた身体をぶるっと揺すった。「水筒にもぐりこんで」

Hは顔をしかめた。「うえ。まじか？　おれたち、その水を飲んじまった」

「だから、だし汁みたいな味がするって言ったでしょ」Mも顔をしかめる。

「なあ、バッサム」Hはひげのほうに踏み出した。「ここは理性的に話そうじゃないか。その箱の能力をおまえはちゃんと理解してないと思う」

「いや、ちゃんと理解してるさ」バッサムが後ずさった。「だからこそ、彼女はこれに大金を支払ってくれるんだ」

Hは銃を抜こうとしたが、それより早くひげのエイリアンは小さな革袋についたハーネスのコードを引いた。袋からあらわれたジェットロケット装置が噴射し、バッサムはものすごい勢いで夜空に打ち上げられた。Hは航跡を描くロケットを銃で狙ったが、バッサムはすでにあまりに高くあまりに遠く、とうてい届きそうにない。ロケットの噴射音が星空の中に消え、Hは銃を下ろした。Mが彼に歩み寄り、目と目を合わせた。

「お手柄ね、ヒーローさん。どうして彼がいるって気づかなかったの？」

「おれの落ち度か？」Hは銃をホルスターにおさめた。「ナスルが水筒を手渡してきたんだ。おれたちが脱水状態にならないように、と言って」Mはまだにらんでいる。「用心に越したことはないだろ？　確かにすごく暑くて乾燥してるんだから」

「あなたは違法に部品を売買してるエイリアンの店に行って、こすっからい小悪党に助けを求めた。これから何が起きると思う？」Mの声が大きくなった。

「だったら」Hも負けずに大声を出した。「そもそもヴァンガスに箱をもらったときにきみがそのことを秘密にしなけりゃ、おれたちはこんな目にあってないんじゃないか？」

「じゃあ、宇宙で最強の兵器を失ったのはわたしのせい?」Mが怒鳴り返す。

「きみがそう言うならな」Hも怒鳴った。

Mは頭を振りながらHから後ずさった。あまりに腹が立ち、傷つき、しゃべる気にもならない。彼女は焚き火を離れ、闇の中に歩いていった。

ポーニィがHの顔を見上げ、それから走ってMのあとを追った。

はぜる焚き火のそばで、Hはただひとり立っていた。現状を打破するために何をすべきか、何ひとつ思いつかなかった。今回は、言うべき言葉も見つからなかった。

第二十三章

　天高く輝く満月に照らされながら、HとMはタンクトップ姿で黙々とホバー・バイクの修理に取り組んでいた。昼間の暑さは過酷そのものだったが、砂漠が冷えるにつれて快適になってきた。そして、じきに耐えがたいほどの寒さになることは、ふたりとも十分に承知している。それでも、今はほっとひと息つける。

　ふたりはもう長いこと言葉を交わしていない。ポーニィはまるで緩衝材のようにふたりのあいだに立っていた。Hはホバー・バイクの電力供給系、反発力アレイ、エンジンを修理し、Mはバイクに搭載されたコンピュータ・システムと操縦パネルとソフトウェアの大規模な損傷の修復を担当している。どちらもときおり相手の仕事ぶりを盗み見てはその能力に感心するものの、それを認めたくはなかった。

「ポーニィ」Hは小さな戦士とMに背を向けたまま言った。「トルクレンチをこっちに寄こすよう、彼女に伝えてくれ」

「〝彼女〟には名前と称号がある」ポーニィが無愛想につぶやく。「それを使ってもらいたいものだな」そう言いながらも、Mを振り向いてメッセージを取り次いだ。「わが君、そこの阿呆《あほう》がトルクレンチを使いたいそうです」

Mはバイクの後ろにある収納ボックスの中をかき回し、トルクレンチをつかみ出した。それを無言でHに手渡すと、彼に背を向けて自分の仕事に専念した。

「ポーニィ」今度はMが言った。「早く電源系を直して操縦パネルに電力を供給してくれないと、いつまでたってもプログラミングの方法がわからないと、彼に伝えて」

ポーニィがHの背中に告げた。「わが君がおっしゃるには、おまえは頭の中にボロ布がつまったばかピエロで、その単純きわまる愚かしさのせいで惑星の存在そのものが脅かされた、とさ」

Hが作業の手を止め、小さな戦士に向き直った。「おい、彼女はそこまで言ってないだろ？　そんなこと、ひと言も……」

「言ってないわ」Mが作業を続けたまま振り向きもせずに言う。「でも、彼はいい点を突いてる」ポーニィが顔をほころばせ、Hがその上に油じみのついた布をわざと落とした。

Hはパワーコアを再初期化するのに少し手間取ったが、どうにか成功させ、Mの操縦パネルにライトが点灯してエイリアンの文字がスクロール表示された。

「おまえのクイーンに、電力が供給されたぞ、と言ってくれ」とH。

「彼に、ありがとう、と言ってちょうだい」とM。

「本気ですか？」ポーニィは疑うように聞き返した。「言わなきゃいけませんか？　こいつはあなたのやさしさを弱さだと誤解しますよ」

Hはエンジンから顔を上げ、先ほどポーニィに落とした布で手をぬぐった。「あの兵器の行き先なら、わかってる。取り返す方法もな」

Mも作業から顔を上げた。「聞いてるから、続けて」

ポーニィがきいた。「わたしはもう抜けていいですか？」

「バッサムの知り合いに本物の買い手はひとりしかいない。自分でそう言ってた。リザ・スタヴロスだ」

「それって、あなたが昔つき合ってたあのリザ？　銀河を股にかけるエイリアンの武器商人？」

「おまえはリザ・スタヴロスとつき合ってたのか？」ポーニィが驚いたようにHを見やった。「あの〝死の商人〟と？　頭がおかしいのか？」

Hはポーニィを無視してMを見つめた。

「出会ったときは、彼女が武器商人とは知らなかった。おれは彼女の女らしい誘惑と美しさにやられたんだ。おれたちは世間が貼ったレッテルになど関心はなかった」口調にどんどん熱がこもっていた。「関心があったのは、おたがいの心さ。広い心が罪だというなら、おれを撃ち殺してくれ」

詩的な自分にすっかり酔っていた彼は、ポーニィがブラスターをかかげて頭に狙いをつけていることに気づかなかった。バイクのシートの上に立つ小さな戦士は、発砲を許可するようMに熱いまなざしで訴えたが、彼女が首を横に振ったので、いかにも不本意そうに銃を下ろした。

「きみは論理をかなぐり捨てて情熱に走った経験がないのか？」

「一度もないわ」Mはバイクのオペレーティング・システムにコードを打ちこみながら、そっけなく答えた。「肉体的に惹《ひ》きつけられる感情は、セロトニンと神経ペプチドの作用にすぎない。脳内の化学反応よ。そんなものはとても信用できないわ」

Hは広大な星空に向かって両手を広げた。「宇宙だってまるごと化学反応だ。だが、まぎれもなく本物《リアル》だぞ」

Mは返事をしなかった。

ポーニィがバイクのシートにすわり、Hの言葉の深遠さに感心した。「今のは……確かにちょっとは一理あるな」

Hは電力の流れを最終調整した。「よし、これでいいはずだ。起動してみろ」

Mがパネルのキーパッドにいくつかコマンドを入力すると、ホバー・バイクのエンジンが息を吹き返した。サスペンション・フィールド・ジェネレーターがふたたび作動し、車体が砂の大地からぐいっと浮き上がった。スラスター・エンジンの力強い排気音が一気に高まり、車体の真下で砂が激しく渦を巻く。MとHは歓声を上げた。そして、ふたりで笑い合った。過酷な夜も、きつい言葉のやり取りも、バイクのなめらかなエンジン音によってすっかり忘れ去られたようだ。

「リザのことならよく知ってる」Hは M に言った。「彼女は死の商人かもしれないが、弱みがひとつあるんだ」彼はポーニィを見下ろした。小さな戦士がにらみ返す。「ヒーローになる準備はできてるか、ちっこいの?」ポーニィが汚い言葉を返そうとしたが、その前にHが続けた。「よし!　おれたちはナポリに向かうぞ!」

まるでタイミングを見計らったかのように、ホバー・バイクのエンジンが苦しげな音を発して止まった。パワーコアが落ち、車体が落下した。その拍子にポーニィがシートから砂地に転がり落ち、悪態をついた。

HとMは沈黙したバイクを呆然《ぼうぜん》と見つめた。彼女はHの肩に〝おみごと〟の握りこぶしを当てると、笑みを見せた。「あなたなら直せるかも。その広い心さえあれば」

辛辣な皮肉を投げつけながらも、Mは操縦パネルにかがんでショートや誤った配線がないか調べ始めた。Hはレンチをつかみ、ふたたび電源系に取り組んだ。彼はパートナーを見てかすかにほほ笑み、水筒を拾い上げた。

ナポリとリザまでの道のりは長い。ゆうに三千キコメートルは超えるだろう。自分たちにどれほどの勝算があるか、Hは思いをめぐらした。たとえホバー・バイクのハイパードライブを修理できたとしても、世界中のMIB各局から動向を見張られているのだ。それでも、Mの仕事ぶりを見ていたら、Hは不意に、長らく感じたことのなかったものを感じた――それは希望。見せかけでない、真の希望だ。

そんなことを考えていた彼は、ついうっかり水筒の中身を飲んでしまい、気持ちの悪いバッサム風味の水をあわてて吐き出した。

第二十四章
ナポリ、イタリア

長い歴史を持つ港町ナポリは、色鮮やかなモザイクでできている。湾を囲むように建ち並ぶ、明るい黄色や赤や青や緑に塗装された建物。陽光にきらめく青ガラスのようなティレニア海。遠く東の地平線にどっしりとかまえる、危険ながらも荘厳で美しいヴェスヴィオ火山。港を望む古い市街の狭い通りにひしめき合うカフェやビストロ、その前にずらりと駐車する映画『ローマの休日』から抜け出してきたようなヴェスパのスクーター。

エンジンをとどろかせながら異星のホバー・バイクが通りにあらわれた。馬力のある大きなバイクから降り立ったMとHとポーニィは、あわただしい議論の末に近くの店先に積んであった空《から》の段ボール箱を集めてバイクにかぶせ、間に合わせのカムフラージュにした。だが、せっかくの努力にもかかわらず、車体にはほとんど隠れていないばかりか、ヴェスパの列の中で逆に異彩を放っていた。それでも疲れきっている三人はホバー・バイクを置き去りにし、曲がりくねった通り沿いに並ぶ店を物色しながら歩きだした。

ＭＩＢの制服を着たままのＭは、ポーニィとともに紳士用ブティックの前で待った。この任務には新しい服が必要だと、Ｈが主張したからだ。

「遅いな、あいつ。中で何かあったんじゃないでしょうか」ポーニィがつぶやいた。

「彼はプロよ」Ｍは店の中をちらっと覗《のぞ》き、それから腕時計を確かめた。ＭＩＢは今も彼らを血眼《ちまなこ》で捜し回っており、ここで一秒多く待つごとに発見される危険が増す。「彼なら大丈夫」

「わたしは最悪の事態を想定して言っているんです。ここはイタリアですよ。あいつのせいでプロセッコを飲んだりパスタを食べたりする時間がなくなりでもしたら……」

ポーニィはブティックから出てきたＨを見て口をつぐんだ。Ｈはゆったりとした白いリネンのボタンダウンシャツを胸まではだけさせ、淡いピンク色のズボンを合わせていた。足元はデッキシューズで決め、靴下は履いていない。

「なんていうか、それって……」Ｍは鼻にしわを寄せた。「大胆だわ」

「どうも」Ｈが埠頭《ふとう》のほうへ歩きだし、Ｍもいっしょに通りを渡った。「作戦はわかってるな？」

「ばっちりよ」Ｍはいかにもやる気満々の口調で答えたが、本当はＨの戦略に若干の懸念を抱いていた。「あなたは？」

「残忍な武器商人の元カノに会うことか？　もちろんばっちりだ」Ｈは港の近くの屋台で

足を止め、広口瓶に入った新鮮なイワシ《サーディン》を現金で買った。そのまま埠頭に向かい、瓶のふたを開けて中身の魚をゴミ箱に捨てると、瓶だけ抱えて歩いた。「作戦にはこいつが必要になる」それから港を見渡した。「ここにあるうちのどれかも必要だ」埠頭には木製の美しい高速モーターボートが何艘《なんそう》も係留され、青い水面で穏やかに揺れている。

「はっきり言っておく」ポーニィが口をはさんだ。「おれはその作戦とやらが気に入ってるわけじゃないからな」


リザ・スタヴロスのオフィスは豪華で広く、富と美的な趣きが濃縮された場所だ。装飾は伝統的な地中海スタイルで、そこに現代的な美意識への目配せがきいている。素朴な硬材の床と階段は、荒削りな石柱や石壁との対比がすばらしい。そうした石材はナポリ郊外にある古代遺跡から持ってきた〝記念品〟――より正確に言うと盗品――だった。

壁際に並ぶ石造りのアーチには、外の広いパティオから日光や空気を取りこんでいるものもあれば、窓と扉が鉄の緻密な格子細工で飾られているものもある。部屋の中央に立つ柱のあいだには、床より一段高い大理石の通路が通っている。あちらこちらに配置された趣味のよい高級アンティークには、ギリシャ彫刻や大きな衣装ダンス、何段にもなった鉄製の古めかしい鳥かごが混じっていた。一段掘り下げたソファスペースには石段で下りるようになっており、板張りの床から直接生えているイトスギが四角い天窓から日差しを受ける姿がとても美しい。

部屋はまた、死の博物館であり、破壊のショールームでもあった。天井まで届く透明なパネルが何枚も並び、百万もの異なった惑星から取り寄せられたさまざまな武器や、考えうるかぎりの形や大きさを持つ死の道具の〝サンプル〟が展示されている。部屋の美しさをそこねているのは、まさにリザのビジネスが殺戮《さつりく》を売りものにしているという醜悪な事実だった。宇宙の多くの星の人びとがその血で究極の対価を支払うことで、彼女はこれほど贅沢《ぜいたく》な暮らしを手に入れているのだ。

「こちらのものはまさに掘り出し品です」線のように細い口ひげをたくわえた痩せぎすの男が言う。男はきついフランス訛《なま》りの英語を話し、人間のように見えたが、耳の曲線と鏡面めいた瞳が地球生まれでないことを示していた。リザのデスクは二本の金属製の脚が一枚のガラス板を支えたもので、その上に男の持ちこんだ小さなプラスティック製のかごが置かれていた。かごの中には小さくてかわいらしい動物が入っている。体毛のないアナグマのような姿で、額の角がふわふわの毛で包まれている。「くれぐれもサイズに惑わされぬよう。こいつは殺人マシンなのです。これでひと突きされたら……」男は動物の角を指し示した。「人間など床に倒れる前に絶命してしまいます」彼はショーマンのような手つきで紹介した。「メドゥージアン樹皮モグラ。絶滅危惧種であり、正真正銘、これが現存する最後の一匹です」

リザはピンク色の小動物を見やり、エイリアンのセールスマンに視線を向けた。地球の自然界では、生命体の鮮やかな色彩や美しさが危険性を警告するサインであることがままあるが、同じことがリザ・スタヴロスにも言えた。その残忍さと狂気に似合わず、彼女は息をのむほど美しい。髪は肩まで伸びたストレートで、淡いブロンドに黒い横縞《よこじま》が入っているところがトラの毛皮を思わせる。ゴールドのハイライトをほどこしたブルーとターコイズのトロピカル模様のドレスは半分透けており、肩が大きく出ている。ケープのように巻いた布がドレスとよくマッチし、深いスリットからはすらりと長い脚が見えた。

彼女のまなざしから、まるでスイッチが切られたかのように柔らかさが消え失《う》せた。

「最後の一匹？　あなた、絶滅証明書はあるのかしら？」セールスマンが返答する前に、リザの完璧な形の耳で小型イヤピースが電話の着信を告げた。セールスマンに向けて人さし指を立てて沈黙をうながす。「悪いわね、この電話を待っていたの」彼女は繊細で美しいマニキュアの爪の先でイヤピースをタップした。「こんにちは、クリム。少しばかり問題があるの。あなたから買ったイヴィセレイターだけど、プルトニウムがCグレードだったわ」

電話の向こうにいるクリムの声が、セールスマンの耳にもかすかに届いた。コイサン語とオランダ語とアラビア語と自動チューニングの音が混じったような言語で、自分は何も知らない、潔白だ、と訴えている。それを聞きながら、リザは頭を左右に振った。

「さっぱりわからない？　そう、問題はこうよ。命中しても相手が蒸発しないとなると、わたしの評判がガタ落ちなの」

クリムの反論を聞きながら、リザは樹皮モグラを目顔で示し、先ほどよりも低く甘い声でセールスマンに言った。

「とってもキュートだわ。でも、その小さな角がちょっと曲がってない？」その声が急に冷たく険悪になった。「クリム！　プルトニウムのことぐらい知っているわ。わたしはプルトニウムが大好きなんだから！」

セールスマンが見ていると、リザがデスクの向こう側でかがみ、床から重そうな物体を拾い上げた。見るからに物騒な大型ライフルだ。問題のイヴィセレイターにちがいない。彼女は赤ん坊を抱くようにそれを両手で持つと、ガチャッと音をさせて弾倉を開けた。裂け目から不気味な緑色の光が放射される。そうするあいだ、彼女は視線を一瞬たりともセールスマンからそらさない。

「何かおかしなにおいがすると、わたしにはすぐにわかるの」

リザが開いた弾倉に顔を近づけ、まるでワインの香りを嗅ぐかコカインを吸いこむかのように鼻をひくつかせるのを見て、セールスマンはごくりと唾を飲みこんだ。

「いいわ、クリム、こうしましょう。うちの者を何人かそっちに行かせる」セールスマンはクリムが「イィイィプ」と恐怖の声を上げるのを聞いた気がした。リザはそんな声など聞こえなかったかのように続ける。「抵抗しないよう助言しておくわ。飛び散ったものを掃除する人がたいへんだから」

　クリムが必死に懇願するのを無視し、リザはイヤピースをタップして一方的に通話を切った。銃をデスクの上に置いて顔を上げたとき、その目からは冷酷さが一瞬にして消えていた。彼女がわずかに頭をかしげる。

「それで、どこまで話したかしら?」あからさまに狼狽《ろうばい》するセールスマンからピンク色の小動物に視線を動かす。「ああ、そうだった。ほらほら、わたしのかわい子ちゃん、角が曲がってまちゅね」赤ちゃん言葉で動物に話しかけながら、リザはプラスティック製のかごを開けて手を差し入れた。

　アナグマに似た動物を慎重な手つきですくい上げ、かごの外に出す。背中をそっとなでたあと、セールスマンをじっと見つめながら、彼女は偽物の角を指で弾《はじ》き落とした。セールスマンは真っ青になった。

　リザはアライグマに目を落とした。「あらまあ、かわいそうに。悪いやつがあなたのおつむにふわふわモールを接着剤でくっつけたのね?」動物をデスクに下ろした彼女はふたたび銃を取り上げた。ボタンを押したとたん、銃が低くうなり始めた。恐怖で身をすくめるセールスマンに銃を向ける。

「絶滅ねえ……」引き金の指に力が入っていく。

そのとき、警報が鳴った。デスクの上に六台のっているタブレット端末のひとつだ。彼女は警告を発している一台をちらっと見た。画面には監視カメラがライブ映像を送ってきており、彼女の島に接近する流線型の高速モーターボートをとらえていた。リザは島の周囲に網の目のように張りめぐらせた機雷を起動しようと手を伸ばしたが、モーターボートの運転席に立っている男の顔が見えたとき、その手が止まった。

Hだ。エージェントH。彼女のH。

リザは消滅寸前だった不運なセールスマンに向き直った。「悪いわね」ビジネス用の快活な声に戻っていた。「日を改めてもらえるかしら？　来客があるの」

第二十五章

Hは高速モーターボートを操縦し、リザ・スタヴロスが所有する島に向かった。過去の経験から、彼女のセキュリティ・システムがどれほど複雑で広範囲にわたっているか承知している。彼がここに来たことも、すでに彼女は把握ずみだろう。島の外観は所有する女性に似つかわしく、麗しくも恐ろしげだ。風雨の浸食を受けながらも依然として威圧感を失っていない昔の要塞の城壁が、島の海岸線をぐるりと取り囲んでいる。城壁と船着き場はリザの護衛隊が巡回しているため、彼らに気づかれずに接近したり、ましてや潜入することはできない。ただし抜け道がひとつだけある――島の裏手に切り立つごつごつとした岩の崖だ。リザの数百万ドルの大邸宅は島の頂上に建っており、そのまわりを十二世紀に建造された城塞の堂々たる遺跡と放棄された修道院が囲み、聖堂のドーム屋根が陽光を浴びて青銅色に輝いている。Hはモーターボートのエンジンを切り、船体の惰性で桟橋に近づいた。

最高にチャーミングな笑みを浮かべ、邸宅に向かってキスを送る。

とたんに岩の斜面に隠れていた数十基の銃座が出現し、地球のものでない武器の銃身が伸びたかと思うといっせいにHに照準を合わせた。

Hの笑みはたちまちこわばり、あわててハンカチを取り出すと、頭の上で激しく振り回した。

「リザ、撃つな！　おれだ！　Hだ！」

数秒間はなんの反応もなかったが、やがて銃身が縮み、銃座がもとの岩の中に格納された。Hは胸をなで下ろし、ハンドルを操作してボートを桟橋に寄せていった。

桟橋にはリザのクルーザーや大小さまざまなボートとともに、彼女のボディガードを務めるルカが待ち受けていた。身長二メートル超のタラント星人は筋肉の張りつめた灰色の肌を持ち、ひどいしかめ面で、顔を囲む青いたてがみが肩まで垂れている。額から鼻先にかけて骨が厚く盛り上がって逆三角形を作り、突き出た額に隠れそうなほど小さな目には残忍さしか感じられない。Hはルカとその両側に立つエイリアンの護衛たちに手を振り、係留ロープを投げた。護衛のひとりがすぐにロープを結んでHのモーターボートをつないだ。Hはもうひとりの護衛に見張られながら桟橋に上がり、リボンで口を閉じたカラフルなギフトバッグを手にルカに近づいた。

「よう、ビッグガイ」そう言ってルカの怒りに満ちた目を見つめる。「おれに会えなくて寂しかったか？」

「いいや」ルカが低い声で言い、桟橋から内陸に続く道のほうへHを押しやった。道はひび割れた岩の斜面へと上っていく。Hが道なりに歩き始めると、ルカが肩を並べ、二名の護衛が背後から銃をHに向けながらついてきた。

　道のすぐ脇の花崗岩《かこうがん》の岩肌にドアが埋めこまれており、半開きになっていた。そこは古いボートハウスだが、それ以上の用途がある部屋だとHはにらんだ。ドアの横を通るとき、情報収集の意図を護衛たちに悟られない程度に何気なく中を覗《のぞ》いてみると、暗い部屋の奥にハイテク監視モニターが並んでいるのが見えた。満足して息を吐いたとき、道沿いに設置された何基もの銃座が目に入り、吐いた息をのんだ。銃口が彼を追って動いているようだ。それがセンサーによる自動追尾でリザが動かしているのでないことを、彼は心から願った。彼女は過去をあっさり水に流してくれるタイプではない。

「恋人と別れる最大の弊害……」Hは邸宅に向かいながら言った。「それは友情関係を失うことだ。おれたちは楽しいときをすごしたよな?」

　ルカは何も言わない。

「まあ……リザとおれは楽しいときをすごしたよ。おまえはただそばに控えてただけだったな」

　曲がりくねった道が平らな場所に出た。大きな温室が建っており、そこを通らずには邸宅に行き着けない。ルカが温室の入口横にあるキーパッドに暗証番号を打ちこんだ。ドアが自動で開くと、ルカはHを建物の中に押しこみ、自分も続いて入った。二名の護衛はドアの外で待機する。

ルカは巨大なガラスドーム内を進み、開けた場所にHを導いた。静かに水をたたえた池があり、周囲には数百の惑星から集めた樹木が植えてある。異星の木々に混じってオレンジの木もあり、あたり一面にさわやかな香りを漂わせていた。Hは池に浮いている銀色と青のスイレンを見た。すると〝スイレンたち〟が水から立ち上がり――どのエイリアンも糸のように細い銀色の足を持っていた――表面張力で水の上を軽やかにすべった。彼らは輪になって踊り、次第にとても複雑で美しいパターンを描き出していく。

小さなオレンジ色の地球外ハチドリがHの顔の前に飛んできた。よく見るとその顔は、紫色の舞踏会マスクを着けたかわいらしい女性のようだ。そのくちばしはマスクの長くとがった〝鼻〟に見える。Hは数十センチ先をひらひら飛び回る生物にほほ笑んでみせた。小さな顔がほほ笑み返した。マスクに隠れた小さな口で何か言おうとするようだった。

背後から女性の声が聞こえた。「すばらしいでしょ、彼女」

どこで耳にしようとも、Hにはその声の主がわかる。その声を聞くと、怒りから熱望や恐怖まで、ありとあらゆる感情がからみ合って胸にあふれてくる。Hは振り向いた。リザは相変わらず、いや、以前にも増して息が止まるほど美しかった。彼女が茂みの中からヒョウのようになめらかに歩いてくると、ルカがその数歩後ろに控えた。

リザはHと顔を突き合わせるほど近づいて立ち止まった。「わたしはものを言わないきれいな動物が大好きなの」

　彼女はいきなり平手打ちしようとした。すかさずHはその手首をつかんだ。彼女が反対の手を振りかぶったが、Hはそれもつかまえた。彼女の三本めの腕が繰り出され、Hは思いきり頬を打たれた。あまりに大きな音がしたので、近くの小鳥たちが甲高い鳴き声を上げて散《ち》り散《ぢ》りに飛んでいった。Hはうめき、つかんでいた彼女の二本の腕を放すと、ひりひりする頬をさすった。

　リザは彼を上から下まで観察し、MIBに支給される黒いスーツを着ていないのを見て取った。「とうとうMIBから追い出されたの？」

　その言葉にHは少し気色ばんでみせた。「自分から出たのさ。自由に走り回るために生まれた馬だっているんだぜ」

「で、ほかの馬は」リザがあとを続けた。「ただ撃ち殺される」

　Hはギフトバッグを持ち上げ、中から広口瓶を取り出した。「和解のしるしだ」ガラスの中が見えるように、リザの前にかかげる。

　彼女の美しい顔にどこか異様な熱を感じさせる笑みが広がった。ふたに空気穴がいくつもあいた瓶の中には、鎧と武器を取りはずしたポーニィが入っている。下等でおとなしい生物に見えるよう、わざとぴょんぴょん跳ね回った。

「ミープ、ファーブル」ポーニィはかわいらしくさえずったが、Hを見上げながら、顔にパンチをぶちこんで空気穴をいくつもあけてやりたい、と密《ひそ》かに思っていた。

リザが喉を鳴らした。「なんてキュート」そう言ってHに目を上げる。「すごく不細工でかわいい」

ポーニィが下等でおとなしい生物にまったく似つかわしくない侮辱のフィンガーサインをリザに見せつけようとした。だが、Hが瓶を軽く揺すり、そのせいでガラスの内側に押しつけられたポーニィの顔が、ゴムマスクのように引き伸ばされながらすべり落ちた。

「ブラアァ」ポーニィが無邪気な笑みを浮かべつつ歯ぎしりした。

「この生物種の最後の生き残りだ」Hはリザに瓶を差し出した。

彼女はそれを聞いて態度がやわらぎ、二本の手で瓶を受け取ると、三本めの手をHの胸に置いた。「あんたはいつもわたしの心《ハート》をとろけさせる」

「そして、きみはいつもおれの心臓《ハート》を高鳴らせる」Hは胸に置かれたリザの手に自分の手を重ねた。

『ねえ、この場面はイヤピースをオフにしてもいい？』Hの耳の中の超小型トランシーバーからMの声が聞こえた。

リザの邸宅の裏手に切り立つ岩の断崖を、Mは苦労してよじ登っていた。耳にはHと同様に通信ユニットを入れている。Ｈがリザの手下たちに桟橋から連行されていったあと、Ｍはモーターボートからそっと抜け出し、見える範囲にあるすべての監視カメラが道を行くＨを追っているのを確認するや、島の反対側にある断崖へと急ぎ、監視の目を逃れて登《とう》攀《はん》を開始したのだった。リザという女性は昔のことをいまだ根に持っているようだが、彼が目の前にあらわれたら注意がそれるだろうというＨの予測は正しかった。

ＭＩＢの制服を着用しているとかなり暑く、岩登りにも適さない。Ｍはジャケットとシャツとタイをボートで脱いできた。今は黒の袖なしアンダーシャツと黒のズボンと靴しか身につけていない。いよいよ岩の中に銃座が隠れている高さまで達し、彼女は手を触れる岩がブービートラップや警報システムを起動させるパネルでないことを確かめながら、ゆっくりと進んだ。岩肌を登るにつれて風が少し強まってきたが、海から吹いてくる涼しい潮風なので、吹き飛ばされて墜落する危険はなさそうだ。後ろを見やると、真っ青な海面に太陽がきらきらと反射していた。

イヤピースから聞こえる虫酸《むしず》が走るような恋人の再会劇と、発見されて銃撃される可能性さえなかったら、これは実にすてきな午後のすごしかただ。

「ああ、Ｈ、わたしの銃であんたをずたずたにするのを楽しみにしていたのに」リザがＨ

から数歩離れた。「でも、そのすてきな笑顔を見てしまった。わたしはどうしても知りたいの」

「何を?」

「真実を。あれはみんな本当だったの? あんたとわたしのこと」

『あらあら』イヤピースからの声を聞いただけで、HにはMがにやにや笑っているのがわかった。『この展開は好都合みたいね』

「おれは最初からきみが何者かを知ってた。おれの任務はきみの信頼を得ること、そして機会が訪れたらきみを倒すことだった。それが真実さ」

『彼女が武器商人だと知らなかったって言ってたでしょ!』耳の中でMが言った。

「その途中で何が起きたか……」Hは形のよいリザの顎をつかんでそっと持ち上げ、たがいに目と目を合わせた。「おれはきみと恋に落ちた。それは本当だ」

リザの警戒するような表情がやわらぎ、かつての恋人たちはじっと見つめ合った。そこにはほかに何もない。ほかに誰もいない。時間もいがみ合いも消えてなくなった。

『ニューラライズされても、今の言葉は忘れられないわ』Mがつぶやく。

「ありがとう、H」リザの口調は真剣で無防備だった。「おかげで気持ちの区切りがついた」彼女はポーニィの入った瓶を抱え、池のほとりに置いてあるラウンジチェアつきの籐製テーブルに歩いていった。瓶をテーブルの上に置くと、Hではなくルカに振り向いた。

口を開いたとき、すっかりビジネス口調になっていた。「彼を追い出して」

「待ってくれ」Hは言ったが、ルカがにやにやしながら近づいてきて万力のような握力で肩をつかんだ。「おれの気持ちはどうなる！　区切りはつかないままか？」

「ああ、それから、H」ドアから連れ出されようとしている彼にリザが言った。「アドバイスをひとつ。次に和解のしるしを持ってくるときは、わたしが史上最強の兵器を手に入れたその日には来ないことね」

身体を引っぱるルカの並はずれた上腕二頭筋の力にあらがい、Hは両手でドア枠にしがみついた。「それとこれとは関係ない！」そう叫ぶと彼の姿はリザの視界から消え、ドア枠をつかむ指先だけになったが、ふたたび頭と上半身が飛び出した。「ばかげた偶然の一致にすぎないんだ！」

タラント星人のボディガードがとうとう勝利をおさめ、Hは消えた。今回は指先も残っていない。温室のドアが静かに閉まった。

リザはしばらくドアを見つめていた。欠点のない顔をひと粒の涙が流れ落ちた。三本めの手でそれをぬぐう。彼女は何度かまばたきし、それで悲しみが振り払われたようだった。その口元に奇妙な微笑を浮かべると、〝恋のサバイバル〟をハミングしながらポーニィの入った瓶を取り上げ、オフィスに戻っていった。

第二十六章

ルカは温室の外に待たせておいたふたりの部下にHの身柄を預けた。ふたりの護衛はHの両側からブラスターライフルを突きつけ、桟橋へ下りる道を戻っていった。

海岸——および予測される暴力による死——に一歩一歩近づきながら、Hはべらべらとしゃべり続けた。

「おれはかなりうまくやったと思う」一行は道が鋭角にカーブしている場所に迫っていた。内側が岩肌に面し、外側は断崖になってはるか下の海に落ちこんでいる。「おまえたちはどう思う？　おれにチャンスがあるかな？」カーブに差しかかっても、Hはまだ話をやめない。「ていうか、彼女は誰かと真剣につき合ってるのか？」

護衛のひとりが銃の先でHをこづいた。Hは背中に硬い銃口を感じるやいなや、くるっと振り返った。片手で銃身をつかむなり、護衛の手からブラスターを奪い取る。掌底《しょうてい》を護衛の顎に打ちこんで骨を砕き、相手を断崖の外に突き落とした。

もうひとりの護衛が驚いてブラスターを撃とうと銃口を向けてきたが、それより早くHは奪った銃を棍棒《こんぼう》のように振り回して側頭部に打ちこんだ。ふたりめの護衛も同僚のあとを追って崖から飛び出し、恐怖に顔をゆがめて落ちていった。Ｈは狭い道を見回し、邸宅を目指して歩いた際に観察したことが正しかったのを確かめた。ここはカメラとセンサーの死角になっている。いまだに警報が鳴らないのが何よりの証拠だ。

彼はブラスターライフルを肩にかけ、頭を低くしながら古いボートハウスへと急いだ。ドアは先ほど前を通ったときと同じく開いたままだった。どうやら担当者は仕事中に息抜きをしているらしい。あるいは護衛たちが、異星の武器が林立し無数のカメラが監視している島をこそこそうろつく愚か者などいるわけがない、とタカをくくっているのかもしれない。Ｈは警戒しながら部屋に忍びこみ、後ろ手でドアを閉めた。

室内には破損程度の異なる数艘《すうそう》の高速モーターボートが置かれて修理を待っており、ほかにボートの維持管理に必要な機材や消耗品、作業台、予備の錨《いかり》、工具類、エンジン部品なども見えた。ボートハウスの奥は、島のセキュリティ・ネットワークの少なくとも一部を管轄する制御ステーションに改造されている。Ｈは何台も並んだモニター装置、レバーやボタンに目を走らせた。動体センサーのスイッチと、岩に隠された銃座のメイン電源を見つけ、それらをすべて切った。

『Ｍ』イヤピースにＨの声が聞こえた。『クリアだ』

リザの邸宅の下の崖に取りついているMは、頭上の岩で銃座が軒並みせり上がるのを見たが、電源が切れたらしく、すぐにすべてが静かになった。

「了解」彼女は応答した。

Mはにっと笑うと、邸宅を目指してできるだけすばやく岩を登っていった。


ボートハウスのHは、Mが岩肌をよじ登る様子をモニターで確認した。移動しようと身を起こしたとき、背後でドアがカチリと開く音が聞こえた。入ってきたのはルカだった。巨体のタラント星人は、Hが想像していたよりもはるかに俊敏な身のこなしで突進してきた。Hが振り向いたときには、ルカの強烈な蹴りを胸に食らい、肺から空気がすべて押し出された。Hは部屋の向こう側まで吹っ飛び、修理中の木造ボートに激突した。並んでいたほかのボートが次々にHの上に倒れる。彼はボートの残骸を押しのけてなんとか立ち上がった。

『H、そっちは大丈夫？』Mの心配そうな声が耳元で聞こえた。

「もちろん」Hはウインチフックや板きれなど、相手にダメージを与えられそうなものを手当たり次第につかみ、ボディガードに向かって投げつけた。「いいところでやつと出くわした」

投げたものはすべてルカに命中したが、いずれも分厚い皮膚にあっけなく弾《はじ》き返され、彼の歩みを鈍らせることさえできなかった。ルカはコンソールに進んでスイッチを入れ、崖の銃にふたたび電力を供給した。

Mがまだ岩肌をよじ登っているとき、露出しているすべての銃座からふたたび低い作動音が聞こえてきた。武器がその射程内で動く標的をスキャンし始める。Mはそのまっただ中で身をこわばらせ、手がかりにしている小さな岩をできるだけ強くつかんだ。銃座の何基かが彼女の方向にさっと動き、その醜悪な銃身が生命体の徴候を求めて一ミリ単位で捜索する。もしも岩のグリップを失ったら、岸まで落下する前にリザの銃で肉片にされてしまうだろう。それをまぬがれたとしても墜落死だ。

「どうなってるの？」Mは通信ユニットに話しかけた。だが、回線は押し黙ったままだった。

警報システムを再起動させたルカが振り返ってみると、驚いたことにすぐ後ろにHがいて、重い木製のオールを振り回したところだった。オールはルカの頭を直撃し、柄が途中から折れた。さすがのタラント星人も壁際まで飛ばされ、ペンキ缶や工具類が大量にのった収納棚をひっくり返して、その下敷きになった。

Ｈは急いでコンソールに歩み寄り、ふたたび銃座のスイッチを切った。

「どうもなってない」彼はＭに答えた。「作戦どおりに進めろ」


標的を求めていた銃がいっせいに動きを止めた。Ｍはその様子を見て、おそるおそる身体を持ち上げると、小さく張り出した岩の上で息をついた。しびれた指をぶらぶらと振りながら、次の手がかりを探しつつ、本当に銃が動かないか警戒の目を向ける。

「この武器がわたしを殺さないのは確か？」ふたたび岩登りを始めた彼女はきいた。


「千パーセント確かだ」Ｈが自信たっぷりに答えた直後、重いペンキ缶の山からルカが跳ね起き、その缶をミサイルのように投げ始めた。それらはモニター画面や制御装置に当たって破壊をもたらしたが、ボディガードは意に介する様子がない。

ルカが怒声を上げながらＨに向かってきた。目に止まらぬ回し蹴りを脇腹に受けたＨは、宙を飛んで部屋の反対側にある棚に突っこみ、収納品をあたりにばらまいた。

ルカがまた起動ボタンを押した。

Mのすぐ横にある銃がいきなり起動した。彼女は危ういところで熱線をよけ、爆発で砕けた岩の破片から逃げるように岩棚の陰に隠れた。

「〝千パーセント〟なんてものは存在しないのよ！」彼女は怒鳴った。

Hはすっくと立ち上がると、典型的なボクサースタイルで両手のこぶしをかまえ、右へ左へとフットワークをきかせながらルカに近づいた。だが、パンチを打ちこめる距離まで接近する前に、身長二メートル超のけだものが意表を突いて回転し、キックボクサー並みの後ろ回し蹴りを繰り出してきた。Hは両腕でガードを試みたが、太さが木の幹ほどもある脚のキックは恐るべき威力で防御を突破し、Hの側頭部にヒットした。ルカがさらにもう一回転して顎に蹴りをぶちこみ、Hは背中から支柱の一本に突っこんでそれをへし折った。

「心配無用、おれにはこれがある！」

床に倒れたHはそばに転がっていた大ぶりの鉄のハンマーをつかんだ。たちまち全身に神がかった力がみなぎる――ことはなかった。最後の力を振り絞って立ち上がり、渾身《こんしん》の力でハンマーをルカ目がけて投げつけた。その動きは、Hには不思議としっくり来るものだった。エイリアンのボディガードは飛んできたハンマーを空中で難なくキャッチし、ぽいっと投げ捨てた。実はHの狙いはその瞬間にあった。ハンマーに気を取られて隙のできたボディガードに、Hは荒々しい声を上げながらタックルした。タラント星人はMIBエージェントの身体をがしっと受け止め、頭上高く持ち上げると、そのまま背中から床にたたきつけた。木の床に大きくひびが入った。

『今のは何?』耳の中でMの声が聞こえた。背後で銃撃音がする。『すごく痛そうな音だったけど』

ルカがHのぐったりした身体をつかみ、ふたたび頭上に持ち上げた。

「作戦、どおりに、進めろ」Hは食いしばった歯の隙間から、うなるように言った。ルカが彼を放り投げようと振りかぶったとき、Hは靴の先でコンソールのスイッチを蹴りつけ、銃座を再度シャットダウンさせた。ぬいぐるみ人形のように放り投げられた彼は、修理中だった手漕《てこ》ぎボートに激しくぶつかり、目の裏に苦痛の光が点滅した。

Mはイヤピースから聞こえる格闘の音に耳をそばだてながら、岩の崖をよじ登り続けた。邸宅のある頂上までさほど遠くはない。

大きく突き出た岩の上に身体を引き上げ、ひと息つくと、すぐに上へと向かう。彼女はHのことを考えまいとした。

作戦……。とにかく作戦どおりに進めるのよ。


Hは立ち上がろうともがきながら手を伸ばした。まだやられちゃいない。指先が鎖のついた小型ボート用の錨を探り当てた。それをつかみ、ハンマー投げの要領でぶんぶん振り回してルカの足元目がけて放つ。ルカは飛んできた錨をよけたが、そのがっしりした両脚に鎖がからみついた。

Hはどうにか意識を失うまいと努めつつ、残された力のかぎりで鎖を引っぱった。

第二十七章

Mは静かになった銃の迷路を抜け出すと、頂上の手前まで一気に登りつめた。「オーケー」彼女は通信ユニットに告げた。「こっちは無事に登りきった。ポーニィ？　聞こえる？」

そのとき、ポーニィは応答できる状態ではなかった。閉じこめられた瓶の中でおとなしい小動物を演じるので忙しかったのだ。リザは彼を連れて温室から少し離れた邸宅に向かい、整然とした明るい廊下をいくつか通ったあと、天然の岩を削って造った洞窟のような通路を進んでいるところだった。彼女は密閉されたドアの前で立ち止まり、壁の小さなコンソールに暗証番号を打ちこんだ。かすかな音をたててドアが開き、リザはポーニィを広大なオフィスに運び入れた。

部屋の壁にはアーチ型の開口部が並んでいる。一方の側のアーチからは島の大地が見え、反対側のアーチからは息をのむほど青く美しいティレニア海、点々と連なる小さな島、遠くにはヴェスヴィオ火山が望めた。部屋の一角には巨大な水槽が陣取り、強い存在感を示している。水中を泳いでいるエイリアン種のいくつかは、ポーニィも見知っているものだった。ほかにシーラカンスとデンキウナギとスズメバチが交配したような種をはじめとして何種類もいたが、ポーニィの知らない種であり、また知りたくもなかった。

オフィス内にはエルシド星原産のスモークトレッダーが二匹いて、足音もさせずに歩き回っている。彼らが強い関心を寄せているのは、装飾のほどこされた大きくて重量のある鳥かごで、その中は異星の鳥類でいっぱいだった。エルシド産のペットは大きさといい姿といい地球のネコに近い。ポーニィが部屋に運ばれてきたとき、スモークトレッダーは明るいオレンジ色の瞳孔《どうこう》が開いた目で彼を追ってから、いかにも空腹そうな顔で鳥かごの近くをうろついていた。ポーニィは彼らの視線に気づいたとき、ブラスターか少なくとも短剣があればいいのに、と心から思った。

リザのデスクはあらゆる惑星の武器を収納したラックで囲まれている。リザは椅子にすわり、デスクに飾ってあるドクロに似た形のダイヤモンドの置物の隣にポーニィの瓶を置いた。彼の顔をもっとよく観察しようと瓶を少し回す。ポーニィは無知な動物に見えるよう精いっぱい演技した。役作りのモデルとしてHを選んだが、今のところ結果は上々のようだ。

「あんたをこれからどうすると思う?」リザが甘い声でポーニィにささやいた。「あんたを食べちゃうわ。本当よ!」

ポーニィの小さな耳に、彼のクイーンことエージェントMの声がまた聞こえた。『ポーニィ、聞こえる？　ポーニィ？』

そのとき、リザのイヤピースが電話の着信を告げた。ポーニィの目の前にあった彼女の顔が急に遠ざかり、イヤピースをタップする。

「セバスチャン？　久しぶりね。家にいながらにして太陽系全体を破壊できるとしたら、どう？」

リザは通話しながら部屋の向こうへ歩いていく。その声がだんだん遠くなった。

ポーニィは安堵《あんど》の息をつき、Mからの連絡に声を低めて応えた。「サイコパスがこっちを見てよだれを垂らしていたら、応答はむずかしいですよ」


「あれは見える？」

Mは通話先のポーニィにきいた。彼女が身をひそめている岩陰のすぐ上にはオフィスの一区画が見える。

少し間があってから、ポーニィの声が返ってきた。『はい、見えます』

Mはほっとして息を吐いた。からくり箱はリザのオフィスに置いてある。Hが推測したとおりだ。

「すべてはあなたにかかってるわ」

『その〝すべて〟を具体的に定義してくれませんか？』ポーニィがささやいた。

ポーニィは瓶のふたを調べてみた。Hは空気穴をあけただけでなく、ちゃんとゆるめに閉めていた。ポーニィは両手を伸ばし、内側からふたを回し始めた。リザは水槽の向こう側にいる。ぼんやりと聞こえてくるセールストークの声には楽しげな抑揚がつき、大量殺人兵器を売りこんでいるとはとても思えない。内容まで聞こえないのは彼にとって幸いだった。

瓶のふたがはずれ、デスクの表面に落ちたときに何度か跳ねて音をたてた。ポーニィは瓶の口の縁から大きな目を覗《のぞ》かせて外をうかがった。何も起きない。武器商人は音を聞かなかったようだし、異星のネコがやってくる気配もなかった。自分が急いで逃げていくべき通路を見やる。小さな気合いの声とともに瓶から出ると、ポーニィは自分が囚《とら》われていたガラスの独房をデスクの端まで押して動かし、最後のひと突きで落下させた。

ガラス瓶が砕ける音が響き、それを聞きつけたリザが水槽の後ろから顔を覗かせた。手に入れたばかりのペットが小さな足をちょこちょこ動かし、サウナと拷問室に続く通路に走っていく。その姿はすぐに視界から消えた。リザは不満の吐息をもらし、ペットを追って部屋を出た。

オフィスはしんと静まり、巨大な水槽だけがポコポコと泡立つ音をたてていた。Mは壁に並ぶアーチを通り抜け、中に入った。広いオフィスを見回し、奥のテーブルに置かれたからくり箱に目をとめた。足音を忍ばせて近づき、テーブルから箱をつかみ上げると、アーチの出入口へ引き返そうとした。

「Hの単独行動ではないのね」リザが言った。「あんたもお気の毒」

Mはゆっくり振り返った。リザがデスクのそばに立ち、その肩にポーニィをのせていた。

「わたしもそう思うわ」Mは答えた。

リザがデスクから武器を取り上げた。短い銃身が不格好にふくらんだエネルギー銃だ。銀河を股にかける犯罪者は銃がよく見えるようにかかげてみせた。「これはカルジグの全滅兵器《アナイアレイター》」Mに銃の狙いをつける。「人間の肉体を撃ったらどうなるか知っている？　内側から沸騰するのよ」

「すてき」Mは言った。「サディスティックなエイリアンの武器商人に対して、ポーニィが何をするか知ってる？」

「いいえ」リザが眉根を寄せた。「ポーニィって何？」

「おれがポーニィだ、サイコ女！」リザの肩の上で、小さな戦士が彼女の首筋に思いきり嚙《か》みついた。リザが悲鳴を上げて引き金を引く。Mはからくり箱をしっかり握ったまま身をかがめた。発射されたエネルギー弾はMをそれて窓を吹き飛ばした。リザがポーニィをつかんで首から引きはがし、隣の部屋まで投げた。そして、二発めを撃つ。Mはアンティークのチェストを飛び越えてよけた。チェストが一瞬で炎に包まれ、バラバラに砕け散った。

Mは動き続けた。室内の家具という家具の後ろにかがみ、その上を飛び越え、命中を回避する。リザは何度も何度も撃ったが、どうしても当てることができない。

Mはアーチから外に飛び出そうと長椅子から身を躍らせた。それを見たリザもわめきながら跳躍し、空中で相手に組みつくと、三本めの腕で強く殴りつけた。パンチをまともに食らったMは床に落ち、高価な大理石の床をゴロゴロと転がった。からくり箱が手から離れ、床を跳ねていって水槽の近くで止まった。

リザは腕を三本とも広げてバランスを取りながら、みごとな着地を決めた。その目は異様にぎらついている。Mはうめきながら立ち上がり、リザも立ち上がった。

何か武器になるものはないかと、Mはあたりを見回した。二メートルほど離れたところに椅子を見つけた。

椅子を水槽にたたきつけ、数十万リットルの水を流出させて相手の注意をそらした隙にからくり箱を拾って断崖に逃げる、という計画が頭にひらめく。だが、そんなことをしたら、水槽内の奇妙で美しい生物たちがほとんど死んでしまうだろう。いや、自分の利益のために罪のない生物たちを殺すわけにはいかない。それでは目の前のサイコと同類になってしまう。

Mは逆方向に動くと見せかけてすばやく反転し、椅子に飛びつくと、両手で持ち上げるなり腰をひねって勢いをつけ、渾身《こんしん》の力でリザに投げつけた。椅子は武器商人の頭を目がけてまっすぐ飛んでいく。リザがいきなり何かの武術のかまえを見せ、三本の腕のすばやい動きで椅子の進路を変えた。椅子は床から生えている木に衝突して壊れた。

Mは今までに観たジェイソン・ステイサム映画の記憶を必死に呼び起こした。彼になったつもりで両腕を突き出し、脇を締め、ひじを上げて顔をガードする。そのいかにも不慣れなかまえを見てリザが笑った。武器商人はだしぬけに接近すると、Mのガードとフットワークの欠陥をついて側頭部に強烈なパンチをたたきこんできた。Mの両腕がだらんと下がったところで、リザは三本の腕をフルに使ってジャブの三連打を顔面に決めた。

Mは頭に来て、力にまかせた大振りのパンチを放った。リザに腕でブロックされたので、すかさずタックルした。頭突きがリザの頬をかすめたと思ったとき、タックルの勢いを逆に利用され、気がつくと書棚まで投げ飛ばされていた。Mは書棚にぶつかって背中から床に落ち、古書の雨に打たれた。

Mは立ち上がるとき周囲を手で探り、書棚から落ちた燭台《しょくだい》をつかんだ。それを振り回しながら、ふたたびリザに突進していく。リザが二本の腕を交差させるようにして燭台の攻撃をがっちり止めた。三本めの腕が伸びてきてMの手から燭台をもぎ取る。それを放り捨てると同時に、クロスさせた腕をMの肩に振り落とした。Mはあまりの痛さに足がよろめいた。

倒れかけたところをリザにつかまれ、デスクに突き飛ばされる。そのままデスクの上に押さえつけられ、身動きができなくなってしまった。とどめを刺そうと、リザがMの頭上でこぶしを振りかぶった。

第二十八章

控えの間に続く通路で、ポーニィはどうにか立ち上がり、ふらつく頭を振った。オフィスから肉弾戦の音が聞こえる。明らかにMが苦痛にあえいでいた。

ポーニィはリザのコレクションに小さな鎧《よろい》と武器の一式を見つけ、手早く身につけると通路を走った。今まいります、Mさま。オフィスに迫ったとき、戸口の先にリザの姿が見えた。にやにや笑いながら格闘技のかまえを見せている。ポーニィはブラスターを低くかまえ、こちらに気づいていない武器商人のこめかみに狙いをつけた。

まさに発射しようとした瞬間、黒い物体がポーニィに飛びかかった。ポーニィは倒れこみ、毛だらけの物体にのしかかられてしまった。今にもスモークトレッダーの鋭い爪に鎧を引き裂かれる――そう覚悟したが、相手が異星のネコでないと気がついた。相手は、ひげのバッサムだった。

「おいらの怒りを味わえ、歩兵《ポーン》！」バッサムが黒い毛先をポーニィに巻きつけ、手首のブラスターを撃てないようにした。

「おまえを朝飯にして食ってやる、バッサム！」

小柄なふたりは格闘を始めた。

オフィスではMがデスクの上に押しつけられたまま、リザの恐ろしく強い握力から逃れようともがいていた。必死に動かした手がデスクに置いてあった陶器の鉢に触れた。すかさずそれをデスクにたたきつけ、割れてできた大きくて鋭い破片をつかむ。リザがとどめの一撃を顔面に振り下ろそうとしたとき、Mは押さえつけてくる相手の腕を陶器の破片でざっくり切り裂いた。

リザは痛みにあえぎ、Mの自由を奪っていた腕を引っこめた。Mは両足を引きつけると、リザの腹部を思いきり蹴った。武器商人が背後によろめいた瞬間、Mはデスクを離れ、必死の形相で相手に飛びつくと両手で首を絞めた。

リザも片手を伸ばし、同じようにMの首を絞めてきた。残りの二本の腕でMの手首をそれぞれつかみ、喉から引きはがそうとする。首を絞め合うふたりは、たがいに声も出ない。Mは自分の脈拍を耳の奥に聞いた。さながら音のこもったドラムのようだ。目の前で白い光の点が踊り始めた。Mの肺は空気を求めて悲鳴を上げた。

リザはどうしてこんなに強いの？　腕をひどく負傷していても力が弱まるどころか、接近戦を制しつつある。Mは自分の手から力が抜けてくるのを感じた。だしぬけにリザが蹴りつけてきて、Mの腹部に重い痛みが走った。そのまま背中からデスクに激突し、床に崩れ落ちてぜいぜいと息をついた。

自分で思う以上にひどいありさまにちがいない、とMは思った。リザは今度はとどめを刺そうとせず、別の方向に歩きだした。視線が向く先の床には、からくり箱が無傷で転がっている。

Mは跳ね起きた。リザとその凶悪な顧客たちがブラックホール兵器で何をしでかすかを想像したら、苦痛も疲労もどこかに押しやられた。彼女はリザに飛びかかった。武器商人は振り向きもせずにエージェントの喉をふたたびつかむと、一段掘り下げたソファスペースに投げ飛ばした。Mはギリシャ彫刻の女性に突っこんで破壊したが、すぐにリザに向き直り、決意と怒りだけを武器に走った。

リザが打ちこんできた大きなフックを、Mは身をかがめてよけた。逆に鋭いパンチを見舞ったが、リザは虫に刺されたほどにも感じていないらしい。Mは腕と髪をつかまれて持ち上げられ、床にたたきつけられた。大理石の床タイルが何枚か割れ、Mは肺の中身が全部抜けてしまった。気が遠くなりかけ、どうにか意識を保とうとあらがう。

通路では、ポーニィがバッサムの束縛から逃れようと必死だった。ひげはさらに多くの毛をポーニィの胴体に巻きつけ、一気に圧迫死させる体勢に持っていこうとしている。今もMとリザが格闘する音が聞こえてくる。どうもMのほうが分が悪いようだ。ポーニィはすでにひとりのクイーンを亡くしている。ふたりめを失うわけにはいかない。懸命に身体をくねらせ、やっとのことでバッサムの締めつけから腕を引き抜いた。自由になったこぶしでバッサムを殴りつけた。何度も何度も何度も殴り、とうとうひげが反撃しなくなった。

ポーニィはオフィスのほうを見やり、Mが苦戦する声を聞いた。彼はそちらに向かって全速力で走った。

――宇宙の真実を知ることよりも大事なものなんてある？

リザに痛めつけられて意識が朦朧《もうろう》とする中、モリーは幼いころの自分がそう問う声を聞いた。

――おまえさ、モリー。

父がそう言って母の腰に手を回し、ふたりで彼女にやさしくほほ笑んだ。ママ。パパ。どこか遠くでリザがせせら笑い、あざける声が聞こえる。このまま自分が痛みのない無意識の闇にすべり落ちるのを許したら、あの恐ろしい兵器が使用され、大勢の罪のない人びとが――人間もエイリアンも――死ぬだろう。おかしなものだ。これまで人間の愛情など脳内で起きる化学反応の連鎖にすぎないと確信して生きてきて、自分がどれほどママとパパを愛していたのか、両親がどれほど自分を愛してくれていたかを、すっかり忘れていた。

Hはなんて言ってたっけ？

――宇宙だってまるごと化学反応だ……。

起きて！　目を覚ますの！

Mはぱっと目を開けた。意識を失ったのは、ほんの一秒ほどだったらしい。リザはまだ彼女を見下ろし、満足げに笑っているところだった。Mは上半身を起こすと同時に足を蹴り出し、油断していた相手の足元を払った。リザが仰向《あおむ》けに倒れたところに、Mはすばやく飛びつき、この一撃に宇宙の全生命体の命運がかかっているという勢いでひじを打ち下ろした。が、その強打はブロックされた。

ふたりは組み合ったまま、ひどく破壊されたオフィスの床を転げ回った。Mは立て続けにパンチを放ったがすべてかわされ、ふたたび首を絞められた。不意にMの手がロープに触れた。壊れた彫像につながっているロープ。彼女は名案を思いつき、取っ組み合いながらもリザの三本めの腕にはまっているヘビの腕輪のまわりにロープを巻きつけ、それを腕輪の中を通してきつく縛った。リザはMを殺そうと頭に血が上り、まったく気づいていないらしい。もはや争いの原因であるからくり箱のことも頭にないようだ。

だが、Mはからくり箱のことを一瞬たりとも忘れていない。自分がこの戦いに敗れたら訪れることになる危機についても。リザの手が喉に食いこみ、Mは息ができず、肺が焼けるようだった。それでも、結んだロープはゆるんでいない。彼女はみずから床を転がって巨大な鳥かごのほうへリザを誘導した。そばまで達したとき、どうにかリザの手を喉からはずし、身を投げるように彼女から離れると同時に、鳥かごを思いきり蹴り飛ばした。相当な重量がある鳥かごがリザの上に倒れ落ち、開いた扉からおびえた異星の美しい鳥たちが飛び立つ。鳥かごはリザの三本めの腕を床にくぎづけにしていた。

Mはかなりの努力を要して立ち上がり、足を引きずるようにしてからくり箱に近づいていった。

リザが常軌を逸した力で鳥かごを押しのけると、跳ね起きて、Mに箱を渡すまいと走ってきた。

腕に結ばれたロープがピンと張った。猛然と走っていたリザは急激に後ろに引っぱられて転倒し、床に頭を打ちつけた。リザはそこでようやく自分がロープにつながれていることを悟った。

彼女が頭をふらつかせながら上体を起こしてまわりを見たとき、かたわらに高さ三メートル以上もある大きな書棚がそびえ、その横にMが立っていた。MIBのエージェントがうなり声とともに重い書棚に力を加えると、書棚がぐらつき、リザの真上に倒れて重々しい音がオフィスを揺るがした。Mは追い打ちをかけるようにリザに迫ると、うめき声をもらす武器商人を何度も何度も殴りつけた。やがてリザが完全に意識を失ったのを見届けると、Mはよろめきながら立ち上がった。

「ああ……」Mは歩いていって、からくり箱を床から拾い上げた。「いい気分」

そこにポーニィがいた。すでに鎧姿に戻っている。どういうわけか、鎧からひと房の黒い毛が飛び出ていた。

「その気分をずっと持ち続けてください、わが君」ポーニィが言った。「ぜひともそれを大切に」彼はMの背後に視線を向けていた。「では、振り向いてください」

Mが言われたとおりにしたとき、ポーニィは床から書棚にジャンプし、そこから彼女の肩の上に飛び乗った。

オフィスの出入口に巨体のボディガード、ルカが立っていた。片手に大型の銃を持ってMとポーニィに向け、反対側の手にはぐったりしたHを抱えていた。

第二十九章

　Hが低くうめいた。ルカが床に投げ落とすと、Hはごろりと転がり、Mとポーニィのほうを見た。彼はありったけの笑みをかき集めてみせた。「心配するな。何もかも作戦のうちだ」

　Mの背後から、がしゃがしゃんと物音が聞こえた。思わず目を閉じてため息をついたとき、リザの声が聞こえた。

「あらあら、H。あんたは昔から思いこみが激しいんだから」

　リザが歩いてきてMの手から箱を引ったくった。MはHを見やったが、彼はルカの大木のような足に弱々しいパンチをたたきこもうとしていた。

「いいところでやっと出くわした」Hの言葉を聞いて、Mはかぶりを振るしかなかった。

「〝和解のしるし〟ね」とリザ。

　Mは両手をあげて、リザのほうに一歩踏み出した。

「ねえ、リザ、あなたはわたしのことを知らない。わたしもあなたのことを知らない。わたしたちは生まれ育った銀河もちがうけど、今はここで同じ島にいる。宇宙はけっこう狭いわ」Mはさらに近づきながら、ブルックリンにいる両親のことを思った。彼らはこのことを何ひとつ知らず、娘が本国を離れたことさえ聞かされていない。MIBロンドンで隣の席だったガイや、ほかの同僚たちのことも思う。彼らとはたがいに知り合う暇さえなかった。そして、箱を取り返さないと死ぬことになる人びとのことを思った。Mはリザの手の中にあるからくり箱を目顔で示した。「その兵器はすべての太陽系を飲みこむことができるわ。たぶん、いつかは地球も。そして、あなたの故郷も」

部屋に沈黙が下りた。HがMにうなずいた。まぎれもなくパートナーの言葉を誇らしく思っている表情だった。

「なんとすばらしいスピーチ」ポーニィがつぶやいた。

リザはMの言葉をじっくり考えているようだった。その目はどこか遠くを見ているようだ。やがてMの顔に視線を戻した。

「あんたの言い分はまったくもって正しい」そう言うと、三本の手でからくり箱をきつく握りしめ、胸に引き寄せた。「確かに、わたしはあんたを知らない」彼女はルカに合図した。「そいつらを殺しちゃって」そこでHを指さす。「最初は彼よ。存分に痛い目にあわせてから」

ルカは息も絶え絶えのHに手を伸ばした。Hの抵抗をまるで小さな子どもを扱うかのようにしりぞけ、喉をつかむと、Hの身体を床から数十センチ浮くほど持ち上げた。Hの生命が絞り出されようとしているのを見て、Mは思わずそちらに駆け寄った。その様子をリザがほとんどショーを楽しむようにながめている。

「やめて！」Mは叫んだ。Hは顔が紅潮し、目が飛び出し、最後の反撃としてルカを平手でたたいているが、まったく効果がない。「こんなことする必要ないわ」Mは巨人のようなエイリアンに懇願した。

「必要あるのよ」リザがうれしそうに告げた。「契約を結んでるんだから」

Hはルカの両耳を殴ったり、胸を蹴ったり、奥まった目に親指を突っこもうとさえしたが、もはや十分な力が残っておらず、視界もまぶしいと同時に暗く見えていた。Hは奇妙な感覚を覚えた。人生において本物の何かをひとつもなし遂げていないような感覚。あのパリのできごと以来、彼につきまとい続け、そしてそこから逃げ続けてきた感覚。おれの人生は無意味だ。この最後の瞬間、世界を救ったことさえ空虚で些細《ささい》に思える。このままボディガードの手にかかるのを許容しようと思う――が、心のどこかにある古くて強い部分がそうすることを断固拒絶し、そこにどんな意味があるかわからないながらも闇と戦い続けている。

「は……な……せ」

表情のないルカの顔に不毛なパンチを繰り出しながら、Hはしわがれ声で吐き出した。

「この……タラント星の……悪党」

Mはまばたきした。Hの言葉が古い記憶を刺激した。何年も見ている部屋の壁紙の模様を意識しないのと同様に、彼女の本質を形成しているがゆえに、取り立てて思い出すことも考えることもしてこなかった記憶を。

「待って。今、タラント星って言った?」

「言いました、わが君、あいつは確かに」ポーニィが肩の上で言う。「タラント星人は殺しとなると、それしか考えられなくなる傾向があります。何しろ脳みそがピスタチオの大きさしかないですから」

それを聞いてルカが少しうなり、Hの頭をねじり取ろうとし始めた。

Hが声を絞り出す。「M……全然……助けになってない!」

Mはさらにルカに近づき、野蛮なエイリアンの顔をじろじろと観察した。そこに何かがあった。見覚えのある何かが。彼女はふたたび十歳のころに戻っていた。自宅の寝室で小さな醜いエイリアンといっしょにいる。邪気のない目がピンポン玉のように盛り上がり、目の上にはターコイズと緑と紫のたてがみがぼさぼさに生えて……。

「このタラント星人を知ってる」Mはうれしくなり、ルカに手を伸ばしながら直接話しかけた。「前に一度会ったわ。わたし、助けてあげた」

ルカがこちらを見た。Mは彼の小石のような目の中で何かがうごめくのを見た気がした。気づきのまたたき。ところが、ルカはそれを振り払うかのようにHをより高く持ち上げると、もっと強く首を絞めた。MはHを見上げた。もはや抵抗もせず、ルカの手から力なくぶら下がっている。彼女は胃の中を冷たいものが這《は》い上がるのを感じた。Hの胸は今も上下しているものの、呼吸が不規則で浅い。Mは二十年前のあの夜にMIBエージェントが言っていた言葉を思い出した。

――今はとてもかわいらしいものです。しかし、彼らは思春期を迎えたとたん、正真正銘のモンスターに姿を変えます。

Mには確信があった。あれがルカだったのはまちがいない。であるのなら、このタラント星人にHの殺害を思いとどまらせる言葉が何かあるはず。記憶のタンブラーが高速回転し、カチリとはまった。ルカを見上げて叫ぶ。

「カブラ・ナクシュリン！」

ルカがぎょっとした顔をした。Hの最高のパンチよりも強く殴られたかのように。Hの喉に食いこんでいた指がわずかに開く。Hは血走った目を大きく見開き、ルカがMの言葉で動きを止めたのを感じていた。

「そうだ」Hは苦しげな声で言った。「彼女の言ったとおりだ！」

ルカがMを見下ろして言った。「なぜそれを知っている？」

「あの子がわたしにそう言った」Mは答えた。先ほどとは逆に、今度はルカがMの顔をじっくり観察する。彼の冷酷な目にみるみる温かみが宿った。

「モリーか？」ルカがきいた。

Mはほほ笑み、うなずいた。「やっぱり、あなたなのね！」

ルカがHの身体を床に落とし、ライフルも下げた。Hは赤らんだ顔であえぎ、喉をさすった。

リザがものすごい勢いで三本の腕を振りかざした。優勝決定戦で審判から史上最悪の判定を下された選手のようだ。「なんのたわごとよ！　嘘でしょ？」

「思いこみが激しいのはどっちだ？」Hは怒り狂う元カノにほほ笑みかけた。

リザはルカの銃をつかもうと近づきかけたが、逆に銃口を向けられてその場に凍りついた。

「彼女に箱を渡せ」ルカが命じた。

「ルカ、あんたにそんなことはできないわ」自分のボディガードに対し、リザはへつらうような口調になった。「あんたにはずっとやさしくしてきたでしょ？　誰でも好きなだけ殺させてあげたじゃない」

ルカが銃口を箱に向け、うながした。リザはMをにらみつけ、箱を投げ渡した。

Mはからくり箱がまちがいなく自分の手の中にあるのを見て頬をゆるめた。「カブラ・ナクシュリン……」ルカに向き直る。「どういう意味なの？」

「意味は〝いつの日かおれは、あんたの指名した相手を考えうる最も残虐なやりかたで殺してやる〟だ」ルカが答えた。「ざっくりとした翻訳だがな」

「そうする代わりに」Mは思慮深い顔でリザに顎をしゃくった。「しばらくのあいだ彼女をここに引き止めておいて」

第三十章

　MとH、ポーニィの三人は、邸宅から桟橋に続く曲がりくねった道を下っていった。眼前には、胸が苦しく感じるほど美しい海と空が迫ってくる。一連のできごとのあとで、Mはまだアドレナリンが駆けめぐり、全身が打ち震えていた。

「これぞ最高の気分だわ！」Mは言った。

　Hが、あざだらけながら晴れ晴れとした顔でうなずいた。「いい作戦がうまくいけば、それにまさるものはないのさ」

　Mがちらっと彼を振り返り、ふたりは下り坂の途中で足を止めた。たがいに長く見つめ、そこに何かが通い合う。ふたりのあいだに新しく仲間意識が芽生えたようで、ポーニィはどうにも気に入らなかった。

「あの作戦は確実に失敗だった」ポーニィが口をはさんだ。「思いつくかぎりのありとあらゆる点においてね」

　HとMは水を差そうとするポーニィの努力を無視し、ふたたび道を下り始めた。

「で、きみはモリーなのか」Hが言う。

「それは知っちゃいけないことになってるのよ」

「きみがおれのを知れば、おあいこさ」

Mは首を横に振った。「わたしは知りたくない」

「ホレイショーだ」それを聞いたMの表情を見て、Hは大笑いした。「いや、嘘だ。おれの名はハリー」Mがにらみつけ、今度はふたりで笑い合った。ポーニィはふたりの関係がさらに深まるのを見て取った。

「わたしはスティーヴです」ポーンが明かした。

「スティーヴ？」Mは肩の上にいる小さな戦士を横目で見た。「歩兵《ポーン》には名前がないんじゃなかった？」

「ありませんよ。でも、自分だけ仲間はずれはいやなので」

道が最後のカーブに差しかかった。そこを抜けて階段を下りれば桟橋だ。不意にHが立ち止まった。

「どうかしたの？」

「なんでもない」Hはそう言い、遠くに小さな島が点在するクリスタルブルーの海をながめた。山肌がむき出しのヴェスヴィオの山頂は、果てしない青空の端まで届きそうだ。Mは彼の目に浮かんだ表情を見て理解した。幾多の危険をくぐり抜け、何度も死にそうな目にあったあと、こうして目の前に広がる美しい景色を見ながら、自分たちの仕事がいかに重要であるかを静かに嚙《か》みしめているのだ。

突然、地鳴りがして島全体が揺れだした。ふたりのエージェントは物思いから現実に引き戻され、踏みしめている大地を見回した。惑星ごと裂けるかと思えるほどすさまじい音とともに、地面がぱっくりと口を開けた。地割れが成長し、猛然とふたりに迫ってくる。

足元に大きな裂け目が走ったとき、MはHの手を引っぱった。彼らが立っている場所と桟橋が分断されてしまった。別の亀裂が信じられない早さで伝搬し、邸宅へ登る道の途中に大きなクレバスをえぐった。彼らは完全に孤立してしまった。リザの島のほかの部分がみしみしと音をたてながら崩壊し、バラバラの岩となって海の中へ落ちこんでいく。HとMは地中海にそそり立つ細長い帯状の土地の上で立ちつくした。

帯状の土地の反対側に、不定形の発光物体がふたつうずくまっていた。その二体からほとばしるエネルギーが大地をひずませ、揺らしている。二体のエイリアンが流体のように形を変え、それぞれ人の形になってHとMのほうに歩いてきた。

人の形が彼らに近づきながら実体化し、ダイアドの双子の姿になった。

「今回の作戦は？」ポーニィがきいた。「おれはなんでも受け入れる」

「われわれはそれを手に入れねばならない」双子のひとりが言った。

「ハイヴのために」もうひとりが言う。

Mはからくり箱を握りしめ、どこかに逃げ場がないかと周囲を探した。どちらへ進んでも、ごつごつした岩が顔を出す海面に落ちこむ、今にも崩れそうな断崖しかない。問うような視線をHの顔に向けたとき、Mははっとした。彼の目には今まで見たことのない光が宿っていた。痛めつけられ、切り傷とあざにまみれ、ひどく疲れきっているのに、その目は怒りで燃えたぎっていた。

Hは彼女の視線を受け止め、決然とうなずくと、双子のほうに数歩進み出て、鋼のような断固たる目を向けた。

双子に大声で告げる。「おまえたちが聞いてるかどうか知らないが、われわれはメン・イン・ブラック……メン&ウィメン・イン・ブラックだ。おまえたちがこの代物をハイヴの手に渡すのをわれわれがみすみす見逃すと思うなら、われわれのことをまったくわかっていない。いいか、われわれは地球とその上にいるありとあらゆるものを守っているんだ。おまえたちがたとえどこから来ようとな。よし、行くぞ」

双子が急に足を止めた。そして、一歩後ずさる。

Hは自分の言葉がダイアドに功を奏したことに気をよくし、少し背筋を伸ばして胸を反らした。そのとき、かすかな機械音が背後から聞こえてきた。振り向いてみると、Mが両手の上でからくり箱からブラックホール兵器を起動させていた。彼女が兵器の狙いを定めた先は双子だった。

「一歩でも近づいてみなさい」Mが大声でダイアドに言った。「この島とその上にあるすべてを壊滅させるわよ」

「そこには、きみとおれも含まれるぞ」Hは小声で指摘した。「ひと言断ってくれてもよかったのに。おれはスピーチしちまった」

「名スピーチだったわ」MはHをじっと見つめた。「これにつき合ってくれる?」

Hは一瞬沈黙してから言った。「つき合うさ」彼が双子に振り向く。「世界を救うためなら、われわれはなんだってやるぞ!」

数秒のあいだ、聞こえるのは断崖の両側を吹き抜ける風と、眼下で打ち寄せて砕ける波の音だけだった。やがて、双子が顔を見合わせ、無言で会話をした。そして、声をそろえて言った。

「わたしも同じだ」

MとHはその答えに当惑し、たがいの顔を見た。双子がふたたびふたりのほうに歩きだした。

ダイアドが迫りくる中、Mは兵器を操作した。砂漠を数キロにわたって根こそぎにしたときと同じく、パワーレベルを最小目盛りに設定する。彼女はHを見た。Hがごくりと唾を飲み、うなずいた。やれ、と。

ところが、Mがボタンを押す前に大きな低周波音がとどろき、鋭い空電ノイズが聞こえてきた。次の瞬間、耳をつんざくふたつの破裂音とともに紫色の電撃が稲妻となって双子を襲った。彼らの人間の外見が崩壊し、白い発光粒子の集まりである位相のずれたヒューマノイドのシルエットとなった。そこへ金色に輝くふたつのエネルギー火球が命中し、双子は何百万という白熱したエネルギー粒子に砕け散った。無数の粒子は黒くなって地面に落ち、すっかり動かなくなった。

ふたりのエージェントは電撃が発射された方角を見た。大きな峡谷をはさんで向こう側にそびえ立つ断崖の上に、ハイ・Tの姿があった。肩の上には、上下二連バズーカ砲に似たMIBの巨大な武器をかまえている。

「この宇宙に不死身な者などいない」ハイ・Tがそう言って、武器の側面を手のひらでたたいた。「適切な電圧をかければな」彼は笑みを浮かべると、クレバスの反対側を手ぶりで示し、そこで合流するよう合図した。HとMがどうにか助走をつけて裂け目を飛び越え、桟橋に近い階段に移動すると、そこにハイ・Tも加わった。

「ふたりとも無事か?」ハイ・Tがきいた。

Hがうなずく。「もちろん。これ以上ないほど無事さ」

Mの視線は、地面にばらまかれている死滅した黒い粒子に向いていた。彼女はハイ・Tを振り向いた。

「でも、どうやってわたしたちを見つけたんですか?」

「〝経験による勘〟だよ」そう言うとハイ・TはHに向いて、チッチッと舌を鳴らしながら首を横に振った。「またリザか、H？　きみはいつになったら学ぶんだ？」ばつが悪そうな顔つきになったHの肩に、ハイ・Tが手を置いた。「きみなら頼りにできると、わたしにはわかっていた。最後には危機を切り抜けるだろうと」

まるで父親からやさしい言葉をかけられた息子のように、Hが「ええ」と照れながら顔をほころばせた。

「きみもだ、M。きみに対するエージェントOの予感は正しかった。やはり宇宙というのは、人をいるべき場所にいるべきときに導く方法を知っているんだ」

Hとハイ・Tが話を始めたので、Mはふたりから少し距離をおいた。彼らの会話を聞かないよう遠慮したわけではなく、なんとなく……その気分ではなかった。ジャバビアの超兵器は彼女の手の中で折りたたまれ、からくり箱に戻っていた。彼女は死んだダイアドの残骸をもう一度見やった。どうもすっきりしない。本の大事なページが隣のページに貼りついているような、もしくは方程式を解く際に肝心なステップを飛ばしてしまったような感じ。人生はたぶん数学よりもずっとごちゃごちゃしていて、けっして数式どおりにはいかないのだろう。アドレナリンの効き目が切れてきたせいかもしれない。たぶん、めまぐるしいできごとのあとで、それを終わらせて以前の状態に戻る準備がまだ完全にはできていない……そうわかっただけ。

「帰るとしようか」

ハイ・Tが言った。そこでひと呼吸おき、値段の張るHの新しい服を見た。少し前までぱりっとしていたそれは、今やしわくちゃで、あちこち破れ、血で汚れていた。

「まずは身ぎれいにしないとな」

第三十一章

その夜、ロンドンに帰還したHとMはシャワーを浴びたあと、制服の黒いスーツ姿に戻り、ＭＩＢ局のメインフロアで全エージェントおよびスタッフ、エイリアンたちの嵐のような拍手と歓声に迎えられた。ふたりの後ろにはハイ・Tが歩き、背中に巨大なダイアド壊滅銃をストラップでさげ、手にはヴァンガスのからくり箱を持っている。

ひとりのエージェントと科学捜査部の技術者が彼らに近づいた。技術者はハイテク証拠品保管ボックスをたずさえている。

「これを安全に保管しておいてくれ」ハイ・Tがそう言って大型銃をエージェントに、からくり箱を技術者に渡した。技術者はすぐに箱を保管ボックスにしまった。二名はそれぞれ受け取ったものを持って急ぎ足で立ち去った。

Hはくつろいだ笑みを浮かべている。

彼は慣れた様子で群衆の中を通り抜けながら、ハイタッチを交わし、こぶしを合わせ、親指を立ててみせる。一方、Mは大勢の人たちからの注目と賞賛に、どうしてよいかわからなかった。ほほ笑み、うなずき返し、何度か不器用に手を振りつつも、いつも人びとから逃げる道ばかり探していた。沸き返る群衆の中、HとMはいつしか離ればなれになっていた。Mは学生時代に親友のステファニー・ケプロスに強引に誘われてクラブに行ったのを思い出した。何組ものパンクバンドを観たのだが、彼女にとってはあまりにも人が多すぎ、彼らが始めたステージダイブの波に飲みこまれたとき、とうとう気絶してしまったのだった。

Mはどうにか人波から抜け出し、フロアの隅でひんやりした空気を胸いっぱいに吸いこんだ。彼女が脱出できたのは、ひとえにHが人混みの中心でもみくちゃにされながらも、Mが最初に出会ったときと同じように愛想よくかつクールに人びとに対応しているおかげだ。

気がつくと、Mのすぐ後ろにハイ・Tがいて、自分の愛弟子《まなでし》が栄誉を受ける様子を見つめていた。

「試用期間エージェントとしては、なかなかの初任務だったな」ハイ・Tが言った。「マラケシュに、空虚の地《エンプティクォーター》に、ナポリか。晴れてわれわれの一員になったあかつきにはどんな任地が待っているか、想像してみたまえ」

同僚たちに囲まれたHの姿をながめていると、Mは任務中に経験したできごとがまるで現実ではないように思えてきた。Hは以前の、みんなから好かれ、軽薄で、表面的な魅力を振りまくHに戻ってしまったかのようだ。あたかもテフロン製で、本物の感情とは無縁であるように見える。Mはますます違和感がつのり、孤独を覚えた。そんな自分の感情の動きに、彼女はわれながら驚いた。わたしはいつからひとりでいるのをやめ、自分とHのことをチームと見なし、〝わたしたち〟と考えるようになったんだろう。

Mは群衆を見つめたままハイ・Tに答えた。「恐れ入ります」

「この瞬間を楽しみたまえ、M。これはいつまでも続くわけではない」

彼の口調に切なさのようなものを感じた気がした。振り向いて問い返そうとしたときにはハイ・Tはすでに歩きだし、メインフロアを埋める人びとの中に消えてしまった。

Mは視線をHに戻した。彼はデスクの端に腰かけ、上級下級を問わず同僚エージェントたちに囲まれている。ひとりのエージェントが自席の引き出しからグレンフィディック・スコッチのボトルを取り出し、プラスティックカップに次々に注いで配り始めた。それを見ているうちにMは高校時代を連想し、少し気分が沈んだ。食堂でミチオ・カク博士の本をお供にぽつんとひとりで食事しながら、イケてる生徒たちのテーブルを遠くからよくながめていたっけ。

ポーニィでさえ場に溶けこみ、自分だけの聞き手を集めている。事務職たちが囲むデスクの上に本を積み重ね、それをステージ代わりに立っていた。「それで、おれたちはその断崖絶壁の端に追いつめられたが、そのときのHときたら、ワンダーツインズの前で『お願いだから殺さないでくれ！』と言わんばかりに震え上がってた」ポーニィはHの口まねをした。「おれは彼に『しっかりしろ、H』と言った」聴衆は話をすっかり鵜呑《うの》みにしている。「そこで、おれは連中に言ってやったね。『おい、おまえたち、それ以上近づいたら、何でやられたかも知らないうちに死ぬことになるぞ』と」

　Hを囲む輪の中にエージェントCの姿を見つけ、Mは思わず二度見返した。プラスティックカップのスコッチをかかげ、にこにこしている。


　Cはカップをかかげ、Hに乾杯した。「なあ、H、きみがどうやってそんなふうに活躍し続けるのか知らないが、とにかくどうにかして活躍し続けるのだな」規則にうるさいエージェントの言葉が周囲の笑いを誘った。

　HはMのほうを見やった。サービスセンターの同僚エイリアン、ガイが彼女のそばに行き、自撮り棒を使っていっしょに記念写真を撮っている。そこへナーリーンが写りこみ、写真を見たガイとナーリーンが大笑いした。だが、Mは心ここにあらずといった顔で、にこりともしない。Hは祝福する大勢の人びと越しにMと目を見交わした。Hは、Mも何かおかしいと感じているのだと知った。

「いったいどれほどだろうな」Cが話し続けている。「このたった数年のあいだに地球を完全破壊の危機から二度も救う確率は？」

Cの独り言のような賞賛に、Hは口をはさんだ。「さあな、確率などわからない」Cが次の質問をする前に、Hは空のカップをデスクに置いた。「失礼するよ」

彼が歩いていくと、Mも近づいてきて、ふたりはフロアの中央で会った。

「世界を救うって、こんな感じなの？　だって、どうもそんなふうに感じられないから」

「おれもだ」Hは答えた。「おれたちが何かまちがってたとしたら？　ダイアドは……おれが世界を救うためならなんだってやると言ったとき……」

「彼らも同じだって言ったわ」

「彼らは〝ハイヴのために〟あの兵器がほしいと言った。だが、おれたちが意味を取りちがえてたとしたら？」

「ハイヴ〝に対して〟使うために必要だという意味かもしれない……〝彼らの〟世界を救うために」

「となると、彼らはまったくハイヴなんかじゃないな」

「DNAの件はどう？　変異体の話。ハイ・Tがわたしたちにサンプルを見せたわ」

ふたりは周囲の祝意を受けながらも、会話に引きこもうとする人びとを礼儀正しく回避し、群衆から離れた。Hは一番近いデスクのコンピュータ端末の前にすわった。キーボードの音声認証キーを押す。

「エージェントH」本人の声紋であることが確認されて電子音が鳴った。「ダイアドの鑑識報告書を」

画面に報告書の表紙があらわれた。そこには斜めに赤い文字が記されていた。〝削除ずみ〟と。

ふたりはいやな予感を共有した。もやもやと落ち着かない感覚が胸の中に広がり、恐ろしい推測が形になったとき、ひんやりした恐怖がふたりの胃を重くした。

「事件のファイルを削除する権限は誰にあるの？」Mがささやく。ふたりは振り返り、ハイ・Tの執務室の窓を見上げた。HとMは同時に走りだし、ブラックホール兵器が運びこまれた証拠品保管室に向かった。


Cは祝賀ムード一色の人びとの群れから抜け出した。ハイヴの魔の手から逃れたのは確かにすばらしい勝利ではあるが、任務はけっして停滞してはならない。誰かがものごとに常に目を光らせておかねばならないのだ。彼はハイ・Tの執務室のドアをノックし、中に入った。ハイ・Tは壁に向いて椅子にすわり、自分とHがパリで戦った場面が描かれた油絵をながめていた。Cは局長が何やら繰り返しつぶやいているのに気がついた。

「わたしの名は、テレンス・レンバートン・ウッド……テレンス……レンバートン・ウッド……非政府機関の高官……わたしの名は、テレンス・レンバートン・ウッド……」

「局長……？」Cは懸念を隠しきれなかった。「何かおっしゃいました？」

ハイ・Tが驚いたように振り向いた。「入ってきたのに気づかなかった」局長は立ち上がり、オーバーコートを着た。「あとを頼む、C。どうも体調がよくないんだ」

ハイ・Tは足早に執務室を出ていった。Cは腑《ふ》に落ちない気分で上司の後ろ姿を見送った。彼がすわっていた椅子を振り向き、それをぼんやりと見てから、エッフェル塔の絵画にとまどいの視線を向けた。

「ナポリの件はどう？」行き交うエージェントやエイリアンたちをよけて通路を駆けながら、Mは息を弾ませてきいた。「わたしたちがあそこにいるのを、ハイ・Tはどうやって知ったのかしら？　それに〝空虚の地〟のことも言ってた。あんな広大な砂漠にいることもどうやって？」

「彼は局長としての仕事をしたんだ」Hはそう答えたものの、根拠として弱いとわかっていた。あらゆる要素が、ハイ・TこそMIBの裏切り者であることを示唆している。だが、Hの直感は、そんなことはありえないと告げていた。よく知っている彼が――友人であり指導者でもある彼が――組織を売るなど断じて……。

「わたしたちの居場所を追跡するのも彼の仕事なの？」Mは走りながら、ポケット・コンパスをHに手渡した。ロンドンに着任した日にハイ・Tからもらったものだ。ふたりは証拠品保管室がある通路に曲がった。「彼が贈りものとしてくれたの。中にチップが入ってるんだわ」

彼らは歩調をゆるめた。Hはコンパスを調べながら、Mとともに偏光ガラスのドアを抜けて証拠品保管室に入った。メインフロアでからくり箱を預かっていった技術者が、白く発光するパネルのついた半円形の受付デスクにすわっていた。彼の背後の空間には、表面が平らでなめらかな大小さまざまの保管ボックスが無数に収納されている。係員は新たな伝説となったエージェント二名が入ってきたのを見て、わずかに背筋を伸ばした。

「押収したジャバビアの兵器を見せてくれ」Hが告げた。そこには陽気さや愛想のかけらもない。完全に仕事モードだった。

係員が首を横に振る。「できません」

Hが色をなした。「おれはこの件を担当した上級エージェントだ」Hがこれほど厳しい口調になるのをMは初めて聞いた。「兵器を見せろ」

係員はたじろいでデスク上の保管ボックスに手を伸ばし、それをHたちのほうへすべらせてきた。Hはいぶかしんだ。ボックスがまだ保管庫に収納されずに置いてあるのはおかしい。

MとHがボックスをひっくり返し、係員が解錠コードを打ちこんだ。中は空《から》だった。

「ハイ・Tがサインして持ち出しました。あなたとひと足ちがいで」係員が説明した。

Hは腹を強く殴られた気分だった。どれほど抵抗したくても、否定したくても、ほかに筋の通る説明はひとつもない。


エレベーターが中二階に着くと、HとMはフロアに踏み出した。

「彼は初めからずっと、あれを追ってたんだと思う」Mには Hの世界がひっくり返ったのがわかったが、彼には今こそ前に進んでもらう必要があった。あえて念を押す。「H。ハイ・Tはスパイよ。それ以外に考えられない」

「誰のスパイだ?」雑念を追い払うように、Hが頭を振る。「あれをどこに持っていこうとしてる?」

「わたしの予想ではパリだ」Cがハイ・Tの執務室から出てきた。「今の彼は何かおかしい」彼は一同が思っていることを代弁した。

「パリ……」Mは、ガイの一族と昔のエイリアン発着所が写っているエッフェル塔の写真を思い出した。VRアーカイブで見た記録のことも考え合わせる。あの発着所のゲートが破られ、Hとハイ・Tがハイヴの怪物と戦いを繰り広げたのだ。「彼はあれをポータルに持っていく気よ」

すぐさま出発しようとしたHの前にCが立ちふさがった。「わたしはこれまでずっと、彼がきみをかばっているのだとばかり思っていたが、彼は自分自身の痕跡を隠蔽《いんぺい》していたのだな?」

Hはどう答えてよいかわからなかった。ハイ・Tがクロだとしたら、この裏切りがもたらす別の重大な結果がレンガ壁のようにH自身の前に立ちはだかることになる。

Cがいつもの流儀で相手に答える暇を与えずに言った。「わたしもきみといっしょに行こう」

「いいや……」

「これはきみだけの問題ではないぞ、H」いつものCの頑迷さが少し戻っていた。

「もちろん、ちがう」これほどHが悲しげでムキになった表情を、Mは見たことがなかった。「もしも、あのTが……MIBの歴史で最も高い栄誉を受けたエージェントが、裏切り者だという話が広まれば、この組織は二度と修復できない。おれたちは彼を阻止し、誰にも知らせないようにする」

「もしうまくいかなかったら?」Cに問われ、Hは腹を決めた。目の裏から痛みを払いのけ、鋼鉄の意志でCの視線を見返す。

「おれだと言え。おれが裏切り者だと公表するんだ。なあに、みんなあんたの言うことを信じるさ」Hはそこで間をおいてから、強調した。「あんたの言葉なら」

Cは今まで見せたことのないまなざしをHに向けた。彼はHとMに道を空けた。

ふたりは急いで執務室を出た。メインフロアに立ち寄り、ポーニィから大ボラを聞かされている人びとを救った。ポーニィは勇んでMのポケットによじ登った。

「月相《げっそう》はどうなってる？」エレベーターに向かいながら、だしぬけにHがきいた。Mはぽかんと見返す。「すまない。きみならすぐに答えられると思った」

「満月よ」彼女は答えた。「今夜、近地点に到達するわ」

「ポータルは満月のあいだだけ開くんだ」彼は腕時計を確かめた。「あと一時間十三分後だな」

「あなたはハイ・Tがポータルを開けると考えてるの？　あの兵器をいったい誰に渡すのかしら？」

「きみの勘はどう告げてる？」

彼らはエレベーターに乗りこみ、地下駐車場に下降した。上昇する月との競争だった。

第三十二章

エレベーターが地下駐車場に着き、扉が開いた。急ぎ足で角を曲がり、Hのジャガーが駐めてある区画が見えたとき、HとMは思わず足を止めた。年代もののジャガーは車というより、つぶれたビール缶だった。東ロンドンの路上で初めてダイアドの双子と戦ったときに破壊されて以来、まだ修理されていない。

「ああ、そうだった」Hの視線はジャガーの残骸から、隣の区画で防水シートにおおわれている車に移った。そちらに歩み寄り、シートを取り去ると、黒光りする真新しいレクサスがあらわれた。ＭＩＢによって支給されたジャガーの後継車種だ。

ポーニィがMのポケットから新車を見て、「そう来なくちゃ」と言った。

Hが車にキーを向けてボタンを押したとたん大音量のアラームに迎えられ、あわててそれを切った。Mが彼に近づいてキーを引ったくり、さっさとドアを開けた。

「わたしが運転する！」と、革張りのシートに身体をすべりこませる。彼女が目の前にハンドルがないことに気づいたとき、Hがにやにやしながら英国仕様である右側の運転席にすわり、Mの手からキーを奪い返した。

「これには、いつまでたっても慣れないわ」

Hがイグニションキーを回し、レクサスのエンジンがうなりを上げた。車はタイヤを鳴らして発進し、駐車場のきついカーブを曲がった。駐車場のカムフラージュされた出入口を通り抜けると、Hは思いきりハンドルを切って車体後部をドリフトさせつつ、アクセルを踏みこんだ。車がロンドンの通りを加速し、街灯がびゅんびゅんと飛びすさっていく。フラットスクリーンの制御パネルに表示されたクロノメーターを見ると、近地点まであと一時間しかない。

Hは運転席と助手席のあいだにあるアームレスト・コンパートメントを開けた。中からとてもすてきなカップホルダーがあらわれる。だが、それしか見当たらない。

「どこかそこらへんに大きな赤いボタンがあるはずなんだが」

Mはダッシュボードのコンピュータ画面をタップし、メニューを次々に開いていった。やがて彼女は咳払《せきばら》いした。Hが画面を一瞥《いちべつ》すると、画面に〝オーディオ〟〝ブルートゥース〟〝赤ボタン〟とメニューが並んでいた。ふたりは顔を見合わせて苦笑した。

「見つけたわ」

彼女が〝赤ボタン〟オプションを選択すると、赤いボタンの絵が表示された。その絵にタッチすると、レクサスを上から見た概略図が表示され、それが急速に形を変えていった。電子音と鋭い機械音が大きくなり、車がロケットカー・モードに変形していく。画面上でクーペの車体から翼と大型エンジンがなめらかに出現した。車内に妙に落ち着き払った音が鳴った。旅客機内で安全ベルトの着用とトレーテーブルの収納をうながすチャイムのようだ。HとMは少し拍子抜けして顔を見合わせた。次の瞬間、ふたりは数Gの加速度でシートに押さえつけられ、息が止まり、悲鳴を上げた。見る間にロケットカーが急上昇していく。ポーニィが金切り声を上げながらMの肩越しに飛んでいき、後部ウィンドーにぺちゃりと貼りついた。吐き出されたガムのようだった。

Mは美しいロンドンの夜景を見下ろした。テムズ川の水面が暗い鏡となって、ロケットカーが噴射する炎をゆらゆらと映す。人生に謎が入りこんできて、世界が秘密と不思議に満ちていることをどんなふうに教えてくれたかを、Mは思い出していた。幼いタラント星人が家に忍びこみ、黒い服のエージェントたちが両親の記憶を盗んだ夜のことを思い、自分の星を追いかけることをけっしてあきらめないでよかったと心から思った。今も眼下に見えるロンドンの街のどこかで、夜空を見上げながら別の世界を夢見ている子どもがいるだろうか。

轟音《ごうおん》を響かせるＭＩＢのロケットカーは、夜空に燃える新星となって、一路パリを目指した。

第三十三章

光の都の上空には、みごとな満月がかかっている。だが、空に見えるのはそれだけではない。エッフェル塔の真上に稲光が音もなくまたたき、嵐の到来を告げる雷鳴が遠くから聞こえてくる。超高速で飛行してきたHの黒いレクサスがエッフェル塔に向かって最終進入体勢を取った。パリ上空は風の勢いが増しており、車体の姿勢とコースを保とうと、Hはハンドルと格闘した。遠く前方に踊る赤い稲妻を見やり、Hは前回パリを訪れた日に引き戻されるような気分だった。

「奇妙じゃないか？　こうして歴史が繰り返されるのは」

Mは返事もそこそこに、流れゆく都市の光を見下ろしていた。まるで街が宝石でできているように美しい。

「あの夜もちょうどこんなふうだった」Hは続けた。「ハイ・Tとおれはハイヴに立ち向かうために塔に登っていった。機転とシリーズ7・ディ＝アトマイザーだけを武器に」

Mは彼を見やった。「その話をするとき、毎回同じ言いかただと気づいてる？」

「実際、そうやって起きたことだからな」

Mの頭の中でいくつかの思考の断片が浮かんでぶつかり合った。またしても感じる。何かおかしい。思考の断片が混じり合い、ひとつの恐ろしい懸念にいたった。だが、今のところは自分だけの胸にしまっておくことにする。

ロケットカーがセーヌ川とトロカデロに面したブランリ通りに着陸し、夜の車の流れにスムーズに合流した。レクサスはロケットや翼の構造物を車体の中に引きこんで通常の車に戻ってから歩道に寄って止まった。ふたりのエージェントは車から降り、まばゆいヘッドライトの光の中に立ってエッフェル塔を見上げた。上空には異様な赤い稲妻が光り、それが塔の先端を王冠のように取り囲んでいる。ポーニィがMのポケットから飛び出し、都市のシンボル的な建造物を見て目を丸くした。

「わあ、おれはパリが気に入った」

エージェントたちはライフルをさげ、大きな歩幅で広場を横切ると、塔の基部に並んでいるエレベーターのうち〝関係者専用〟と書かれた一基に近づいた。うっすらと錆の浮いた格子扉の脇にある旧式のキーパッドに、Hが暗証番号を打ちこんだ。

エレベーターの扉が開き、HとMは乗りこんだ。

塔の最上階にあるポータルに運ばれていくにつれ、パリの街がその美しさを三人に見せつける。

「ああ」ポーニィが即座に反応した。「パリ。自転車の都」

ふたりのエージェントは沈黙したままケージが上昇するにまかせた。

Mは Hの横顔を見つめていた。思いついた仮説を検証すべきだし、それは後回しにするよりも今がいい。できれば仮説がまちがっていてほしいと思いつつ、彼女はポーニィを肩から下ろし、ポケットの中に戻した。

「悪いけど、もう一度聞かせてくれない？」Mは言った。「あなたはどうやってハイヴを倒したの？」

「え？」Hは少しいらだったように見えた。「M、おれたちは上でどんなものに出くわすかわからない。今はそのことに集中しよう」

「いいから、わたしの言うとおりにして」

「あれは三年前のことだ」Hは早口で話し始めた。「ハイ・Tとおれはハイヴに立ち向かうために塔に登っていった。機転とシリーズ7・ディ＝アトマイザーだけを武器に」

恐れていたとおりになり、Mは気分が悪くなった。

「ええ、でも、具体的にどうやってハイヴを倒したの？」Mはふたたびきいた。

「本気か？」

「興味があるの。どうやったの？」

「だから、言ったとおり、機転とシリーズ7・ディ＝アトマイザーだけを……」彼はそこで口をつぐんだ。顔に恐れの色があらわれる。ようやく彼も気がついたのだ。Mはそれを突きつける役にはなりたくなかったが、彼は真実に向き合う必要がある。「なんてことだ。おれは同じ言葉を繰り返してる。そうだろう?」

ポーニィがポケットから頭を出した。「一言一句同じだった」Mは彼に黙るよう合図した。

「それも毎回よ」

「頭がどうかしたみたいにな」ポーニィがつけ加えた。

Mはポーニィのひと言多い癖がなければいいのにと思った。ハイ・Tの背信行為が発覚しただけでもHにとって今夜はつらいのに、さらにこの追い打ちだ。彼女はケージの扉の上にある昔ながらの階数表示盤を見上げた。針がもうじき最上階を指そうとしている。

「H」彼女はさげていた銃を持ち上げた。「あの夜、あなたはハイヴを倒さなかったんだと思う。あなたは……あなたはニューラライズされたんだと思うわ」

Hはそんな話を信じたくないだろう。ハイ・TがMIBを裏切ったことを信じたくない以上に。とはいえ、真実は残酷で容赦がない。Mの目には、Hがかつてのパートナーであり友人であり、ある意味父親でもあった男の切れ端にしがみつき、真実にあらがおうとしているように見えた。

だが、ほどなくHが真実を受け入れたのが、Mにもわかった。彼女の推理は不快なほど筋が通っている。実のところ、彼は世界を救ってはいなかった。嘘の一部に組みこまれただけだったのだ。

展望台の階が近づき、エレベーターが大きく揺れた。

ふたりは扉に向き直り、それが開き始めたときには銃をかまえていた。薄明かりに照らされたケージの外には闇と静寂が広がっている。

ポンプアクションでディ＝アトマイザーを装塡状態にすると、HとMは自分たちを飲みこもうと待ちかまえる暗闇へと足を踏み出した。

第三十四章

銀色に燃える月は満ち、中天にかかりつつあった。ふたりのエージェントはしんと静まったひと気のない展望台を歩いた。隅に〈部外者立入禁止〉と書かれた黒い扉があるはずだ。ところが、出入口をふさいでいるはずの巨大な金属扉は引きはがされ、ひしゃげて床に転がっていた。出入口の上に設置された赤いランプが暗闇の中で音もなく点滅し、緊急事態を告げている。ランプはせわしなく点滅し、一度止まり、ふたたびまたたき始めた。密閉状態はとうに破られてしまった。

扉を引きちぎってアルミニウムのようにくしゃくしゃにするなど、とても人間技とは思えない。だが、破壊された扉の表面には人間の手形めいたへこみがついていた。出入口の奥には、上階に続くらせん階段がある。

この場所でHの運命の歯車が大きく狂ったのだと、Mは思った。三年前、彼は完全なる勝利で脅威に終止符を打ったと考えたが、事実はまるで逆だったのだ。それがハイヴの作戦の始まりだった。おそらく本当の記憶が脳の奥深くに隠されたことで、Hは変わってしまったのだろう。そのせいで武器商人とつき合い、平気で高額のギャンブルに挑み、人生をうわべだけで生きてきた……。

Mは先頭を切って円形の入口をくぐり、ディ＝アトマイザーをかまえながら、用心深い足取りでらせん階段を上った。すぐ背後にHが続き、左右に銃口を向けて警戒する。らせん階段が導く先はポータル室のロビーだ。階段を上りきると、ふたりは横一列に展開し、厚く埃《ほこり》の積もったクモの巣だらけの部屋にひそむ暗がりという暗がりに銃を向けた。Mは子どものころに両親に連れられてエリス島を訪れたことがあるが、この発着所はあのときに見た移民受け入れ所を思い出させる。手続きブースとデスクがいくつも並び、地球に到着したエイリアンたちが列を作って新生活が始まるのを待つ。ここは地球外生命体のエリス島だ。

Mは危険を前にして神経が高ぶっていたが、一世紀も前の発着所が現在のＭＩＢニューヨーク局やロンドン局と同様にさまざまな生命体でにぎわっていた様子を想像すると、自分が驚きと不思議さで満たされるのを感じた。壁の古い掲示板に出発・到着時刻がチョークで書かれているのを見つけ、その前で足を止める。時刻表のまわりには色あせた白黒写真が額に入れて飾ってある。

写真の一枚に、この塔を建設したギュスターヴ・エッフェルが写っていた。彼が男たちの一団とともに立っているのは塔の建築現場のようだ。ギュスターヴを囲む男たちはみな十九世紀の上等な身なりで、全身黒ずくめ、顔には黒いレンズの眼鏡をかけている。Mは写真をカバーする埃だらけのガラスにそっと触れてみた。別の写真には、ヴィクトリア朝の服装をしたエイリアンたちがまさにこの部屋で手続きをしようと行列している姿が写っており、ある者はほほ笑み、ある者は手を振り、ある者は硬い表情を崩さずにいる。

写真を見ながら物思いにふけるMの様子を見て、Hは思わず笑みをもらした。仕事において彼女のように不思議な驚きを、本物の率直な驚きを最後に感じたのはいつだったろうか、と彼は考えた。彼女の目を通して世界を見るのは心地よい。たとえ数秒間だけだとしても。

発着所の奥で、何かがどさっと落ちるような物音がした。ふたりはさっと頭を向けた。よどんだ空気に音がこだます中、HとMは前進した。シリーズ7・ディ＝アトマイザーをすばやく動かし、並んでいるブースとデスクが無人であることを確認していく。ポーニィもポケットの隠れ家から姿をあらわし、自分のクイーンを援護するために小型ながら強力なブラスターをかまえる。彼らは足音を忍ばせ、木製のベンチや錆《さ》びついた手荷物カートの列の横を歩いていった。

発着所の突き当たりにポータルがあった。Hの記憶にあるとおり、それは横に三つ並んだアーチ型の開口部で、それぞれが厚くて重量のある金属扉で密閉されている。アーチ型のポータルを見て、Mは地下鉄のトンネルを連想した。発着所の床には円形の図がひとつ描かれ、そのまわりをエイリアンのシンボルと月の満ち欠けをあらわすピクトグラムが囲んでいる。円の真上には円形の天窓があり、まさに今、明るく輝く大きな満月が天窓の中心、すなわち近地点に差しかかろうとしていた。

　アーチ型ポータルから太いケーブルが何本も延び、曲がりくねりながら床の上を這《は》い、真鍮《しんちゅう》とガラスとダイヤルと計器からなる箱形の奇妙な機械装置につながっている。それぞれのアーチは、その上部にローマ数字でⅠからⅢまでの番号が振られ、各数字の下には古めかしい電力計と圧力ゲージらしきものが設置されている。ゲージは赤い部分と黒い部分が半々で、矢印のような指針が今は赤い部分に位置していた。

「別れを言いに来たのか？」ハイ・Tの声が発着所の古びた空気の中で反響した。

　バチッと大きな電流の音が聞こえ、タービンが回転を始めるような音がした。MとHはポータルの上方にあるキャットウォークを見上げ、台座の背後にハイ・Tの姿を認めた。その台座上に等間隔で並ぶ三つの円形制御パネルがポータルのコンソールで、その表面にはたくさんのダイヤルやレバー、スイッチ類、光るガラスでおおわれた計器が見える。裏切り者のエージェントは、みずから起動した装置の計器が発する青白い光を浴びながら、スイッチやダイヤルを操作していた。真ん中のポータルでアーチを囲むようにライトが灯《とも》り、ポータルⅡの起動プロセスが進行中であることを示した。

「ここにいると歴史を感じることができる」ハイ・Tがふたりのエージェントを見下ろして言う。Hは左に、Mは右に移動し、発着所の暗がりに身を隠した。「きみたちも感じるか？　かのギュスターヴ・エッフェルはワームホールを発見した。異文明につながる通路だ。そして、異星から最初の移民がやってきた」

Ｈと M は銃をかまえ、足早にはしご階段を上った。

「そして、われわれもここで歴史を作った。そうだろう、Ｈ？　機転とシリーズ７……」

「ちがう！」Ｈは叫び、友人であり元パートナーである男に銃を向けた。「おれたちは歴史なんか作ってない」

キャットウォークの反対側で、Ｍもハイ・Ｔを銃の射程におさめた。彼女の肩にのったポーニィも同じくブラスターをかまえる。Ｈはじりじりと近づいた。ハイ・Ｔは左右を見やり、自分が包囲されているのを認識したが、気にとめる様子は微塵《みじん》もない。

「おれたちはハイヴを倒しちゃいない！」Ｈが怒鳴るように言った。「ハイヴは宇宙最強の兵器を望んだ。やつらは、それをヴァンガスがメン・イン・ブラックに渡すだろうと見越していたんだ。それで、あんたは取引したのか？　そのときが来るのを待ち、手に入れたらやつらに渡すと？」

ハイ・Ｔはその問いに対する答えとして、大きなつまみを回した。すぐに鼓動のような低い機械音が高まる。「きみにはわかるまい。これを止めることはできんのだ。けっしてな」円形の天窓を仰《あお》ぐと、満月がついに近地点に達した。ポータルⅡが低く重くうなりながら開き始めた。ワームホールが口を開けるにつれ、その隙間から目を射るほどの白い光があふれ出てくる。

Hは進み出た。ハイ・Tとの距離はほんの一メートルほどしか離れていない。「あんたはおれをニューラライズした。そして、ヒーローに仕立て上げた。〝世界を救った男〟に。だが、おれはあんたの小道具として嘘をまき散らすために生かされたにすぎない」Hは大型銃をハイ・Tの顔に突きつけた。「やつらはあんたに何を約束した？」砂漠の道が熱気を発するように、Hは怒りをほとばしらせた。「いったいなんのために、あんたはこれまで守ってきたすべてを裏切ったんだ？」

ハイ・Tの顔がゆがんだ。Hの言葉で肉体的な痛みを感じたかのように。彼の手から銃がこぼれ落ち、床で跳ねた。Hはすぐさまそれを遠くに蹴り飛ばした。

彼らの下ではポータルⅡがさらに大きく口を開けていた。Mの位置からだと、その様子を見ることができない。だが、扉の向こうに広がる冷え冷えとした宇宙空間で待ち受ける光景を想像して彼女はぞっとした。ハイヴの宇宙――ハイヴによって侵略され、荒廃した世界だ。

それは、癌《がん》細胞や深い裂傷のごとく宇宙に残された、死と破壊の傷痕。腹を空《す》かせたおぞましい存在が今やゲートを通り抜けようと待ちかまえ、生命に満ちあふれたほかの世界に為してきたことを地球にもおこなおうとしている。美しくも小さな青い惑星とハイヴのあいだに立ちふさがる者は、MとポーニィとHしかいない。

ハイ・Tがポケットからからくり箱を取り出し、HとMに見えるようにかかげた。「彼らはこれを欲した。わたしは拒否した。きみもその場にいたぞ」

Hは記憶のかけらをどうにか集めようと四苦八苦し、銃の狙いがわずかに揺らいだ。Mはパートナーを心配し、一歩前に出た。

「彼らは……人間の身体を乗っ取る……内側から」ハイ・Tが言った。「そして、人間はもはやその者ではなくなってしまう」

ハイ・TがHの顔を見やり、彼の目を覗《のぞ》きこんだ。「いつだってきみは、わが息子のような存在だった」彼の声が低くなり、身体が震え始める。

「H……」Mは警告しようとしたが、声が唇で凍りついた。

「いつだってきみは……わが息子のような存在だった」ハイ・Tが繰り返す。まるで針飛びのするレコードのように。ひとつの強い記憶にしがみつくように。彼の皮膚がほつれたガーゼさながらに裂け始めた。肉体がよじれ、伸びていく。彼の声がさらに数オクターブ低くなった。「いつだってきみは、彼の息子のような存在だった」彼の手がハイヴの触手へと形を変えた。それが目にも止まらぬ速さでHのかまえた銃を弾《はじ》き飛ばした。

ハイ・Tだった男が破裂した。肉体が弾けて細切れになり、中から無数の触手が噴出した。HとMは身の毛がよだち、あわてて飛びのいた。

のたうつ筋組織におおわれた破壊不可能な集積体――ハイヴの怪物に対峙《たいじ》するのが人生

で二度めであることに、Hは気がついた。人間をはるかに超える力を持つ触手が、ほんの数秒前までハイ・Tだった物体から鞭《むち》のようにしなりながら飛び出してくる。

触手の束が、金属扉を引きはがしたのと同じ力でHをなぎ払い、彼は壁にたたきつけられた。Mは発砲し、怪物の背面に何発か命中させたが、ダメージを与えたようには見えない。ハイヴの背面から大量の触手が飛び出し、強烈な打撃を食らったMはキャットウォークから下のフロアに転落し、床をポータルのほうへ横すべりした。ポーニィも彼女の肩から宙を飛び、床に何度も跳ねてから止まった。

Mがようやく立ち上がりかけたとき、キャットウォークの上から触手が雨のように降ってきて、両足首に巻きつき始めた。触手がきつく締まる前に彼女はどうにか身をよじって脱出し、手から離れてしまったディ＝アトマイザーを拾いに走った。

キャットウォークの上では怪物が鉄製の手すりの一部を引きちぎり、それをポータルの制御パネルに突き刺した。パネルから火花が散り、煙が上がる。

Mはポータルのそばにとどまり、飛んでくる触手を銃撃で吹き飛ばしたが、そのときポータルⅠとⅢも開き始め、向こう側を見ずにいられなかった。

ポータルのひとつは驚異の世界に通じていた。深宇宙の広大な景色。近くにある星雲の幾千という微妙な色に彩られた氷のような無意識の世界。金色の王冠のようにコロナを輝かせるスミレ色の星、そのはるか彼方の何百万という光の粒、太古のかすかな光が描く無数の点が、時間の誕生の深淵《しんえん》からMの視界を満たしていた。黒曜石《こくようせき》の深みに浮かぶ水晶の山々――サファイヤやルビーやエメラルドからなる小惑星群が、紫色の太陽が放つ散乱光の中でひらめき、星の光を屈折させる。漂流する純ダイヤモンドの島々の中には城や寺院や都市が形作られている。その星のぼんやりとしたガス状の居住者たちが光り輝く尖塔《せんとう》のあいだを飛び交っているのが見えた。

別のポータルにちらっと目をやると、黄色いふたつの太陽の下、あらゆる色彩の植物や樹木が果てしなく生い茂る豊かな世界が見えた。驚いたことに〝植物〟のいくつかは自分の根を引き抜くとよろよろと歩き回り、コミュニケートのためか、あるいは単なる握手なのか、大きな枝どうしを合わせているようだ。

Mはずっと見ていたかったが、目をそらした。ハイヴの生きたロープがうねるさまは、宇宙がけっして美しいだけでないことを思い知らせてくる。

ハイヴの怪物は、からくり箱を繊維状の体内にしっかりと保持した。長い年月をかけて作戦を完了させた怪物は、ポータルに移動していった。個々の生命体が調和もなくバラバラに活動するこの混沌《こんとん》の世界を立ち去って、静かにうねるハイヴの統一体のもとにからくり箱を持ち帰るために。怪物はキャットウォークの上から、ポータルⅡ目がけて身を躍らせた。

投げつけられたあと壁にもたれかかったままだったHは、それを見て必死に立ち上がった。かつてハイ・Tだった物体が何をもくろんでいるかわかっている。Hは狭いキャットウォークを全速力で走ると、怪物目がけて跳躍し、体当たりで怪物の進路を無理やり変えた。怪物は発着所の床に墜落した。H自身は何度か床を跳ねてから、室内に残されているがらくたの山に勢いよく転がりこみ、ぐったりと動かなくなった。

第三十五章

　Ｍはハイヴを激しく銃撃したが、触手の勢いはまるで弱まる気配がない。彼女はヘビのように脚にからみついてくる触手を必死に素手でもぎ取り始めた。ポーニィもブラスターを撃ちこんで加勢した。触手にダメージを与えられないまでも、追い払う役には立っているようだった。

　彼女は視界の隅で、Ｈが立ち上がったのを見た。Ｈは角材をつかんでハイヴに突進し、ミイラのようにしぼんだ頭に向けて振り下ろした。たちまち怪力で打ち払われてしまい、ポータル近傍の床を走るトレンチまで跳ね飛ばされて中に落下した。金属格子の床から一段低くなったトレンチには歯車やスプリングがつまっており、Ｈは傷だらけになったあげく、火花を浴びた。

　Ｈの攻撃からしばし解放されたハイヴの怪物は、Ｍに向き直り、敵意のすべてを彼女に向けてきた。新たな触手が立て続けに放たれたのを見て、Ｍはその射程から逃れようと背後に飛んだ。何本かの生きた鞭《むち》に打たれ、Ｍも別のトレンチに突き落とされた。だが、落ちながらも銃で数本の触手を攻撃する。

彼女はダクトに激突して墜落が止まった。が、ディ＝アトマイザーが手から離れ、金属音をたてながら、入り組んだ配管の下に広がる闇に吸いこまれてしまった。ダクトの一本が折れ、たぎった蒸気が噴出した。幸いにもMの倒れているダクトにはカバーが巻かれており、それを通して熱が感じられる。当然ながら、この施設は蒸気で動力が供給されているのだ。彼女は危うく火傷《やけど》をまぬがれた身でトレンチから床に這《は》い上がった。

間髪をいれずハイヴの触手が突き出されてきたので、Mは折れたダクトの破断面を力いっぱいそちらに向けた。蒸気の噴射をもろに浴びた触手がぶるぶると震えながらしなびていくのが見えた。どうやら高温で死んだらしい。ほかの触手があわてふためくように退散し、ハイヴの怪物本体に戻っていく。

Mは折れたダクトの端をどうにかトレンチから突き出させ、逃げていく触手と怪物に狙いを定めた。蒸気が命中したとき、やはり触手がしなびて死んだ。多くの触手がハイヴの怪物に戻り、新たな筋繊維のように外側から本体を包みこむ。全身に蒸気を浴びたハイヴの怪物は、初めて苦痛のうめき声を上げた。立ちこめる高温の蒸気の中から、ハイヴがよろめき出て、強い憎悪とともにMをにらみつけた。そして、にわかに形を変え始め、さらに大きく力強く成長していった。

Mが落ちたトレンチの縁に立っていたポーニィは、ハイヴがどんどんふくれ上がるのを見て、Mを振り返った。「蒸気攻撃は正解だったのでしょうか？」

巨大化してさらに凶暴そうな外見になったハイヴは、今度はHに向き直った。彼はようやくトレンチから這い出たところだった。苦虫を嚙《か》みつぶしたような顔で苦しげに息をつく彼は、両手で大きな金属歯車を持っていた。歯車の歯はどれも牙のように鋭い。ハイヴの怪物が触手の束を突き出してHに襲いかかった。Hは大声で叫び、コマのように回転しながら、歯車で触手を次々に切断した。そうして、じりじりとハイヴに接近していく。あと少しで本体に手が届きそうになったとき、怪物がその長いリーチを利用して、Hの顎に削岩機並みに強烈なパンチをたたきこんだ。彼は背後に飛ばされ、キャットウォークの支柱に激突したあと、床をすべった末に止まった。

怪物がHにとどめを刺そうと移動したとき、Mは怒りの雄叫《おたけ》びを上げ、鉄パイプを振り回しながら果敢に突撃した。怪物の背中に鉄パイプを突き刺した――と思った瞬間、ハイヴの内部組織が変化してぽっかりと穴があき、パイプが無為にすべりこんでいく。しかし、それによって怪物の胸の中にあったからくり箱が外に飛び出し、発着所の金属格子の床を音をたてて転がっていった。

Mは快哉《かいさい》を叫んだが、喜びは長く続かなかった。怪物が肉体の穴をきつく締めつけ、彼女の手から鉄パイプをもぎ取ると、それをすかさず発射した。あまりの速さにMは鉄パイプのミサイルを回避できなかった。命中の痛みが全身を突き抜け、彼女は意識を失った。

第三十六章

Mが床に倒れて動かなくなるのを見て、Hは憤怒の声を上げた。立っているのもやっとだったが、ふたたびありったけの力をかき集め、怪物に迫ってロープ状の腹部に強烈なアッパーカットを何発かたたきこみ、さらに人間が相手なら顎も砕けるほどの右フックを決めた。ハイヴの怪物はたじろぐ様子も見せない。からみ合った触手をハンマーのようにHの頭に振り下ろしてきた。Hは両膝ががくんと折れ、パートナーのかたわらに倒れた。そのときMが意識を取り戻し、Hはそれを見て安堵《あんど》したものの、ふたりとも手ひどくやられていて動くこともままならなかった。

とはいえ、こうしてただ横たわっているわけにはいかない。見ているあいだにもハイヴの怪物は床に落ちたからくり箱を回収し、胸に押しつけると何本もの細い触手でがんじがらめにした。そして、故郷に帰ろうとポータルⅡに移動していく。HとMはたがいに手を貸し合って立ち上がり、倒れまいと身体を支え合った。ハイ・Tだった生物は彼らに目もくれず、背を向けたままポータルに向かう。HとMが立っている位置から、ポータルⅡの先に広がるハイヴの世界が見えた。ふたりとも見たくなどなかった。

ほかのふたつのポータルから見える生命と光にあふれた惑星とは対照的に、ハイヴの母星は荒涼とした冷たい岩の墓地さながらで、星ひとつない空虚な空が広がり、色彩といえば遠くの星雲から届く弱々しい赤い光の筋しかない。赤い光は惑星の風景を地獄のように見せていた。惑星の表面が起伏するようにうねっており、Mは黒い油の海だろうかと思った。だが、その正体に気づいたとたん、本物の恐怖が胃から喉にこみ上げてきた。惑星の表面は何十億とのたうつハイヴの怪物でびっしりおおわれていた。おぞましいハイヴの集合体は、不意に出現したポータルに気づいたらしく、ぞっとするような金切り声を上げながら大挙してこちら側に出てこようとしている。悪夢の窓を通じて、HとMは地球の未来を見た。そして、もはやそれを食い止めることはできない。

Hは発着所の古い工具棚から錆《さ》びた大型レンチをつかむと、よろめく足取りでハイヴのあとを追った。「箱を取り戻してくる」

「H……作戦は？」Mは背後から声をかけた。

Hはレンチを投げつけ、ハイヴの後頭部に命中させた。大きな音がして、レンチが弾《はじ》き返される。怪物は振り向いてHをにらみつけた。

「ハイ・T」Hは怪物に話しかけた。「そこにいるのはあんただ。まだあんたの一部がそこに残ってる。きっとそのはずだ」

怪物があっという間にHとの距離をつめた。乱暴にHの身体をつかみ、自分のほうへ引き寄せる。Hは怪物の目を覗《のぞ》きこみ、そこに何かを探した。なんでもいいから探した。

「おれは息子のような存在だったんだろう？　おれだって、あんたは父親みたいだった」

状況が急速に悪化していくのを、Mは感じることが――見ることが――できた。怪物にひと泡吹かせられそうなものが何かないかと、彼女はあたりを探した。すでにまっすぐ立っているのも困難で、頭ががんがんと脈打っている。脳しんとうを起こしたのはまちがいない。蒸気の噴出音を聞いて振り向いた彼女は、壊れたダクトの口のすぐ先にある鉄の棒が赤熱しているのに気がついた。棒の冷えている端を握り、それをつかみ上げる。

Hはまだ怪物の中にハイ・Tを見いだして説き伏せようとしている。

「あんたはおれを後継者にしたかったんだろ？　覚えてないか？」ほんの一瞬だが、うねる怪物の表面にハイ・Tの顔がよぎり、消えた。

「きみは、そうなる」ハイヴの怪物が不気味な低音で答えた。いきなりHの頭をつかんだかと思うと、強引にひざまずかせた。彼の頭を押さえている怪物の手の先から、もっと細くて血管のような触手が何本も伸び始めた。それがHの顔の上を這《は》い回り、左右の耳の穴にすべりこんだ。Hが白目を剝《む》き、痙攣《けいれん》し始めた。ハイヴは内側から浸食し、彼を別人に変えようというのだ。

ハイヴがHをハイ・Tと同じ目にあわせようとしているのだと気づき、Mは真っ赤に焼けた鉄の棒をかまえて巨大な怪物に向かっていった。Hの体内に入りこもうとする細い繊維を断ち切ろうと鉄の棒を振り下ろしたが、寸前で怪物にすさまじい力で振り払われ、数メートルも飛ばされてしまった。ポータルIの手前の床で勢いよく跳ねた彼女は、口を開けたワームホールにまっしぐらに突っこんでいった。

彼女は虚空を漂っていた。ニューヨーク本部の尋問室で、Oになんと答えたっけ？

――万物がどんな仕組みで動いているのか知りたいの。

そう、彼女は今、その目で何もかも見ていた。燃え上がる星々、渦を巻く生きた芸術の数々。なんて美しいんだろう。それに比べたら自分はなんとちっぽけなのか。地球はなんとちっぽけなことか。耳の中にドラムの拍動が聞こえた。肺の中や眼球が氷結しかけている。心臓は破裂しそうだ。肉体が氷と化し、溶岩となった血液が今にも噴き出そうとしている。遠いどこかから何かが聞こえた気がした。宇宙空間でMの身体がふわりと回転し、自分が飛んできた方角に向き直った。ポータルの暖かい光が見える。そこに小さな人影が立っていた。

「わが君いいぃいぃいぃいぃ！」はるか遠くから――とても救出できそうにないほど遠くから――届くはずのない叫び声が届いた。その小さな人影が急速に接近してくる。ポーニィだ。Mはなんとか気を失うまいと歯を食いしばった。小さな鎧《よろい》の背中に装着したジェットパックを巧みに操り、ポーニィは彼女のまわりを飛んだ。

彼はMの身体に細いケーブルを巻きつけると、その身体をジェット燃料の最後の噴射でポータルに向かってひと押しした。ふたりの身体がポータルに十分近い距離まで流れついたところで、ポーニィは鉤縄銃《かぎなわじゅう》をかまえ、発射した。後ろにケーブルの尾を引きながら鉤が飛んでいく。それがポータルにしっかり固定されたところで、電動リールのスイッチを入れた。猛スピードでケーブルに引っぱられたふたりは、ポータルを突き抜け、もとの発着所の中へ転がりこんだ。

Mは咳《せ》きこみ、空気を求めてあえいだ。肺の中が燃えるようだった。今のは現実のできごとだったのだろうか。あんなに長いあいだ宇宙空間にいられるはずがない。本当なら、身体がもっとひどい状態になっているだろう。床の上でごろりを向きを変え、まばたきすると視界がはっきりしてきた。彼女は悪夢のまっただ中に戻っていた。

Hがハイヴにむさぼり食われようとしている。

第三十七章

Ｈは激しく身もだえした。思考や、記憶や、魂さえもが吸い出され、醜くのたうつ実体に置換されようとしている。それがハイヴであり、その原動力は空腹と征服のみ。背後からＭとポーニィの声が聞こえる。彼はどうにか自分であり続けようとあがき、銀河中から不毛で恐ろしいひとつの存在に取りこまれてしまった無数の者たちの精神にあらがった。

彼はハイヴの怪物の胸に触手で抱えられているからくり箱を見た。残っている人間の部分を最後の一滴まで総動員し、なんとか腕を伸ばし、両手を動かす。

「何をしている？」Ｈの中でハイヴの声がとどろいた。

Ｈはからくり箱をつかみ、怪物が触手で締めつける前に引き抜いた。最後の力を振り絞って、それをＭに放り投げる。あとはＭ次第だ。そう考えたとたん、不気味にうなる闇の渦に落ちていきながら、Ｈは大いなる慰めを感じた。

からくり箱がフロアを横切って転がり、Ｍの足元で止まった。彼女は意識の消失と戦いながら身をかがめ、それを拾い上げた。目を上げると、ハイヴの怪物がHから細い触手を抜き取り、彼の身体を脇に投げ捨てたところだった。怪物はポータルⅡに背を向け、猛然とMに襲いかかってきた。

Mの十本の指は無意識に動いていた。恐怖におののいて当然の場面だが、そんな感情は少しも感じていない。ハイヴの怪物が彼女をつかもうと大量の触手を伸ばしてきたとき、Mの両手の上にはブラックホール兵器が出現していた。もはや一瞬の猶予もない。Mは出力設定を最大値に上げると同時にスイッチを入れた。

「さよなら、T」ポーニィが言った。

砂漠のときと異なり、待機時間やウォームアップはいっさいなかった。無限に近いエネルギーの破滅ビームが、かつてハイ・Tだったハイヴの怪物を引き裂いた。何ひとつ原形をとどめなかった。ビームはそのまま突き進み、ポータルⅡの向こう側――ハイヴの宇宙に達した。

ハイヴの故郷は瞬時に跡形もなく消滅した。ビームはさらに世界という世界、太陽系という太陽系を破壊し、宇宙空間に広がるハイヴの領域全体を空虚な沈黙の世界に変えた。やがて最大射程距離に達し、兵器のエネルギーが解放された。全宇宙は二度とハイヴにおびえる必要がなくなった。

ポータルⅡはひしゃげ、火花と金属片を飛び散らせながら圧壊《あっかい》した。向こう側に見える夜空が一瞬だけ昼間のように明るくなったあと、星々の支配する静かな空に戻った。

　ポーニィがMの肩に飛び乗った。その小さな勢いでさえ、Mはよろけて倒れそうになった。ブラックホール兵器はふたたび小さく折りたたまれ、からくり箱に戻った。Mはそれをポケットにしまった。

「みごとなキャッチだったわ、ポーニィ。あなたはクイーンによく仕えてくれました」

「恐れ入ります、わが君。大したことではありません。要はタイミングと、狙いと、人並みはずれた勇敢さがあっただけで」

　Hはハイヴの怪物――かつて友人だった男――が死んだ場所に近づいた。ハイ・Tを乗っ取り、Hをも乗っ取ろうとした存在の痕跡は、そこにはもうひとかけらも残っていない。ポータルⅡは今やぽっかりと穴のあいたクズ鉄にすぎず、穴の向こうには光の都が望めた。破壊の傷痕にもかかわらず、その景色はやはり美しかった。

　MはHの隣に立った。彼がくぐり抜けたことを思えば、今回ばかりは言葉は必要ない。彼女はHの肩にそっと手を置き、光り輝く都市をいっしょにながめながら、自分たちがこの仕事をする理由にふたたび思いをはせるのだった。

第三十八章

　東の空がうっすらと明るくなってきた。MとHがエッフェル塔から歩み出ていくと、Hの新車のまわりに何台ものMIBレクサスと隠蔽《いんぺい》チームのトラックが駐車しているのが見えた。どの車のそばにも黒いスーツの男たちが立っている。

「彼女は噂《うわさ》どおりタフなのか？」Hがきいた。

　Mはその姿に気づいて笑みを浮かべると、歩調を速め、HとともにそのMIBエージェントに近づきながら胸を張った。

「ひと言で言うと」Mは答えた。「イエスよ」

　エージェントOは通りの端に立っていた。彼女の醸し出す威厳は、まるで周囲のモニュメントが彼女の命令でそこに存在していると思えるほどだった。

「どうやら」ふたりが近づいたとき、OがMに言った。「しくじらなかったようね」

「はい」Mは答えた。

「まあ、途中でいくつかつまずきはあった」Hが以前の軽薄な口調で言う。「初めは多少の衝突も……」そこでOの冷たい視線に気づき、Hは言葉を切った。「失礼、局長」彼は喉の通りをよくしてから言い直した。「ええ、われわれはしくじりませんでした」

Mは話した。「あなたは『どうやらロンドンに問題がありそうなの』とおっしゃいました。知ってたんですね」

「しばらく前からロンドン局に信用が置けなくなっていた。とはいえ、その理由はとうてい想像だにしなかったわ」Oの険しい表情が一瞬だけやわらいだ。「Tはこの組織のために人生を捧《ささ》げてきた。彼こそわれわれのあるべき最高の姿よ。彼がいないと、これから寂しくなるわね」

Oは気を取り直すと、Mに右手を差し出した。

「われらが組織にようこそ、エージェントM」Mは上司の手を握り返した。「あなたはもう試用期間ではないわ」

HがMにほほ笑んだ。「となると、おれの仕事はもうこれで……」

「あなたはまだ試用期間よ」すかさずOが言う。

Hが同意してうなずきかけたが、Oの言葉の意味に気づき、怪訝《けげん》な顔で見返した。

「どういう意味です?」

「あなたにはロンドン局の試用局長になってもらうわ」

Hの顔に驚きと誇らしさがよぎるのを、Mは見た。だが、無防備な感情はすぐにいつものお気楽な仮面の裏に隠された。

「試用局長？」彼が聞き返す。「おれは降格と昇進を同時に言い渡されたわけですか？」

「何年か前、この事態が起きる前のTから、確かな指導力を有するひとりの有望な現場エージェントについて聞かされたことがあった」Oはあたかも不滅の魂の本質を見きわめるかのようにHを見つめた。「それとも、あなたに対する彼の信頼は見当はずれだったかしら？」

Hはさっと背筋を伸ばし、真剣な顔つきになった。「いいえ。しかし、その職務に適した経験豊かなエージェントはほかにもたくさんいます」

「ええ、確かにいるわ。あなたはそうした上級エージェントたちの支援を得るでしょう。Cも含めて」

Hは現場に来ている上級エージェントたちを見やった。Oたちの会話が聞こえていた彼らは、支援を約束するようにうなずいた。

Hはこれまでにないまじめな顔つきでニューヨーク本部の局長に向き直った。「感謝します」

Oがふたたび Mに向いた。「あなたにはロンドンでの業務に片をつけてもらわないと。月曜にニューヨーク本部で報告してちょうだい」

たがいの新しい立場を聞き、HとMが視線を交わす。それを見たOは、もう二度と触れまいと決めて心の奥にしまいこんだ過去を思い出した。一瞬、Kに思いをはせ、ありえたかもしれないがけっして起きなかったことについて考えた。箱の中に戻りなさいと命じると、その感情は浮かんだときと同じく瞬時に消えた。

「おめでとう、見習いさん」Mはそう言って無理にほほ笑んでみせた。手を差し出すと、Hが握り返した。彼の表情はすでにいつものHのものに戻っている。

「きみもおめでとう」

ふたりは笑みを交わした。彼らの握手が一秒ほど長すぎ、ためらいがちに手が離れたのをOは見て取った。

「部下たちに説明に行ったほうがいいわ」Oがうながすと、Hは自分の任務に戻っていった。「少し歩きましょう」彼女はMに言った。

Oは現場から遠ざかり、誰にも声が届かないところで口を開いた。

「あなたは、万物がどんな仕組みで動いているのか知りたがっていたわね」Oは彼女に思い出させた。「そして今、あなたはそれを知った」

Mは答えなかった。答えたくなかった。ちらっと振り向くと、Hはロンドンのエージェントたちに話をしている。彼のエージェントたちに。Hが装ってきた自信たっぷりの態度が、今や本物の権威に取って代わられている。それはMが前に彼の中に垣間見たものだ。持って生まれたかのように、それはHにしっくり来ていた。ほんの短いあいだで、Mは自分の世界にいつもHがいるものと考えるようになっていた。彼はいつも意欲をかき立ててくれ、足りないものを補ってくれ、笑わせてくれ、彼女が信じるものとその根拠について考え続けさせてくれる。彼女はHを信頼しているのだ。こちらを見てほしいとMは願ったが、Hは背を向けたまま、自分の新しい仕事と新しい責任を果たしていた。

「でも、あなたも予測していたかもしれないけれど、そこには代償があるのよ」

Oはそう言うと、状況を把握するために現場に戻っていった。Mも歩調を合わせてついていった。

まわりを囲むエージェントたちに対し、Hはできるかぎりの配慮とともに、ハイ・Tのたどった運命を伝えた。エージェントたちはその驚くべき事実に衝撃を受け、リーダーの死に深い痛みを覚えたようだ。彼らを解散させたあと、HはCに顔を向けて告げた。

「あんたには感謝してる」

「きみには書類仕事が山ほど待っているぞ」Cの口元には彼らしい少々意地の悪い笑みが戻っていた。

「その仕事はあんたに回すことにしよう」Hはすぐに反撃し、ふたりで笑った。今のところ、手斧《ておの》はしまわれているようだ。

Hは振り向き、まだMに追いつけるかどうか確かめた。すでにMはOとともに自分たちの仕事をするために足早に歩いていってしまった。彼女はもうこちらを振り返ろうともしない。

ポーニィがHのジャケットのポケットから顔を覗《のぞ》かせた。Hの気分をそのまま体現するような顔つきだった。

「おまえ、いつからそこにいた？」Hはきいた。

「さっきからずっとだ」

Hはポーニィを連れ、パリの夜明けの中に歩き去った。

第三十九章

　世界中の大都市のＭＩＢ局にはたいてい殉職者を追悼するための空間が存在する。ロンドン局も例外ではない。部屋は四方の壁が黒い大理石でできており、そこに近づくと、死亡したエージェントたちのコードネームと在職期間が発光表示される。生まれ持った名前は存在せず、機密を重んじる他組織と同様、彼らの死亡状況や場所に言及はない。

　部屋に入ると壁に沿って四角い台座がいくつか並んでいる。台座は白い大理石で、コードネームだけが刻まれ、それぞれの上に水晶で作られた局長クラスのエージェントの胸像がのっている。

　そこに新たにハイ・Ｔの台座が加えられていた。透明な胸像を見たＨはかぶりを振り、乾いた笑いをもらした。記録にあるハイ・Ｔの３Ｄホログラム映像をもとにレーザー加工で制作されているのに、実物の彼に似ているとは少しも思えなかった。歴史的事実よりも虚栄心が優先されるローマ皇帝の像を連想させる。これを見たら、きっとハイ・Ｔ本人も大笑いするにちがいない。

　胸像には単分子量子ＡＩが埋めこまれ、物故者から生前に採取された完全な脳波紋が保存され、メンテナンスと定期的な更新がほどこされる。不死というわけではなく、また内容が正確と言えないことが多いものの、胸像に触れることで精神感応インターフェースを通じた死者との〝語らい〟ができるのだ。Hはまだそこまでの心の準備ができていないと感じ、昔ながらの方法で話しかけた。

「会いに来たよ」がらんとした室内に声が響いた。「あんたが本気でおれを後継者にしようとしてたなんて思ってもみなかった」彼は大理石の床に目を落とした。「ブリッジポートで初めて出会った夜を覚えてるか？　あれはおれにとって、ただのいつもと変わらない夜だった。金を稼ぐために仕事をして、パブに繰り出し、いろいろやって、酔い覚ましの飯を食って、家に帰り、翌朝起きたら、また同じことを繰り返す」

ハイ・Tの胸像の前をゆっくり行ったり来たりしていると、今は亡き友人と実際に話しているような気になった。

「仲間もいたし、けっして悪い暮らしじゃなかった。ただ、おれはいつも……望んでたんだ。もっとちがう何かがどこかにあると、ほんの少し手の届かないところにそれが隠れてると、そんな気がしてた」

Hは胸像を見つめた。

「あんたはおれを信頼してくれたな、T、おれ自身が自分を信じられないときでさえも。おれはあんたに礼が言いたかった。おれの中に何かを見いだしてくれて、ありがとう。ほかの誰もそんなことをしてくれなかったのに。あんたはいつだっておれにとって父親みたいだった。そのことを、あんたも心のどこかで気づいてくれてたらいいんだけど」

ジャケットのポケットからフラスクを取り出すと、Hはふたをねじって開けた。

「あんたに乾杯」彼はそこでじっとフラスクを見つめると、そのままふたをきつく閉めてポケットに戻した。「また今度にしよう。さよなら、T」彼は胸像に背を向け、ドアのほうに歩いていった。「列車の時間があるんだ」

第四十章

　ＭはＭＩＢロンドン局の地下にあるホームにひとりすわり、ニューヨークのわが家に連れ帰ってくれる列車が到着するのを待っていた。彼女はＭＩＢのタブレットで『銀河ヒッチハイク・ガイド』を開いた。この小説を読むのは何度めになるだろうか。子どものころは父や母に読み聞かせてもらい、そのたびに楽しい気分になった。実は作品の多くの部分がフィクションではなく旅行記だとＨから聞かされ、新たな視点で再読したいと思ったのだ。けれど、今は読書に集中できなかった。

　腕時計を確かめ、無人のエスカレーターを見やる。さよならを言いに来る人は誰もいない。彼はさよならを言いに来ない。

　エスカレーターから目を戻したとき、ベンチの隣にＨがすわっているのに気がついた。その肩には、ＭＩＢの制服と見まごう黒と白の鎧《よろい》を身につけたポーニィが腰を下ろしている。

「きみはちゃんとした別れの挨拶もせずに行くつもりか？」Ｈの顔にはかすかな微笑があった。

「あなたがそうさせようとしたのよ」Mはそう言いながらも目が輝いていた。

「いいや……おれはただ長ったらしい別れが苦手なんだ」

「本当だ」ポーニィが腕時計をチェックして言った。「列車が出るまであと……七十四秒しかない」Hはポーニィをつまみ上げてポケットに戻すと、その上からそっとたたいた。

「わたしたち、きっとこれからもばったり顔を合わせることがあるわ。おたがいの事件が重なるときもあるでしょ？」

「めったにない」彼の声には失望がにじんでいた。「管轄の問題があるからな」そこで少し顔が明るくなる。「ニューヨークにスパイがいるとなれば話は別だが」

その言葉はMから笑みを引き出した。

「今じゃ、あなたは局長よ。理由ぐらい、どうとでも作れるわ」

「正しくは、試用局長だ。矛盾した身分だな。〝試用《プロベイショナリー》〟のPがつくと〝ハイ・PH〟か。なんだかスキン・コンディショナーみたいな……」

「言いたいことはないの？」Mは彼をさえぎってきいた。

Hはぎこちない沈黙のあと、言った。「たとえば、どんな？」

「あなたはわざわざここまで降りてきたのよ」

「それほど遠い道のりじゃない」Hはエスカレーターの先にあるはずのメインフロアを指さした。「おれの仕事場はすぐ上だからな」

Mはため息をついた。

「ポーニィ?」

彼女が呼ぶと、小さな戦士がHのポケットから飛び出した。

「なんでしょう、わが君?」

「エージェントHに、もうすぐ時間切れになる、って伝えてちょうだい」

ポーニィがHを見上げた。「わが君が〝早く言え〟と仰せだ」

Hは一拍おいてから身を乗り出し、太ももにひじをついて床を見下ろした。

「ハイ・Tがハイ・Tだったとき、よくこう言っていた。『宇宙というのは、人をいるべき場所にいるべきときに導く方法を知っている』と」彼はMと目を合わせ、じっと見入った。「きみは、まさにおれが必要としたときに来てくれた。だから、おれがきみに言いたいのは……」彼には言いたいことが山ほどあって迷ったが、口にしないほうがよいとわかっていた。「……きみに感謝してる」

ひと気のないホームに大きな音がとどろいた。いきなり列車がすべりこんできて停車し、シューッとドアが開くと、自動音声の車掌が現在の停車駅と次の停車駅をアナウンスした。

Mは Hのほうに身を乗り出した。

「この黒いスーツは、わたしがほかの何よりも望んだものよ」あと数秒しかないと知りつつ、Mは話し始めた。「これまでの人生で、立ち去ろうとして後ろ髪を引かれるものなんか、わたしにはひとつもないと思ってた」そこで言葉を切る。彼女には言いたいことが山ほどあって迷ったが、口にしないほうがよいとわかっていた。「さてと……わたしはこれで立ち去るわ」もう少しだけHのことを見つめる。「彼のこと、よろしく頼むわね、ポーニィ」

「それは……ご命令ですか？」ポーニィがきいた。

「命令よ」そう言うとMはベンチから立ち上がり、列車のドアに歩いていった。

Hも立ち上がった。彼女のほうに一歩踏み出したが、その一歩だけで止まった。

「それじゃ、モリー」

彼女は振り向いた。「それじゃ、ハリ……。やっぱり、Hでいい？」

Hがほほ笑み、うなずいた。

「それじゃ、H」

Mは列車に乗りこみ、座席に着いた。最後にもう一度、窓越しにHを振り向き、ほほ笑んでみせた。

ドアが閉まると列車はロケットのように飛び出し、あっという間に見えなくなった。彼女は去った。

ホームにはHとポーニィだけがぽつんと残された。列車の遠ざかる音も、やがて聞こえなくなった。Hはエスカレーターに向かって歩き始めた。

「H」ポーニィが悲しげにため息をつきながら言った。「これから実にうんざりする友情関係が始まるんだな」

Ｈ＆ハイ・Ｔの事件ファイル

〝死の商人〟を捜し出せ！

OPEN ARMS

Ｒ・Ｓ・ベルチャー

Ｈは事件現場であるエルコット通りに年代もののジャガーで乗りつけると、警察が張った青と白の規制線の手前に車を駐めた。喧噪《けんそう》と混乱に包まれた通りを見やり、内心でつぶやく。

（まったく、二〇一二年は出だしから飛ばしすぎだな……）

まだ三月になったばかりだというのに、ＭＩＢロンドン局はすでに、異星から英国王室メンバーを暗殺しようという企てを阻止し、何も知らない人間たちの血流の中を好き放題に駆け回るミリクロンと呼ばれる顕微鏡サイズのエイリアンの〝伝染〟に対処した。そしてお次は――まだ詳細は不明ながら――この事件だ。

Ｈはジャガーから降りると、規制テープの下をくぐった。彼は背が高く、運動能力にすぐれた肉体とブロンドの髪を持ち、顎の張った顔はきれいにひげを剃《そ》ってある。身につけているのは、ぱりっとした黒いスーツ、白いシャツに黒いタイ――メン・イン・ブラックの標準仕様の〝制服〟だ。目立たない服装だが、エージェントにとってはそれも身を守るすべの一部である。国際機密機関ＭＩＢは地球上における地球外生命体の活動を監督し、秘密裏にこの惑星とそこに暮らす人びとを宇宙の脅威から守っている。そこには、真実を知ることから人びとを守るという意味も含まれる。

事件現場では大勢のＭＩＢ局員たちがせわしなく動き回っている。Ｈのようなエージェントのグループはニューラライザー——ペンの形状をした銀色の小型器具——を駆使し、事件直後から集まってきた野次馬や警察官の記憶を消去・置換する仕事に追われていた。ほかの支援職員たちは、科学捜査用の証拠品を収集するとともに、エイリアンの存在につながる痕跡をひとつ残らず隠滅するのに忙しい。

「おい！」いかにも無骨な巡査が横柄な態度でＨに近づいてきた。「その線の後ろまでさがってろ！　ここは事件現場だ。観光名所じゃないぞ」

「大道芸人を何人かと焼き栗売りをひとり連れてくれば、ここだってあっという間に観光地さ」Ｈは巡査に軽口をたたきながら、少し離れた場所にいた同僚エージェントに手ぶりで合図した。同僚は夜だというのにサングラスをかけて近づいてくると、Ｈが顔をそむけた瞬間に巡査の目の前にニューラライザーをかかげた。小さなスティックが閃光《せんこう》を発し、巡査は呆然《ぼうぜん》とした顔つきになって立ちつくした。

「やあ、Ｈ」エージェントが笑みを向けてきた。「ゆうべの試合は見たか？」

「ろくに見てない」Ｈは現場の中心に歩いていった。「賭《か》けに負けたのがわかれば、それで十分だ」

捜査活動の中心には、深夜にHを呼び出した張本人がいた。先ごろMIBロンドン局の局長に任命され、Hにとって上司であり元パートナーでもあるハイ・Tだ。ハイ・Tは長身のほっそりした男で、Hよりも三十歳ほど年を重ね、短く刈った白髪まじりの髪と、きれいに整えた顎ひげを持つ。常に厳粛さをまとい、丁寧な物腰の下には危険な香りを隠している。

「ペッカム地区は前に来たときより少し高級化してるな」Hはあたりを見ながら言った。通りの両側には小ぎれいなテラスハウスが並び、その前には高級車が駐車している。

「ああ。はずれのほうはまだそうでもないがな」ハイ・Tが道路脇に手招きしたので、Hはあとに続いた。「残念ながら、いくつかのギャング団がこの一帯を自分たちの縄張りだと主張している。そのうちのふたつが今夜ここで衝突した」

路上には白いシートでおおわれた死体が点在し、アスファルトには血だまりがいくつも残されている。

ハイ・Tがひざまずいてシートをめくった。「一方のギャングがナイフ、バール、素手を武器として使い……」シートの下にはべとついた液体が広がり、そこに衣服だけが浮いていた。「もう一方のギャングは、カペラ星人のディ＝ヴァレナイザーを使用した」人間の液化残留物をふたたびシートでおおう。「これは虐殺だ」ハイ・Tの声は冷ややかで鋭く、怒りに満ちていた。「連中はたまたま居合わせた通行人も数名死なせている。分子レベルにまで分解してな」

「そいつらはどうやってカペラ星人の軍用兵器を入手したんだろう？」

「いい質問だ。きみがその答えを見つけてくれ。世界中のＭＩＢ局から同様の問題に関する報告がいくつももたらされている。エイリアンの武器の市民社会への蔓延《まんえん》だ。その流通経路を洗ってくれ、Ｈ。ディーラーだけでなく、供給源を突き止めてほしい」

「了解」

「本件のパートナーとして、わたしが必要か？」

Ｈは首を横に振った。「あんたは自分を鎖でつないだデスクから簡単には離れられないだろ？　おれは単独で捜査する。どこから手をつけるか、ひとつ考えがあるんだ」


パブ〈イノシシと王冠亭〉の輝かしい栄光の日々はとうの昔にすぎ去った。一九六〇年代、店はロンドンの悪名高いギャングたちにこぞってひいきにされていたが、やがてその顧客もろとも衰退していった。現在も年老いた下っ端ギャングたちがちらほらカウンターで飲んだり、奥でダーツに興じているものの、時代は大きく変わり、無精ひげを生やしたＨが着古したジーンズに革ジャケットといういでたちで店に入っていっても、彼らはちらっと目を上げただけだった。

目当ての男はすぐに見つかった。「ホイッスラーは絶対にコートを脱がない。いつでも逃げられるようにだ。ひどいニキビ面だから、一キロ先からでもやつだとわかる」と情報源が言っていたが、まさにそのとおりの男だった。トランプに興じる客たちよりずっと若く、髪が黒くて肌が荒れている。ウールのコートを着こみ、パブのテレビで流れているミルウォールFCの試合から目を離そうともしない。

Hはホイッスラーの前に立ち、視界をさえぎった。コート姿の武器ディーラーは視線をHに動かした。「おまえがこの試合よりおもしろいもんを見せてくれるんでなきゃ、そこをどきな」

Hはジャケットの前を開き、スコープつきの重い銃をテーブルにごとりと落とした。常連客の何人かが目を向けてきたが、すぐに干渉しないと決めて目をそらす。「ガラドール星の神経シュレッダーだ。静音タイプでビームも見えない。三眼生体追跡スコープつきだから、クラス3以下の生命体なら千メートルの距離からでもほぼ確実に仕留められる。こいつに比べたら、あんたがペッカムの連中に売りつけたカペラ星の軍の余剰品なんか、手作りおもちゃみたいなものだ」

ホイッスラーが手を伸ばし、銃をつかみ上げた。

「いいだろう、おまえはおもしろいもんを見せたようだ、ミスター……」

「ハーン。ただハーンとだけ呼んでくれ。それはただのサンプルだ。あんたが地球外の武器に興味があると聞いてきた」

「誰から聞いてきた？」ホイッスラーが手ぶりでテーブルの向かいの席をHに勧めた。

「おれを正当に評価しようという人たちさ」本当は、つい先ごろ弟をギャングに撃ち殺されたエイリアンから聞いたのだが、情報源を明かす気はなかった。

「おまえは買い手じゃなさそうだ。どんなブツを手に入れた？」

Hは一枚の紙を取り出すと、ホイッスラーのほうにテーブルの上をすべらせた。武器業者は紙に書いてある内容を読んでかぶりを振り、にやりと笑った。「何をする気だ？　武器庫でも襲ったのか？」

「ＭＩＢの武器庫だ、正確に言うと」

ホイッスラーがリストから目を上げた。「おまえ……ＭＩＢから奪ったのか？　頭は大丈夫か？」

「廃棄のために押収品の武器が運搬途中なのを知った。今はおれのものだ」

「それで……？」

「積み荷をまるごと売りたい。取引は一度だけ。ＭＩＢが感づいたときにはずらかっていたいからな」

「売り値は？」

「おっと、そういう話じゃない」Hは笑った。手を伸ばし、テーブルからホイッスラーのスコッチをつかむと、グラスからひと口飲んで椅子の背にもたれた。「この強奪を準備するのに二年を費やした。おれは中間業者と取引する気はない。そのリストには、あんたやおれが一生贅沢《ぜいたく》できるだけの死が入ってるんだ。あんたがすべきなのは、おれとあんたのボスを会わせることとさ」

「いいだろう、タフガイ。おまえの話に乗ろう。パスポートはあるか？　おれのボスはこんなシケた酒場に来ることはない。サントロぺに行け。三日後がいいだろう。あとはこっちで見つける。騙《だま》そうなんて気は起こさないほうがいいぜ、ミスター・ハーン。そんなことをすりゃ、おまえは生きたままボスに食われちまう」

「ボスは誰なんだ？　わかってれば、それ相応に恐れることができるからな」

「マーチャント」ホイッスラーが言った。「〝死の商人《マーチャント・オブ・デス》〟だ」

「〝死の商人〟か。その男については、われわれも長年にわたって追っている」ハイ・Tが言った。彼の新しい執務室は球体で、絶えず人でごった返すMIBロンドン局のメインフロアの上方に位置している。彼とHはガラス壁の前に立ち、眼下のあわただしい活動を見渡した。

「サンプルとして、作動する本物の武器がほしい」Hはすでに黒いスーツ姿に戻り、どこからどう見てもＭＩＢエージェントだった。「格好がよくて、違法性が高くて、珍しいものほどいいな」

「手配しよう」

「死の商人に関して、これまでにわかってることは？」

「銀河系からケンタウルス座Ａまでのあいだで何か紛争があれば、そこには彼がかかわった武器が使用されていると考えていい。彼は宇宙でも一、二を争う武器商人だ」

「やつは地球で何をしてるんだろう？　ロンドンのストリートギャングなんかに武器を売ったりして」

「事業の拡大かもしれん。彼は巨大な流通ネットワークを有し、既知の宇宙のいたるところにホイッスラーのような工作員を配している。けっして小さな商売ではない」

「やつの素性は？」

「ニロス・スタヴロスの名で知られるエイリアンだと考えられている。母星は不明だが、元軍事指導者で、反乱において最終的に誤った側についたという噂《うわさ》がある。家族を連れて兵器を満載した輸送船で故郷を逃れたという。武器の不法取引により、いくつかの銀河系で指名手配されている」

「おれが捕獲したあとで、引き渡すことができるな」

「本件はわたしに直接支援させてくれ。ただちに動かせる攻撃チームを用意可能だ。やつはきみがこれまで扱ってきた通常の犯罪者とはちがうぞ、H」

「わかってる。一パーセク離れた場所からでも攻撃チームの存在を嗅ぎつけるようなタイプにちがいない。申し出には感謝するけど、T、支援は無用だ」

ハイ・Tは自分の顎ひげをなでながら、Hの無精ひげを目顔で示した。「潜入捜査の生活を楽しんでいるようだな」

「これは単に仕事のためさ」Hは笑いながら言った。「これを習慣にするつもりはない」


サントロペの夜はひときわ明るい。街の光も、人びとの顔つきも、音楽も。地球およびほかの惑星の富裕層が、ダンスとギャンブルと酒を楽しむためにコート・ダジュールの豪華なクラブやカジノに集まってくる。

Hが高級ホテル〈ビブロス〉にチェックインすると、ほどなくフロントから一通のメモが届いた。

――今夜十時、レ・カーヴ・デュ・ロワで　ホイッスラー
どうやら空港から尾行されていたらしい。まったく気づかなかった。Hは感心すると同時に、少々神経質になった。

〈レ・カーヴ・デュ・ロワ〉はホテル敷地内にある高級ナイトクラブだ。Hは値段のこと

を考えたくないほど高価なスーツに着替えながら、ホイッスラーはここにも例のくすんだコートを着てくるのだろうかといぶかしんだ。ショルダーホルスターにブラスター銃をすべりこませると、約束の時刻より早くクラブに向かった。

大音量の音楽がとどろき、ライトの光が雨のように降り注ぐ中、Hはバーカウンターを目指して混み合ったダンスフロアを抜けていった。ストライプ模様の髪の女性が数名の上流階級の客と踊っている。Hは彼女と控えめな笑みを共有した。彼女が人垣の向こうに見えなくなり、Hはバーに着いた。

ホイッスラーの姿はどこにもない。Hは酒を注文し、腰を落ち着けて待つことにした。隣に誰かがすわる気配に目をやると、先ほどのストライプ模様の髪の女性だった。「わざと気のないふりをしているのね」そう言って、一本二十ユーロのミネラルウォーターをボトルから飲む。

Hは頬をゆるめた。「そんなふりはしていない」彼女のほうにグラスをかかげてみせる。

「ハーンだ」

「ただの〝ハーン〟？」彼女はきれいな形の眉を片方上げた。

「今は自分のブランドを築いているところだ」

彼女がうなずく。「確かに一語だと覚えてもらうのが楽ね。わたしはリザ」

「ただのリザ？」

リザは息をのむほど美しく、髪は淡いブロンドに黒い横縞《よこじま》が入った肩までのストレート。青白い肌は、かすかにレモン色がかっている。瞳はティレニア海のような淡いブルーで、知性とウィットに輝いていた。

「ちがうけれど、今は〝リザ〟としか教えない」いたずらっぽい笑みが浮かぶ。「それで、名前がひとつのあなたはここへは仕事で？　それとも楽しみに？」

「完全に仕事だ。だが今は、なぜ選択肢をせばめなければいけないのかと自問している。きみは？」

「父がここに仕事で来ているの。父が一生懸命仕事をするあいだ、わたしは一生懸命に父の分も遊んでいる」

「お父さんは幸せ者だ、こんな孝行娘を持って」

「わたしはできるだけ父の期待に添えるよう生きているわ。あなた、きれいな目をしているのね、ハーン」

返事をしかけたとき、Hはホイッスラーが人混みの中を漂うように近づいてくるのを見た。黄色いジャケットを着た背の低い油じみた顔の男が同行している。ホイッスラーがうなずきかけてきたので、Hはかすかに頭を動かして応えた。

「残念ながら、仕事に追いつかれたようだ、リザ。心から残念に思う」どれほど本気でそう言ったかに気づき、Hは自分でも少し驚いた。「たぶん……」

リザが両手をHの首に回してきて、彼を引き寄せると、濃厚なキスをした。彼のとまどいはすぐに喜びに変わり、情熱的なキスを返した。

唇を離すと、リザは踊るような足取りでフロアに戻っていきながら言った。「仕事の成功を祈っているわ、ハーン」

Hは唇に触れてみた。まだ彼女の味が残っている。Hはホイッスラーとその同行者に近づいた。

「今の女は誰だ？」ホイッスラーがきいた。

「おれも知りたい」Hは黄色いジャケットの男を間近で観察し、彼がルボシア星人であるとわかった。左右の頬に二対の小さなエラがある。知らない者が見たら傷痕と区別がつかないだろう。「で、あんたは誰だ？」

「スキーズ」ルボシア星人にはきつい訛《なま》りがあった。「調子はどうだ？」そう言って手を差し出してきたが、Hは握手に応じなかった。「まあいい」スキーズが肩をすくめる。

「スキーズはこの地域でマーチャントのために仕事をしている」ホイッスラーが横から説明した。

「厨房《ちゅうぼう》の通用口を出たところに車を待たせてある」スキーズが言う。「こっちだ」

Hはスキーズを追って歩きだそうとしたが、ホイッスラーに胸を押さえられた。「待て。サンプルケースはどこだ？　持ってくるよう言ったはずだぞ」

「外で見せる」Hは胸に置かれたホイッスラーの手を押しのけ、スキーズのあとから厨房のドアに向かった。

外の駐車場には、レンジローバーの黒い特大リムジンがエンジンをかけたまま停まっていた。車に近づいたとき、Hは車体に押しつけられ、スキーズに身体を探られた。

「何をする！」Hがくるっと振り向いて突き飛ばすと、スキーズが転倒した。

ホイッスラーがレーザーポインターつきの拳銃を抜き出し、Hに向けた。

「ボディチェックをするまで、おまえを車に乗せるわけにいかない」ホイッスラーが冷ややかに告げた。「ボスの命令だ。スキーズに調べさせないなら、ルカにやらせるぞ」

「ルカ？」Hはあたりを見回した。「誰だ、そのル……」

Hと反対側の車体後部が、相当な重量を解放されて急に持ち上がった。ルーフの向こうに身の丈二メートルを超えるエイリアンがそびえ立ち、Hに目を向けてきた。エイリアンは一部が灰色になった濃い緑色の肌を持ち、大げさと言えるレベルをはるかに超えて筋肉が発達している。顔がシャベルの形で、がっしりした顎には牙が生え、わずかによだれを垂らしていた。緑色の目は安物のビー玉のようだ。

「待て待て」近づいてくる異星の巨人を見て、Hは数歩後ずさった。「あんたはタラント星人だろ？」エイリアンがにらみつけ、さらに歩を進めてくる。ホイッスラーとスキーズを見ると、彼らはにやにや笑っている。「彼はタラント星人だよな？」

スキーズが顎をさすりながら答えた。「彼がルカだ。ボスの個人的なボディガードを務めている。さあ、行儀よくして身体検査を受けるか、それとも彼が無作法な顧客をどうもてなすかを見たいか？」

「おれはトラブルを望んじゃいない、ビッグガイ」Hは両手をあげ、ボディチェックを受けるために車体のほうを向いた。ルカがうなり、Hを車体に強く押しつける。タラント星人が片手で押しただけで、Hのみならずリムジン全体が動いた。隠し持った武器がないかと巨体のエイリアンが手荒く探す。ジャケットの下のショルダーホルスターに触れたとたん、革製のストラップを糸か何かのようにあっさり引きちぎった。ルカがブラスターの入ったホルスターをかかげ、それをスキーズに投げた。

「車に乗れ」ホイッスラーの指示にHがしたがうと、ルカが贅沢なコンパートメントに身を押しこめて彼の隣にすわった。ホイッスラーとスキーズがHとルカと向き合う座席に腰を下ろした。スキーズが押収した銃を調べ、それをHに向けた。

「サンプルケースを」

「スタヴロスはどこにいる？」Hはきいた。「それが先だ」

スキーズがブラスターのパワースイッチを押した。「その名前をどこで知った？」

「おれが商売相手の素性も調べないと思ってるとは、あんたはこいつようまぬけだな」

Hが親指で隣のルカを指し示すと、巨体のエイリアンは歯をむき出した。

「われわれが安全を確認するまで、スタヴロスはどんな取引の場にも近づかない」スキーズが答える。「彼はサツに狙われているからな。銀河中のサツにだ。MIBは言うまでもない」

ホイッスラーがあとを引き取った。「こっちもおまえの素性を調べたぜ、〝ハーン〟。わかったことは大してない。おまえはでかいクエスチョンマークだ」

「だろうな。そのためにおれは大金を支払ってるんだから」

「おれたちはサツを排除するためにスタヴロスから大金をもらっている」

「つまり」とスキーズ。「おまえがわれわれにしたがわないなら、こちらは取引しないまでだ。さて、サンプルケースはどこにある？」

「ここだ」Hは両手をクロスさせ、左右の宝石つきカフスボタンに触れた。音もなく光がまたたいた次の瞬間、Hは片手にサンプルケースの取っ手を握り、もう一方の手には平べったい手榴弾《しゅりゅうだん》を握っていた。手榴弾を握った手に力をこめると、赤い表示ランプが点灯した。

「そいつはなんだ？」ホイッスラーが大声を上げ、スキーズがHの顔にブラスターを突きつけた。

「これは」Hは手の中の物体をかかげてみせた。「作動中のヴォルテックス手榴弾だ。おれが手を離したら、半径半ブロック内に存在するすべての人間や物体はミントタブレットのサイズに圧縮される」

「いったいどうやった？」ホイッスラーがいらだたしげにきいた。

「カフスボタンにトスコラン位相石がついていて、光を発すると特定の物体がおれの手にテレポートされるよう設定してある。今回はサンプルケース……」Hは特徴のない黒い金属ケースをスキーズに手渡した。「……と保険だ」手榴弾を持ち上げてみせる。

「クレイジーなやつだな、ハーン」

スキーズがつぶやきながらケースをパチンと開けた。ホイッスラーも加わり、中に入っている半ダースほどの武器を確認する。彼らがケースの中身を気に入ったのが、Hにはわかった。

「いいだろう」スキーズが言った。「われわれが興味を持てば、おそらく……」

「おそらく、これはあんたらの支払い限度額を超えてる」Hはさえぎった。「おれは武器をまるごとスタヴロスに言い値で買ってもらうつもりだ。値引きも中間業者もなしだ」言うなりリムジンのドアを開けて外に出る。「あんたらのボスが取引したいなら、おれは来週までここに滞在してる。日焼けを楽しんでるだろう」彼は引きちぎられたショルダーホルスターとブラスターを指さした。「それは返さなくていい。無力化してある」次いでヴォルテックス手榴弾を車内に投げこんだ。「それも無力化してある……と思う」Hはリムジンのドアをたたき閉め、笑みを浮かべながら立ち去った。

車体は中から聞こえる怒声とともに激しく暴れるように揺れた。

Ｈはホテルのスイートに戻っていった。何もかも計画どおりに運んだ。そう、ルカに会ったこと……そして、リザとの出会い以外は。彼女との邂逅《かいこう》があまりに短いものだったことに後悔を感じていた。今夜の進展についてハイ・Ｔにメッセージを送ったら、あのキスがどれほどすばらしかったかを考えないようにしながらベッドに入ろう。長い夜になりそうな予感があった。

リザのことがすっと頭から消えたのは、スイートのドアがわずかに開いているのに気づいたからだ。音をたてないようドアを開け放つ。部屋には誰もいない。足音を忍ばせてメインルームに入り、異星の小型銃を隠し場所からつかむ。スタヴロスが交渉決裂を伝える意味で刺客を送りこんできたのだろうか。警戒しながら部屋から部屋へと見て回る。

バスルームから物音が聞こえた。彼はすばやく動き、ベッドとマスターバスの設置された一段高くなった床までたったの三歩で近づいた。柱の陰で待つ。バスルームのタイル床を何者かが歩く素足の軽やかな音。Ｈは物陰から踏み出し、侵入者に銃口を向けた。そこには裸身にタオルを巻いた、濡《ぬ》れ髪《がみ》のリザがいた。

「踊って汗をかいたから」彼女は銃に臆する様子もない。「シャワーを浴びてさっぱりしようと思ったの。別にかまわないでしょう？」最後の言葉は問いというより、挑発のようだった。Hは武器をしまった。

「ちっともかまわない。どうやって部屋に入ったか話してもらえるかな？」

「キスしたとき、あなたから部屋のキーを抜き取ったの。だから、ドアを少し開けておいたわ、あなたがキーなしでも入れるように。キーはあそこ」壁のホルダーを見ると、キーカードが収納されている。

「みごとな手並みだな。気づきもしなかった」

「わたしはなんでも上手にこなすわ」振り向くと、彼女は薄手の黒いガウンを着ているところだった。長い髪を後ろでゆるいポニーテールに束ねる。Hは身をよじるようにしてジャケットを脱ぐと、彼女に近づいた。

リザがまたしても両手を首に巻きつけてきて、彼の身体を引き寄せた。Hも相手の腰に手を回し、さらに抱き寄せる。キスはたがいに慣れ親しんだ行為の続きのように感じられた。完全に波長が合い、力強さに満ち、前もってそうなるよう決められていたかのようだった。唇を離したとき、ふたりはすでにベッド脇にいた。リザが彼のシャツを脱がせながら、キスを唇から首筋、そこから胸へと移動させていく。Hは彼女の顎を包みこみ、彼女の片手を握った。

「なぜだ？」

「それは、列車が駅を出てしまったあとにする質問ではないわ、ダーリン」リザはHと自分の服を脱がそうと手を忙しく動かしている。彼女はため息をついた。「だって、会ってすぐにキスして、それが生涯のキスだと感じられる相手に、一生のうちにいったい何人出会える？　それを逃す手はないわ」リザがふたたびキスした。Hもキスに没頭したものの、どこか違和感を覚えた。今も彼女の手を握っている。にもかかわらず、彼女は二本の手で服を脱がせようとしている。

Hはさっと身を引き、彼女を見つめた。「きみは……手が三本ある！」

リザがほほ笑む。「手と脳みそはいっぱいあるの。わたしは気に入っているわ」

「きみはトリブラキア星人か！」

リザは笑いながらうなずいた。「知っていたら罪になるわよ。あのクラブにいた人たちの半分はエイリアンよ。キーを抜き取ったとき、ショルダーホルスターにクロゾン星の武器があったから、あなたもよその星から来たか、真相を知っているローカルだとわかったわ」

「おれはローカルだ。真相を知ってても、陪審員は有罪を下さない」

「わたしは、あなたが銃を携帯している理由をきくほど野暮じゃない。でも、これだけは教えて。三本めの手があったら、この関係は決裂？　うまくいかせるいい手があるかもしれないわ。今の洒落《しゃれ》はわざと」

　Ｈは彼女とともにベッドに倒れこんだ。「関係は決裂しない。それどころか、きみの魅力は手に余るほどさ」

　リザがあえぐような声をもらした。半分はＨの洒落のせい、半分はキスのせいだった。ふたりはたがいにのめりこんだ。夜は複雑にからみ合い、灼《や》けつくように熱く、気持ちをやわらげ、そして甘美だった。

　それからの数日はあっという間にすぎ去った。Ｈにとってそれは別の人生か、もしくは夢のように感じられた。彼とリザはいつでもいっしょだった。ふたりでボートに乗り、ひと泳ぎし、海辺で一番人気のナイトクラブで夜どおし踊り、真っ白なビーチでのんびりすごした。そのあいだ、ホイッスラーからは何も言ってこなかった。

　リザの人格はまるで振り子のように揺れ動き、小動物を見て子どものようにはしゃいだかと思うと、よりおとなびたふるまいを見せたり、さらには攻撃的な面も見せた。たとえば、ウェイターが彼女の注文した飲みものをまちがえて運んできたとき、冷酷な怒りの炎が燃え上がり、ウェイターを激しく非難したりする。このまま暴力を振るうのではないかと、Ｈが心配になるほどだった。そのあと、スイッチが切れたかのように同じウェイターに対して明るくやさしい態度を取る。

そうした人格の急激な変化は、Hにとって危険信号のはずだが、情熱的でひと筋縄ではいかない女性の強烈な個性なのだと見なした。彼女といると楽しかったし、MIB入局の前後を問わず、これまでの人生でこんな幸福感を味わった記憶はない。

四日めの夜、ビーチをふたりきりで歩いた。打ち寄せる波が砕けて泡となり、海から吹く涼やかな風が砂浜の上を自由に渡っていく。Hはそぞろ歩きの足を止め、空を見上げた。リザの肩をそっと抱くと、彼女は身を預けてきた。

「ほら、あそこ」Hは満天の星空を指さした。リザが目をすがめ、彼の指し示した方角を見やる。「およそ三千七百万光年の彼方。きみの生まれた銀河系だ」冷たい波が寄せ、水しぶきがふたりの足をくすぐった。

「覚えていないわ」

「なぜ故郷を離れたんだ?」

「わたしは小さいころから住まいを転々としていた」彼女は笑みを浮かべて言った。「父親が軍人で、宇宙の各地で起きる戦争や治安活動や反乱に参加しては、そのたびにわたしとママを連れていった」

「あまりいい思い出じゃなさそうだな」

リザは肩をすくめた。「初めのうちはわくわくしていたわ……新しい世界、新しい人たち。文化や言語についてもいろいろ学んだ。でも、パパの任務はどれもママの命を少しずつ削っていった。ママのすすり泣きの声や、無事にパパが帰ってくるよう祈る声が聞こえた夜は一度や二度じゃない。わたしはそんな暮らしを憎むようになっていったわ」

「気の毒に」

リザは笑った。少し悲しげで、少し壊れているようで、まったく場ちがいな笑い声だった。

「ママが死んだとき、ようやくわたしはひとりで出ていくことを考えた。けれど、パパが下り坂に差しかかった。よくミスをし、物忘れをするようになった。放り出していくわけにいかなかったわ。わたしは気づいたの。危険を恐れず愛情をあらわさない男を崇拝して世話をしながら人生を送るのが自分の運命なんだと。わたしは危険な男が大好き。あなたみたいな男が」

Hはこれ以上彼女に嘘をつきたくなかった。「おれはそんな……」

「やめて。それ以上は言わないで。あなたみたいなタイプのことはよくわかっているわ、ハーン。あなたはいつかわたしを傷つけることになる。でも、かまわない。あなたとなら痛みなどなんでもないもの」たがいの唇が触れ、Hは彼女を抱き寄せた。

「けっしてきみを傷つけたりしないよ、リザ」ふたりはふたたびキスを交わした。むさぼるようなキスだった。

「あなたの名前は、本当にハーン？」彼女は一瞬だけ唇を離してきいた。

Hは今にも本名を告げそうになった。「おれの名前は……Hから始まる」それから、ふたりは求め合い、もはや言葉は不要だった。

あくる日、Hがリザとともにホテルに戻ると、フロントにメッセージが届いていた。ホイッスラーからで、今夜会いたいから十一時に車で迎えに行く、とあった。指定された取引場所はニースに近い、今は使われていない古い造船施設だった。

「〝仕事〟が追いかけてきたようね」Hの顔つきを見たリザが悲しげに言った。Hはうなずいた。彼女の手を取り、ロビーのすぐ外にあるパティオのベンチに連れていく。

「これを最後の仕事にすると言ったら、どうする？」

「え？　どうして？」

「おれは仕事よりもずっと魅力的な時間の使いかたを見つけたんだ」Hは彼女の瞳をじっと見つめた。

リザのほほ笑みは雲間から覗《のぞ》く太陽のようだった。「それ……本気なのね？」

Hはうなずいた。「仕事は今夜終わらせる。明日は、今後についてふたりでプランを立てよう」

リザは笑い、彼に抱きついた。Hは自分も笑っていることに気づいた。

「きみのスイートで待っててくれ。仕事が終わったら電話する」


Hの部屋のドアがノックされた。開けてみると、ホテルの厨房スタッフの白い制服を着たハイ・Tが立っていた。「ボンソワール、ムシュー」ハイ・Tのフランス語は完璧だった。「ご注文のシャンパンとキャビアです」Hは口を開きかけ、つぐんだ。ハイ・Tがワゴンを転がして部屋に入り、ドアを閉める。ブルートゥース・スピーカーほどの小さな黒いプラスティックのカプセルを取り出してスイッチを入れると、フランス訛りを消し去った。「どこへ行っていた？」

「どういうつもりだ？　この部屋は盗聴されてる可能性がある」

「だとしても、これが……」ハイ・Tがカプセルを指さした。「十分間のプライバシーを与えてくれる。報告しろ」

「取引は今夜だ。あと二十分ほどで迎えの車が来る。わざと早く来ないかぎりな」

「心配ない。わたしは五分で立ち去る。場所は？」


Hはニースに近い造船施設の所在地を教えた。ハイ・Tはうなずき、ワゴンの下から銀色のブリーフケースを取り出してHに手渡した。「これがきみの武器庫だ」

「標準の位相ケースか？」Hがきくとハイ・Tはうなずいた。

「一方向のハイパー波送信機を内蔵してある。ケースを開けて起動すると、こちらですべての音声をモニターし、最良のタイミングで行動を起こせる」

「完璧だ」

ハイ・Tの表情が険しくなった。「きみが幸せなのは、わたしもうれしい。だが、一週間近くも連絡してこなかったのはなぜだ？」

「おれは……潜入捜査中なんだ」

ハイ・Tが小さく笑う。「だろうな。彼女の監視写真を見た。きみは何をしているんだ、H？」

「T」Hはカウチの端に腰を下ろした。「スタヴロスの組織を壊滅させたら、おれはMIBを辞職したい」

「なるほど。その女性のためか？」

「そうだ」Hは元パートナーの顔を見つめたが、表情が読めなかった。「あんたはどう思う？　そんなことを考えるおれは頭がおかしいか？」

「恋をして少し頭がおかしくならなかったら、その恋は本物ではない。きみの直感はなんと告げている？　感情のもやをじっくり吟味して、本心に耳を傾けてみろ」

Hはしばらく沈黙してから口を開いた。

「彼女は……気まぐれで、少し不安定かもしれない。だが、いっしょにいるとふたりのあいだに秘密の暗号が交わされる感じがするんだ。つながる感じが。彼女といると、おれの存在がこの世の幻であることを忘れられる。自分でもよくわからないんだ、T」

「おそらくきみはわかっていると思う」ハイ・TはHの肩に手を置いた。「きみがどんな決断を下そうと、わたしはきみの側に立つ。きみは女王陛下とこの惑星のために自分の役割を果たしてきたんだ」彼は腕時計を確かめた。「さあ、仕事に戻ろう」

ハイ・Tはワゴンを部屋に残し、通信妨害カプセルだけ回収してドアに向かった。「攻撃、調停、隠蔽《いんぺい》の各チームをいつでも出動できるよう待機させてあるし、きみに助けが必要かどうかも常に監視している。やつを狩るんだ、H、健闘を祈る」


Hはホテルの前で大型リムジンに拾われた。車内にはホイッスラーとスキーズがいた。幸いにもルカはいない。

「今夜は魔法のカフスなしか？」スキーズがきいた。

Hは左右の袖口を見せた。「カフスはない」そう言ってブリーフケースの側面を軽くたたく。「位相ケースだ。カフスボタンと同じ原理で動作し、ケースを開けると安定した次元ポータルが形成される。積み荷がまるごとこの中にあるというわけだ」

「そいつはいい」ホイッスラーが言った。「早く終われば、みんながそれだけ早く金にありつける」

ほどなく一行は老朽化した造船所に到着した。そこは未完成の船体の墓場であり、荒れ果てた工場には錆《さ》びた鉄材が山のように積まれ、骨組みになったクレーンが放置されていた。彼らの目的地は暗い海に浮かぶ劣化した貨物船だった。甲板にはアサルトライフルや奇妙な異星の銃で武装した警備兵たちが巡回している。リムジンは、貨物船から桟橋に渡してあるタラップの前で停止した。

Hはスキーズに先導されてタラップを上った。開放されたハッチを抜け、狭い階段を下りていく。貨物室に着いたHは、数百万の異なった惑星から集められたあらゆる種類の兵器を目《ま》の当たりにした。巨大な惑星間および太陽系外ミサイル・システム、ホバー戦車、大型ロボティック戦闘スーツ、木箱におさまった異星のライフル、生物兵器の警告マークがついた光子魚雷……。Hは船内装置の一部に目をとめ、貨物船自体が宇宙由来のものではないかと怪しんだ。移動の途中、開いた扉の向こうに偽装のお粗末なハイパードライブ・エンジンが見えたとき、疑いは確信に変わった。

一行は武器の木箱の迷路と化した船底の床を歩き、キャットウォークに上る階段の手前で立ち止まった。銃をかまえた警備兵が階段の登り口に立ち、訓練された懐疑の目をHに向けてきた。頭上のキャットウォークには、Hがスタヴロスだとにらんだ人影が見え、その隣にルカが立っていた。

「ようやく〝死の商人〟と対面できてうれしいよ」Hの声は広大な船倉に反響した。「大ファンなんだ」

Hは位相ケースをスキーズに手渡した。スキーズがすぐに床に置いて開ける。ケースから温かみのある白い光が放射された。彼は次元ポータルの中を覗きこむと、笑みを浮かべてキャットウォークを見上げた。「すべてそろっています、ボス」

「すぐに金を受け取って、ラブボートを離れたい」Hは影になった人物に言った。

ホイッスラーがHを押しのけるように進み出た。「ボス、この取引を実現させたのはおれです。取り決めの手数料を今すぐもらえますか？」

「もちろん」暗くてよく見えない人物から声が聞こえた。男のものではない。「支払いはダイヤモンドでいいかしら」人影の手から青いエネルギーの光が放たれた。光はホイッスラーに命中し、彼は身もだえしながら絶叫した。男の身体がねじ曲がっていくさまを、Hは息をのんで見つめた。肉がはがれ落ち、露出した骨に亀裂が入って結晶化した。

ホイッスラーの悲鳴が消えた数秒後には、骨組織がすべて高純度ダイヤモンドに変化して床にこぼれ落ち、音をたてた。

「それが、わたしのところにサツを連れてきたおまえに対する支払いよ」人影はそう言うと階段を下りてきた。その手にはまだ異星の武器が握られている。後ろにルカをしたがえ、彼女が光の中に出てきた。リザだった。非情な目をぎらつかせている。彼女は階段を下りきり、部下だった男のきらきら光る残骸の中に立つと、Hに手を振ってきた。「ハイ、ベイビー！」

彼女はダイヤモンド化したホイッスラーの頭蓋骨をHの足元まで蹴り飛ばした。

「すごくすてきでしょ？」彼女は異星の銃を手のひらでたたいた。「わたしのお気に入りのひとつよ。〝ダイヤは女の一番の友〟だもの」

「きみはあと何回デートしたら、このことを全部明かしてくれるつもりだった？」

四方八方からHに銃口が向けられた。

「よして」彼女の目には憤怒が見えた。「あんたの部屋でニューラライザーを見つけた。あんたこそ、いつ洗いざらい話して、自分がMIBだと明かす気だった？」

もう少しで告白しかけたことが何度かあった……そう言おうとしたが、結局は話を変えた。「それで、最近はきみが父親の事業を営んでいるんだな？　きみはニロス・スタヴロスの娘だ。ちがうか？」

「そのとおり。さあ、ついてきて。いかにも悪役のやる場面を始めるわよ。見学ツアーをしてあげる」

彼女が指を鳴らす。Hは警備兵に銃で急《せ》き立てられ、リザとその影であるルカのあとについて歩かされた。彼らは貨物室の中を歩き、軍需品や武器、Hの知る条約にことごとく違反した新型兵器を見て回った。

「ここはまるで人殺しのための〈コストコ〉だな」Hは言った。

「わたしの相続品よ」彼女は二本の腕を大きく広げてみせた。「パパが……ニロス・スタヴロス将軍が、生涯をかけて集めた死と破壊のコレクション」そこで言葉を切ると、リザの様子ががらりと変わった。「ああ！　ぜひこれを見てもらわなきゃ！」声も高くなった。おぞましい武器の列のあいだの通路にケージがずらりと並び、その中には無数の惑星から運ばれた愛らしい小動物が入っている。「わたしのベイビーたち！」

リザが叫んでケージを軽くたたくと、彼女が来たのを知った小動物たちが歌ったり、さえずったり、鳴き声を震わせた。

「わたしは子ども時代からこの子たちを収集している。パパは遠征するたびに、その星から一匹ずつ連れ帰ってくれた。ここにいるルカだって、小動物としてわたしのところに来たの。それはそれは醜くて愛らしかったんだから！　見てのとおり、すっかり愛らしさからは卒業したけれど、今もわたしになついている。あんたたち卑劣なＭＩＢに追われているところを助けてあげたの。命を救って、家を与えてあげたのよ」

ルカは小さなケージ内の小さな動物たちを見つめている。

「本当にそうだったのか？」Hは巨体のボディガードにきいた。ルカは何も答えない。

「この子たちはわたしを愛しているわ」

「この動物たちはきみの囚人だ。きみに愛があるのなら、檻《おり》から出してやれ」

愛玩動物のコレクションから振り返ったとき、リザの表情は硬くなっていた。「檻から出して、もし戻ってこなかったら、見つけ出して殺してやるわ」

彼女はHを別の通路に連れていった。

「これは死の商人としてのキャリアの総決算よ。父はそのキャリアの中で、あらゆる種類の武器、あらゆる種類の戦争に遭遇して……」

「キャリアなんかじゃない」Hはさえぎった。「犯罪だ」

リザが振り向く。笑みがこわばっていた。この一週間のうちに何度か目撃した狂気がその目にまたあらわれている。

「一部の無知な大衆も同じように考え、わたしたちをトリブラキアから追放した。父を独裁者だの暴君だのと呼んでね。彼らは単に理解できなかっただけなのよ、宇宙を動かしている基本原理が戦争だということを」

「戦争は醜悪な行為だ」

「ちがうわ！」リザはクイズ番組の不正解ブザーのような声を発した。「生きることは戦争よ。体内から生命を脅かすウィルスや細菌や突然変異細胞から、資源や支配権をめぐって殺し合う動物まで、すべては戦争なの。誰もが相手を出し抜いて優位に立とうとしているのよ」

リザが不意に歩みを止めた。木枠のパレットとコンテナのあいだに、棺《ひつぎ》のようなポッドが安置してある。

「この小さきものの比類なき美しさを見て」彼女はポッドの扉を軽くたたいた。「天然の生物兵器よ。その名はバックラス。知覚能力を持つ余剰次元の生命体で、ウィルス性の媒体を通じてのみ、わたしたちの現実と相互に作用することができる。空気中に存在すれば、その感染率は九十八・九パーセント。ひとたび体内に入ると、その人間とテレパシー接続して肉体をコントロールし、思考を読み取ってしまう。大勢の人間を一気に制圧するにはとても便利な兵器よ……あんたに支払い能力があればね。三日ほどで免疫機構がバックラスを撃退するけれど、三日もあれば世界を征服したり、抵抗勢力を鎮圧するのに十分だわ。しかも、銃を一発も撃たずに」

　リザがポッドの窓の結露を手でぬぐった。ポッド内に一体の人型エイリアンがぐったりと横たわっているのが見えた。

「パパは第一感染者を手に入れ、ステイシス状態に保つことに成功した。そして、原種の中で不活性になった病原体を何年にもわたって顧客に売り払ってきた。バックラスはそのやりかたに同意したわ。なぜなら、第一感染者の原種が自由に新しい宿主とテレパシー接続する機会を得られなかったら、種全体がわたしたちの時空で絶滅してしまうから。みごとな計画だというほかないわ」

「それでは奴隷と変わらない。搾取であり、虐殺だ」

リザがかぶりを振り、両手でHの顔を包んだ。「ビジネスよ、ダーリン。それ以外は政治家のたわごとにすぎない」

「素直な子どもが父親に教えこまれたままにしゃべっているように聞こえる。それはきみの望んだ人生じゃない。父親の望んだ人生だ」Hは彼女の目の奥に自分が愛したリザを探したが、そこには冷徹な実業家〝死の商人〟の姿しか見えない。

「父が衰え、ミスをし始めたという話をしたわね。具体的には、わたしたちのマーケットシェアを危うくしたの」彼女はホイッスラーに使用した武器を持ち上げた。「これがお気に入りのひとつだと言ったでしょ？　わたしはこれをパパに使った。ダイヤモンドのドクロは今も大切にデスクに飾ってあるわ。きらきらしてきれいだし、ペーパーウェイトには最高だし、部下たちにやる気を起こさせるのに役立つし。今はもう、これはわたしのビジネスなの。わたしの人生なの。確かにわたしは父親問題を抱えているけれど、父は愚か者を育てはしなかったわ」

「それなら、なぜ父親の名前を表に出して、きみはその後ろに隠れている？」Hはそのときあるものを見つけ、計画が頭の中で形成されていった。

「パパの名前と評判は、うるさいハエどもを遠ざけておくのに有効だから。ＭＩＢみたいなハエを、あんたみたいなハエをね。さて、ささやかな見学ツアーはこれでおしまい……あんたの命もおしまい」

Hは時間と数メートルの距離を稼ぐ必要があった。リザに向き直り、歩み寄る。ルカと警備兵たちがいっせいに動いて阻止しようとしてきたが、リザが手を振って彼らを制した。Hは彼女の横を通りすぎ、数歩進んでから振り向いた。「きみの演技力はみごとだったとしか言いようがない。いっしょにすごすあいだ、すっかりきみを信じていた。あれが本当のきみだと」

「あらまあ。嘘を生業とする誰かさんからお褒めの言葉をいただけるなんて光栄だわ」

Hはその隙にあと数歩だけ後退した。リザも近づいてきていた。

「きみにどんな気持ちを抱いたか、おれは嘘をついていない」Hは心の痛みを隠さなかった。ほんの一瞬、リザから氷の冷ややかさが消えた。この状況に彼女のほうもどれほど痛みを感じているか、Hは見て取った。これからやることにためらいを覚えたが、そうしなければ生き延びるチャンスはない。

Hは目にも止まらぬ速さでリザを突き飛ばした。女性を押すようなまねをしたくはなかったが、そうしないと彼女の身の安全を図れない。Hは跳躍し、不安定に積んである木箱の端をつかんだ。大きな木箱の山が音をたてて崩れ、その勢いでパレットや箱や棚が雪崩となって落下した。Hは雪崩をはさんでリザたちと反対側に身を躍らせた。

ルカがリザに手を貸して立たせた。Hが突き飛ばさなければ、彼女は雪崩に巻きこまれて死んでいただろう。

「あいつを捕まえて！」Hは彼女の叫び声を聞いた。Hに対して感謝の念はないようだった。「わたしの前に連れてくるのよ！」

警備兵たちが捜索のために船倉内に散った。何人かがHの横を気づかずに走っていく。Hは周囲の木箱が壊れて武器がこぼれ出ているのを見たが、どれかを起動する前に物音で見つかってしまうだろう。しかも武器のいくつかは、使用したら海岸線まで消失させてしまう。音をたてずにすばやく使用できる武器は、この貨物室にただひとつ。それがこちらの思いどおりに動作してくれるのをひたすら願うしかない。

Hは足音を忍ばせ、ステイシス・ポッドのある通路に引き返した。近くに誰もいないことを確認するやステイシス発生装置のスイッチを切り、ポッドの扉を開けた。彼は中に存在する者にほほ笑んでみせた。「おはよう。きみにひとつ提案があるんだが……」

Hはあっけなく発見された。崩れた武器の山の中で大きな音をさせていたからだ。ルカが見つけたとき、Hは壊れた木箱から取り出した銃を組み立て中だった。

「やっぱりおまえが来たか」Hは言うなり巨体のタラント星人に突進し、組み立て途中の武器を振り回して顔を殴りつけた。銃身が衝撃でぐにゃりと曲がったが、ルカはまばたきひとつしなかった。

ルカが繰り出してきたこぶしをＨはかろうじてよけ、相手の腹部にパンチを連打した。まるで山を相手に殴っているようだった。ルカに手の甲で打ち払われ、軽く五メートルは飛ばされた。床に落ちたＨは通路の端まですべって止まった。

Ｈは立ち上がって逃げ出そうとしたが、そこにはリザの警備兵が十人ほど銃口を向けて立っていた。ルカを振り返ったとき、Ｈは岩のようなこぶしを顔面にまともに食らった。目の前で光が点滅したあと、視界が真っ暗になった。最後に聞こえたのは、「今のは彼女の心を傷つけた分だ、ＭＩＢのクソ野郎」と言うルカの声だった。

ルカは半分意識を失ったＨを階段の登り口まで引きずっていった。ルカに無理やり立たされ、Ｈはうめき声をもらした。

「さあ、かくれんぼは終わりよ」リザが言った。「みんな、給料を稼ぐ準備をして」

警備兵たちが銃をかまえ、Ｈを灰にする態勢に入った。

「こんな商売から手を引くようきみを説得することはできないのか？」Ｈはきいた。「おれは本心からそうしたかった。きみのために。リザ、宇宙の基本原理は戦争なんかじゃない。それは、愛だ」

「それが本当なら、どんなにいいか」リザの声はやわらいでいた。「でも、わたしたちにはそれぞれの任務があり、それぞれの運命がある」彼女はHに甘く濃厚なキスをすると遠ざかった。警備兵たちが銃の狙いを定めた。「最後に言いたいことはある?」

「ああ、ある」Hは言った。「バックラス、今だ」

「撃って!」リザが叫んだ。

何も起きなかった。警備兵たちは彫像のように立ちつくしている。彼らの指は引き金にかかったまま動かず、その目には動揺が走っていた。リザは自分の銃を引き抜こうとしたが、身体が言うことをきかない。

――じっとしてろ。

リザは頭の中で声を聞いた。

――あがいてもむだだ。

どういうわけか、ルカにはこの現象の影響がないらしい。彼が周囲を見回したとき、警備兵のひとりが進んで差し出した銃をにやにやしながら受け取るHの姿が目に入った。Hは銃のパワーを最大にしてルカに狙いをつけた。

「へたな考えを起こすなよ。おまえはそこまでタフじゃない」貨物船内にサイレンが鳴り響き、はるか頭上の甲板から銃撃の音が聞こえてきた。「あれはMIBだろう。きっかり時間どおりだ」

「知覚ウィルス」リザはまだ動こうと試みていた。「バックラスね。あんた……自分に感染させたの？」

「そのとおり。きみたちの動きを止める手助けをしてくれるなら解放すると、ウィルスに提案した。そして、合意に達した」

「あんたを信じるなんてばかなウィルス。あんたはとんだ大嘘つきなのに」

「ウィルスはおれの思考を読んだ。真実を述べているとわかったんだ」

頭上の戦闘の音がだんだん近づいてきた。リザの顔に恐怖がよぎる。彼女は隠そうとしたが、Hの目はごまかされなかった。

「あんたがMIBであることは最初からわかっていた」リザが言った。「わたしを逮捕し、事業を壊滅させる目的でここに来たことも。この一週間、あんたを殺す機会は何十回とあったわ」

「なぜそうしなかった？」Hはルカを銃で牽制《けんせい》しつつ、リザに近づいた。

「わかっているくせに」

「わかっていると、おれは思ってたんだ」

彼女の目に痛みが走るのが見えた。

「あんたはこう思っているわね、窮地を脱するためならどんなことでも言うのがこのわたしだ、と。でも、あんたには本当に心を寄せていた。あんたもわたしに心を寄せていた。さあ、あんたのウィルスの相棒に言って、わたしの心を読ませてみて」

Hは体内にいるバックラスのウィルス株に思いを伝え、それはリザの株に話しかけ、やがてHの頭に声が聞こえた。

——彼女はきみにぞっこんだ。人殺しが好きで、ぞっとするほど頭がおかしいが、きみにぞっこんだ。

Hはリザを見つめた。「きみはおれを射殺する気だったのか?」

リザがうなずいた。頭上の銃撃音は散発的になっていた。MIBエージェントたちが警備兵たちに武器を捨てるよう命じる声が聞こえる。

「そして、死ぬまであんたのために夜ごと泣いて暮らしたと思う。あんたはわたしに好意を抱き、わたしを逮捕しようとしている。おあいこよ」

MIBエージェントが上のデッキをあわただしく移動している。

「バックラス」Hは呼びかけた。「リザを解放してやってくれ、頼む」

——なんだと? 本気か、H? わたしはきみの心が読める。もちろん、きみは本気で言っている。彼女の内心には邪悪な考えがうごめいているぞ。ユニコーンや宇宙小犬とともに。

「わかってる。もしも彼女がその考えを行動に移そうとしたら、いつでも身体を動かなくしてくれ。きみが体内にいるあいだだけでいいから」Hはリザに向き直り、彼女が所持していた異星の武器を取り上げた。彼女はふたたび身動きできるようになった。「ここにあ